HEDWIG
COURTHS-MAHLER

Dein ist mein Herz

HEDWIG COURTHS MAHLER

Dein ist mein Herz

WELTBILD VERLAG

Das für den Einband verwendete Foto stammt aus dem Filmhistorischen Bildarchiv Peter W. Engelmeier und zeigt eine Szene aus dem Film „Waldrausch“.

Genehmigte Lizenzausgabe für
Weltbild Verlag GmbH, Augsburg 1994

Einbandgestaltung: Peter Engel, München
Gesamtherstellung: Presse-Druck Augsburg
Printed in Germany
ISBN 3-89350-865-1

1

Baron Viktor Valberg war gestern von einer längeren Reise zurückgekehrt. Im Herbst war er nach Tirol gegangen, um die übliche Traubenkur zu absolvieren. Danach hatte er einen fashionablen Winterkurort aufgesucht, um sich durch Wintersport für die kommende Hochsaison zu stärken. Er hatte seinem Körper die vielbewunderte Elastizität, seinen Nerven die nötige Spannkraft zurückerobert und war äußerst befriedigt wiederheimgekehrt.

Soeben stand er, aus den Händen seines Dieners entlassen, schlank und geschmeidig, im elegantesten Besuchsdreß, vor dem hohen Ankleidespiegel. Er warf einen letzten prüfenden Blick auf die eigene Erscheinung und war zufrieden. Niemand hätte ihm ansehen können, daß er bereits die Fünfzig überschritten hatte.

Die gut geschnittenen Züge zeigten noch nicht die geringsten Anzeichen des Alterns. Voll und dicht bäumte sich das leichtgewellte Haar über der hohen Stirn, in die keine Sorgen und Kämpfe Runen eingegraben hatten. An den Schläfen lag nur ein ganz leichter grauer Hauch über dem schwarzen Haar, so, als wäre eine Puderquaste leicht darüber hinweggehuscht. Dieses einzige kleine Anzeichen gab indes seiner Persönlichkeit eher noch eine interessante Note, als daß es das Alter verraten hätte.

Die jugendlich blitzenden, feurigen Augen straften diesen grauen Hauch Lügen, ebenso die raschen, elastischen Bewegungen der schlanken, mittelgroßen Gestalt, an der jeder Muskel von Stahl zu sein schien. Das Gesicht war bartlos. Seit sich in seinem sonst getragenen Lippenbart die fatale graue Schattierung gezeigt, hatte der Baron denselben entfernen lassen, sehr zum Vorteil seines charakteristischen Gesichts. Unter Umständen konnte der Baron noch für einen Dreißiger gelten, und das war ihm angenehm. Nicht, daß er ein Geck gewesen wäre, der sich jünger machen wollte als er war, aber er war ein Ästhet und hielt es für jedes Menschen Pflicht, sich so schön und jung wie möglich zu erhalten.

Baron Viktor Valberg war ein Liebling der Frauen, ein Sieger, dem alle Herzen zuflogen und der nicht einer von all den schönen Frauen, die ihm ihr Herz geschenkt hatten, die Treue halten konnte. Es gefiel ihm eine immer besser als die andere, und weil er eben jede, die ihm gefiel, zu erobern wußte, fand sein flatterhaftes Herz keine bleibende Stätte.

Seine Erfolge bei den Frauen waren sprichwörtlich in der Gesellschaft. Die Männer neideten ihm sein Glück, ohne ihm jedoch gram sein zu können. Die echte Liebenswürdigkeit seines Wesens machte ihn unwiderstehlich. Er hatte keinen Feind, aber viele Freunde, die seine geistvolle, zuweilen etwas sarkastische und immer fesselnde Unterhaltungsgabe schätzten.

Vor nahezu zwanzig Jahren hatte Valberg einmal besonders stark Feuer gefangen. Er hatte sich mit einer, bei seinem Naturell sehr ungewöhnlichen Heftigkeit, in das schöne blonde Fräulein von Rippach verliebt. In dieser Verliebtheit vergaß er die nötige Vorsicht, und die schöne Lisa von Rippach streifte dem Schmetterling flugs Fesseln über, die ihn für alle Zeiten binden sollten.

Baron Viktor zog die Konsequenzen, ergab sich mit leidlicher Haltung seinem durchaus nicht gewollten Schicksal, verspottete sich selbst in wenig schmeichelhaften Selbstgesprächen – und schritt mit nicht gerade freudigem und erhebendem Bewußtsein zum Altar.

»Ich ahne, daß die Sache schiefgeht und bin neugierig, wie lange ich diese Ehefesseln ertragen werde«, hatte er damals zu einem vertrauten Freunde gesagt. Lisa aber war sehr stolz und sonnte sich in dem Neid ihrer weniger glücklichen Geschlechtsgenossinnen. Es war immerhin nicht leicht gewesen, diesen Triumph zu erringen.

Valberg hatte mit seiner jungen Frau, auf deren dringenden Wunsch, sein Domizil in Düsseldorf aufgeschlagen, wo auch seine Schwiegereltern lebten. Lisa hatte sich nur besuchsweise in der heimatlichen Residenz aufgehalten. Er fühlte sich als Ehemann wie gelähmt und hatte sich ihrem Wunsche gefügt.

Einige Zeit suchte er sein Dasein als Ehemann mit Würde zu

tragen. Aber das gelang ihm nur mangelhaft. Auch in Düsseldorf gab es sehr viele schöne Frauen, und er blieb seiner Schmetterlingsnatur treu.

Dann erfüllte sich seine Vorahnung – die Sache ging »schief«. Drei Jahre nach seiner Verheiratung ließ sich Lisa von ihrem Gatten scheiden. Er hatte ihr reichlich Veranlassung dazu gegeben.

Das einzige Kind, das dieser Ehe entsprossen war, ein Mädchen, wurde Lisa zugesprochen, die mit ihrem Kinde zu ihren Eltern zurückging.

Valberg war eine Weile ehrlich zerknirscht über seinen Leichtsinn. Er machte sich selbst die heftigsten Vorwürfe, daß er seiner Frau so viel Veranlassung zum Groll gegeben hatte.

Seine Schwiegereltern hatten ihm ebenfalls keinen Vorwurf erspart, trotzdem auch ihre Tochter nicht ganz ohne Schuld an dem Zerwürfnis war, denn sie hatte ihrem Gatten durch ihr kleinliches, engherziges Wesen das Haus zur Hölle gemacht und dadurch das Ihre getan, ihn zu veranlassen, bei anderen Frauen Trost zu suchen.

Valberg kehrte auf einige Zeit in seine heimatliche Residenz zurück. Lange hielt seine Zerknirschung nicht an. Er fühlte sich viel zu glücklich, wieder fessellos und unabhängig zu sein und legte sich selbst die heiligsten Eide ab, sich niemals wieder zu verheiraten. Er lebte wieder auf und nahm mit tief innerlicher Befriedigung seine Junggesellengewohnheiten wieder an. Und wie ein verloren gewesenes, geliebtes Kind nahm man ihn in den heimatlichen Kreisen wieder auf. Niemand kam ihm mit vorwurfsvoller Miene entgegen, am wenigsten die Frauen.

In den ersten Jahren erkundigte er sich höflich, aber ohne innere Anteilnahme, bei den Eltern seiner geschiedenen Frau nach dem Ergehen seines Kindes. Er machte auch von seinem Rechte, es von Zeit zu Zeit zu sehen, Gebrauch, obwohl ihm seine ehemalige Schwiegermutter, die diesen Wiedersehen beiwohnte, diese Stunden recht wenig angenehm machte.

Er hörte dann, daß seine Frau sich wieder verheiratet und ihr Kind aus erster Ehe im Hause ihrer Eltern belassen habe. Dann starb sein Schwiegervater, und nach dessen Tode sah er sein

Töchterchen nur noch einmal wieder. Die Großmutter des Kindes benahm sich bei diesem Wiedersehen so feindlich, daß er ihr rundheraus erklärte, er habe kein Talent, sich wie ein Schuljunge maßregeln zu lassen, und wenn er auch tatsächlich der schuldige Teil bei dieser Trennung der Ehe gewesen sei, so verzichte er doch lieber ganz auf das Wiedersehen mit seinem Töchterchen, als daß er sich weiter solchen Widrigkeiten aussetze.

Er nahm darauf herzlichen und sehr zärtlichen Abschied von seinem damals sechsjährigen Töchterchen, beschenkte es reich mit allerlei, was einem Kinderherz Freude machen kann, und sagte zu der Kleinen, die sich zärtlich an ihn schmiegte:

»Wenn du groß bist, Maus, dann besuchst du deinen Papa, der dich sehr, sehr lieb hat. Bis dahin auf Wiedersehen.«

Wenige Jahre später starb auch seine Schwiegermutter, und seine ehemalige Gattin nahm ihre Tochter aus erster Ehe zu sich. Er sah und hörte nichts mehr von seinem Kinde, das nun ein Heim im Hause seines Stiefvaters gefunden hatte. Fast hätte er ganz vergessen, daß er je ein Kind besessen hatte. Aber wenn er zuweilen so ein süßes, kleines Mädchen sah, das so zierlich einhertrippelte mit drallen Beinchen, und schwarze Locken und große dunkle Augen hatte, wie sein Kind, dann stieg doch zuweilen ein wunderlich gerührtes Gefühl in seinem Herzen auf, und er meinte, das weiche Kinderkörperchen zu fühlen, das sich so zärtlich an ihn geschmiegt hatte.

Aber solche Anwandlungen hielten nie lange bei ihm an.

Er hatte sich, in die Residenz zurückgekehrt, damals eine reizende kleine Villa bauen lassen, die geradezu ideal als Junggesellenheim ausgestattet war. Seine Vermögensverhältnisse gestatteten ihm jeden Luxus. Er hatte von seiner verstorbenen Mutter ein Vermögen geerbt, das ihn zum Millionär machte. Seine Mutter war eine geborene Gräfin Oelderloh gewesen, die seinen Vater als vermögenslosen Offizier geheiratet hatte. Sein Vater hatte tatsächlich nichts besessen als seine liebenswürdige und bestrickende Persönlichkeit, eine nicht allzu große Schuldenlast, sein Offizierspatent und – die Anwartschaft auf das Majorat Valberg, das einem verwitweten kinderlosen Onkel gehörte. Dieser hatte jedoch den Neffen überlebt, und Baron Viktors Vater war als Major gestorben, bis zuletzt abhängig vom Vermögen seiner reichen Frau.

Baron Viktor erbte dann von seiner Mutter dies große Vermögen und kurz nach seiner Scheidung auch das Majorat Valberg, das in der Nähe der Residenz, zwei Eisenbahnstunden entfernt, lag. Fast empfand er es als eine Last, Majoratsherr zu sein, denn mit den Rechten eines solchen waren auch mancherlei Pflichten verbunden. Und Pflichten verkörperten für den Freiheitsdurstigen einen Zwang – und jeder Zwang war ihm verhaßt.

Zum Glück war er wenigstens nicht der letzte Valberg und hatte es nicht nötig, für einen Namenserben zu sorgen. Lieber hätte er auf das Majorat verzichtet, als nochmals eine Ehe einzugehen. Ein Vetter von ihm hatte einen Sohn hinterlassen. Dieser, Baron Günter Valberg, lebte in der gleichen Residenz als ein vermögensloser Offizier. Baron Viktor betrachtete es als Ehrensache, diesem künftigen Majoratsherrn von Valberg einen anständigen Zuschuß zu gewähren, wofür ihm dieser sehr dankbar war.

Ein eigenartiges Verhältnis bestand zwischen Baron Viktor und Baron Günter. Sie verstanden sich sehr gut. Trotzdem Baron Günter erst dreißig Jahre zählte und kein Kopfhänger war, sondern ein frisches, junges Blut, wirkte er doch wie der Gesetztere, Vernünftigere von beiden. Ihm fehlte der göttliche Leichtsinn Baron Viktors, der diesen so bestrickend jung erscheinen ließ.

Baron Günter hatte schon mancherlei Schweres durchkämpft. Das Leben hatte ihn verschiedentlich rauh angefaßt. Er stammte aus einer jüngeren Linie der Valbergs, die nie mit Glücksgütern gesegnet gewesen war. Seine Eltern waren beide tot, früh aufgebraucht in Sorgen und Nöten ums Dasein. Er selbst hatte sich aber den fröhlichen Lebensmut nicht trüben lassen und hätte sich nun, da ihn Baron Viktor so nobel unterstützte, recht glücklich und zufrieden fühlen können – wenn ihm nicht das Glück – oder das Malheur passiert wäre, sich in eine vermögenslose junge Dame zu verlieben, so recht unsinnig und ausschließlich. Diese Liebe wurde zwar erwidert, und ganz im geheimen gab ihm diese Gewißheit glückliche Stunden, aber er mußte sich doch sagen, daß sie trotzdem so gut wie aussichtslos war. Auf die ungewisse Zukunft hin, ein Majoratsherr von Valberg zu werden, konnte er keine Ehe schließen, denn erstens war Baron Viktor noch sehr jugendlich und rüstig und konnte ein hohes Alter erreichen, und zweitens war es immerhin nicht ausgeschlossen, daß dieser sich noch einmal verheiratete und einem Sohn das Leben gab.

So war Baron Günter im ganzen viel ruhiger und vernünftiger als sein ewig junger und übermütiger Verwandter, den er übrigens »Onkel« nannte.

Waren die beiden Männer zusammen, so hatte es vielmehr den Anschein, als ob Günter der Ältere und Bedächtigere sei, der mit gutem Beispiel vorangehen müsse.

Das amüsierte Baron Viktor ungemein, obwohl er Günter herzlich zugetan war. Die Widrigkeiten des Lebens glitten an seinem Naturell ab.

Baron Viktor wollte heute eine Visitentournee absolvieren und sich bei seinen zahlreichen Freunden und Bekannten von seiner Reise zurückmelden. Vorher aber erwartete er Baron Günter Valberg, den er hatte zu sich bitten lassen, weil er ihn zuerst begrüßen wollte und zugleich etwas Wichtiges mit ihm zu besprechen hatte. Eben hatte er sich aus seinem eleganten Ankleidezimmer hinaus in einen der kleinen, entzückend eingerichteten Salons begeben, deren Ausstattung zur Genüge bewies, daß Baron Viktor nicht nur ein reicher, sondern auch ein sehr kunstverständiger und geschmackvoller Mann war.

Er warf sich in einen Sessel und wollte gerade nach einem Buche greifen, dem neuesten Werke einer literarischen Größe, als ihm Baron Günter Valberg gemeldet wurde.

Baron Viktor hatte sich mit tadellos geschulter Dienerschaft umgeben, die jeden Fingerzeig von ihm verstand und jeden Befehl auf das sorgsamste ausführte. Sein Kammerdiener und sein Koch waren berühmt, jeder Diener mustergültig und mit so viel Intelligenz begabt, wie sie ein guter Diener haben muß. Es genügte daher ein leichtes Heben der schlanken Hand, um seinen Willen kundzugeben. Günter wurde hereingelassen.

Er war eine schlanke, hohe Erscheinung, den die glänzende Uniform vorzüglich kleidete. Etwas größer als Baron Viktor hatte Günter auch breitere Schultern, sein gebräuntes, frisches Gesicht zeigte kräftigere und energischere Züge als die des Onkels.

Dieser erhob sich. Mit festem Händedruck begrüßten sich die beiden Herren.

»Pünktlich wie immer, mein lieber Günter«, sagte Viktor lächelnd.

»Ich konnte kaum die Zeit erwarten, dich zu begrüßen, Onkel Viktor. Ich freue mich, daß du so wohl und munter zurückgekehrt bist.«

»Und so weiter, und so weiter«, fiel Viktor dem jungen Mann in die Rede mit einem ironischen Ausdruck. »Strapaziere dich nicht, mein Junge. Ich kann mir wirklich nicht denken, daß es dich sonderlich freut, meine zähe Konstitution zu bemerken.«

Günter lachte harmlos: »Wenn ich dir nun auch mit neun heiligen Eiden versichere, daß es dennoch der Fall ist, so glaubst du es mir schließlich doch nicht. Aber das wirst du mir wenigstens glauben, daß ich mich freue, daß du wieder hier bist. In deiner Abwesenheit ist mir dies herrliche Tuskulum verschlossen, und ich kann mich nicht im genußsüchtigen Behagen an den Leistungen deines Kochs freuen.«

Viktor lachte laut auf.

»Schön, das will ich dir glauben, das wird mir wenigstens nicht schwerfallen. Aber nimm Platz.«

Sie setzten sich nieder, und der Baron fuhr fort:

»Siehst du, mein Junge, dir gegenüber habe ich, wie bei keinem anderen Menschen, das verdammt fatale Gefühl, daß ich dir im Wege stehe – daß ich dir, solange ich lebe, den Platz an der Sonne raube. Es wäre direkt ein märchenhafter Edelmut, wenn du dich über meine elastische Konstitution freutest. Nein, verteidige dich nicht. Dir müßte es, da du auch nur ein Mensch bist, viel erfreulicher sein, wenn ich ein gebrechlicher Mummelgreis wäre, dem man das Ende seiner Tage annähernd ansehen könnte.«

Günter lachte wieder frisch und lustig auf. »Du als Mummelgreis – hoffentlich erlebe ich das noch. Und trotzdem ich auch nur ein Mensch bin, freue ich mich ob deiner Frische und Gesundheit. Nicht nur, weil du ein so eminent nobler Mensch mir gegenüber bist, sondern auch, weil deine Elastizität ein erfreulicher Beweis ist, daß die Valbergs ein kräftiger Schlag sind. Man kann dann doch die angenehme Hoffnung hegen, diese schöne Welt recht lange mit seinem Dasein zu beglücken. Um aber den Stier bei den Hörnern zu fassen, lieber Onkel – du weißt, ich liebe Umschweife nicht –, so laß dir sagen, daß ich durchaus nicht mit einem Auge nach der Erbschaft des Majorats schiele, während ich in dem anderen eine Freudenträne über dein Wohlbefinden scheinheilig zerdrücke. Ich bin zwar nur ein armer Schlucker, aber trotzdem ein anständiger Kerl, der seinem Wohltäter ehrlichen Dank weiß. Glaub's – oder glaub's nicht – es ist so. Punktum. Und nun spiele bitte nicht wieder darauf an, daß du mich für einen heuchlerischen Erbschleicher hältst.«

Das sagte der junge Mann ganz gelassen und ruhig. Viktor reichte ihm vergnügt die Hand. »Schön – da hätte ich meine Standpauke weg. Das nenne ich wirklich den Stier bei den Hörnern fassen. Du bist ein famoser Kerl, Günter. Aber ›Punktum‹ kann ich trotzdem nicht hinter diese Angelegenheit setzen. Ich will dir nach deiner famosen Rede wahr und wahrhaftig nicht zutrauen, daß du mich am liebsten umbringen würdest – offen gesagt –, ich hätte das auch so nicht getan. Aber es stört meinen behaglichen Seelenfrieden doch recht bedenklich, daß ich, der ich doch ohnehin mit Glücksgütern gesegnet bin, einem armen Teufel sein Erbe vorenthalte, auf das er doch so viel Anwartschaft hat wie ich selbst. Das ist mir in letzter Zeit viel im Kopfe herumgegangen. Du bist wirklich ein anständiger Mensch, daß du mich das nicht entgelten läßt.«

Günter sah ihn warm und herzlich an.

»Daß ich das bin, danke ich dir nicht zuletzt, Onkel Viktor. Wer weiß – wenn du mir nicht in so echt vornehmer Liebenswürdigkeit einen so hohen Zuschuß gewährtest, der mich von allen drückenden Sorgen befreit, dann wäre vielleicht mein Charakter längst verdorben, und ich wäre wirklich ein scheußlicher Neidhammel geworden. Ich kann dir nicht genug für deine Güte danken.«

Viktor winkte heftig ab. »Nur nichts von Dankbarkeit. Das Wort kann ich nicht ausstehen. Was ich für dich getan, war nur der Ausfluß des krassesten Egoismus. Es würde mir jede Freude versalzen, wenn du darben müßtest. Ich bin es mir selbst schuldig, so viel wie möglich zu tun, daß du mich nicht mit Inbrunst und Ausdauer unter die Erde wünschest – ich lasse mich übrigens verbrennen, wenn's soweit ist, das dünkt mich ästhetischer. Und um nun ganz sicher zu sein, daß dir auch in der dunkelsten Stunde niemals der Wunsch kommt: ›Wenn er doch abfahren wollte‹, habe ich dich heute rufen lassen, um dir einen Vorschlag zu machen.«

Günter sah ihn fragend an. »Du siehst mich sehr gespannt, Onkel Viktor.«

»Hm! Gleich sollst du alles hören. Aber erst wollen wir uns eine Zigarette anzünden – bitte bediene dich. Willst du einen Kognak? Nicht – also auch gut. So – nun brennen die Opferflammen. Also nun höre zu. Ich fühle schon lange, daß ich meine Pflichten als Majoratsherr nur sehr mangelhaft erfülle. Dies verwünschte Majorat hängt mir wie ein Klotz am Bein und hindert mich in meiner Freiheit. Du weißt, was ich für ein Freiheitsfanatiker bin. Jeder Zwang ist mir verhaßt. Was ich freiwillig mit Vergnügen tue, wird mir sofort zum Greuel, wenn ich's tun muß. Und trotz meiner mangelhaften Pflichterfüllung habe ich eine Menge Scherereien mit Valberg. Und jetzt droht mir wieder allerhand. Der Administrator, der nun seit vierzig Jahren seinen Posten ausfüllte, will sich zur Ruhe setzen, was man ihm mit seinen siebzig Jahren billigerweise auch nicht übelnehmen kann. Nun soll ich einen Ersatz schaffen. Guter Gott, das ist leicht gesagt. Mir wird übel, wenn ich daran denke, was mir da alles bevorsteht. Der alte Administrator hatte alles am Schnürchen, ihn konnte man mit der größten Ruhe schalten und walten lassen. Aber einem neuen Beamten kann man doch nicht so ohne weiteres vertrauen und ihn ohne Aufsicht lassen. Leuchtet dir das ein?«

Günter war aufmerksam seinen Worten gefolgt. »Gewiß, Onkel Viktor, vollkommen. Du müßtest unbedingt einen längeren Aufenthalt in Valberg nehmen, wenn ein neuer Administrator eingestellt würde.«

Viktor nickte. »Siehst du wohl – ich müßte – müßte sogar unbedingt! Aber es fällt mir gar nicht ein, mich mit diesem »muß« herumzuquälen. Das Landleben ist mir schon, wenn ich's mal freiwillig genieße, odiös. Ich gähne mich schon zuschanden, wenn ich mal acht Tage in Valberg sitzen muß.«

Günter lachte. Dann sagte er, tief aufatmend:

»So verschieden sind die Ansichten. Ich kann deine Aversion gegen das Landleben nicht begreifen. Valberg ist doch so wunderschön und liegt in der herrlichsten Gegend. Das Schloß ist komfor-

:abel eingerichtet – hat sogar elektrisches Licht. Der prachtvollste Jagdgrund steht dir zur Verfügung, und es sitzen in der Nachbarschaft herum doch einige nette, liebenswürdige Menschen, mit denen sich's leben läßt.«

Viktor machte ein sonderbares Gesicht.

»Na – über Geschmack läßt sich nicht streiten. Vielleicht fände ich das alles auch sehr nett – wenn es nicht sein müßte. Übrigens die Nachbarschaft – außer Cronersheim liegt alles ziemlich weit ab. Und nicht eine einzige charmante, hübsche Frau auf Meilen im Umkreis. Der Croner von Cronersheim ist mit seinen fünfundvierzig Jahren auch noch Junggeselle und nicht viel zu Hause. Außerdem ist mir der Mensch ziemlich widerwärtig, ein unangenehmer Maulheld. Also viel angenehmer Verkehr ist da nicht zu haben.«

»Trotzdem – Valberg selbst entschädigt für alles.«

»So, so! Also du fändest es nicht schrecklich, den größten Teil deines Daseins in Valberg verbringen zu müssen?«

Günter lachte: »Durchaus nicht – im Gegenteil. Wenn du mich diesen Sommer einige Wochen Urlaub dort verbringen lassen willst, bin ich sofort mit Eifer und Freude einverstanden.«

»Hm! Nun ja – so ein Urlaub! Aber sag mal – du bist doch mit Leib und Seele Soldat. Du würdest dich natürlich bedanken, als Krautjunker in Valberg Kohl zu bauen – ich meine für den Fall, daß man dich vor die Wahl stellte.«

Günter fuhr sich über die Stirn.

»Lieber Onkel, ich bin mit Leib und Seele Soldat, weil es nun mal mein Beruf ist und weil ein ganzer Mann seinen Beruf immer hochhalten und nach besten Kräften erfüllen soll. Aber ich kann dir sagen, daß ich mit Wonne meinen Kohl selber bauen würde, wenn ich nur die kleinste Klitsche mein eigen nennte. Ich denke es mir herrlich, so mit dem eigenen Boden zu verwachsen und aus ihm herauszuholen, was er geben will.«

Viktor sah lächelnd in sein leuchtendes Gesicht und legte seine schlanke, nervige Hand auf Günters Schulter.

»Junge – warum hast du mir diese schwärmerische Vorliebe für die Landwirtschaft nicht längst verraten?«

»Bester Onkel – du hast mich ja noch nie darum gefragt, und ich konnte nicht wissen, daß dich das interessierte. Das sind so stille

Liebhabereien, die man verschwiegen in der Brust trägt, weil sie unerfüllbar sind.«

Viktor schüttelte energisch den Kopf.

»Aber durchaus nicht, mein Junge. Jetzt kommen wir langsam auf den Kern der Sache. Also, gesetzt den Fall, du würdest heute Majoratsherr von Valberg, so würdest du deinen Abschied nehmen und Valberg selbst bewirtschaften?«

Günter nickte vergnügt und ahnungslos, worauf sein Onkel hinauswollte.

»Unbedingt! Das würde ich sofort tun.«

Eine Weile sah Viktor nachdenklich in sein Gesicht. Dann nickte er, als sei er mit sich selbst einig und warf den Rest seiner Zigarette in die Aschenschale. Dann sagte er rasch:

»Na also – dann kann ich mich ja kurz fassen. Also höre, mein Junge, was ich dir für einen Vorschlag machen will, damit du nicht erst sehnsüchtig auf meinen Tod zu warten brauchst. Du übernimmst schon jetzt, zu meinen Lebzeiten, das Majorat Valberg unter folgenden Bedingungen: Du arbeitest dich unter der Leitung des alten Administrators in diesem Jahre, solange er noch bleibt, ein, damit dir der neue Administrator keine Flausen vormachen kann. Du übernimmst dann die Oberleitung und verwaltest das Majorat so, daß mein Nachfolger, also du selbst, damit zufrieden ist. Für den Fall, daß ich auf meine alten Tage doch noch Geschmack am Landleben finden sollte, werden mir im Schloß Valberg auf Lebenszeit eine Reihe Gemächer reserviert, über die ich jederzeit frei verfügen kann. Die Einkünfte aus dem Majorat gehören zur Hälfte dir, zur Hälfte mir. So – das wäre so das Wesentlichste vorläufig. Gehst du darauf ein, so bin ich die Sorge um das Majorat los und weiß es in den besten Händen. Und du wirst schon jetzt Majoratsherr, kannst schalten und walten, wie du willst, und hast für deine Mühe auch ein größeres Einkommen als bisher, denn du weißt ja, daß Valberg sehr ertragfähig ist. Was sagst du nun zu diesem Vorschlag?«

Günters Gesicht war etwas bleich geworden. Wie eine Fata Morgana stieg es vor ihm auf. Er dachte an das Mädchen, das er liebte. Dieser Vorschlag bot ihm eine Möglichkeit, sich ohne Sorge einen Hausstand zu gründen. Es war ein glänzendes Anerbieten, das ihn wohl verlocken konnte. Aber er sträubte sich, es ernsthaft für möglich zu halten.

Eine Weile sah er mit großen Augen seinem Onkel ins Gesicht, dann atmete er hastig auf und sagte mit erzwungener Ruhe:

»Du sahst mich einen Moment fassungslos, Onkel Viktor, wie von einem Schwindel befallen. Wenn einem armen Schlucker plötzlich das Große Los geboten wird, so versetzt es ihm den Atem. Ich weiß ja so ungefähr zu taxieren, was du da so mit offenen Händen verschenken willst. Es ist kein Wunder, wenn mir dabei das Blut ein wenig rebellisch wurde. Aber wenn das von dir kein Scherz ist, so ist es doch wohl nicht reiflich bedacht, mir solch ein Angebot zu machen.«

Viktor schüttelte den Kopf.

»Keineswegs, mein Junge, es ist reiflich überlegt und bedacht. Ich weiß, daß Valberg in deinen Händen besser aufgehoben ist als in den meinen. Und ich bin, wie du weißt, reich genug, um auf die Hälfte der Einkünfte von Valberg verzichten zu können.«

Günter strich sich über die Stirn.

»Ja, ja – das mag alles sein. Aber du hast vergessen, mit einem Faktor zu rechnen.«

»Mit welchem Faktor?«

»Daß du dich noch einmal verheiraten und einen männlichen Erben bekommen könntest. Ginge ich jetzt auf deinen Vorschlag ein und gewöhnte mich so an die gute Zeit, an den Gedanken, Herr über Valberg zu sein, und es käme dann eines Tages ein Sohn von dir auf die Welt – dann hieße es für mich, meine Sachen packen und raus aus Valberg. Und dann würde es mich sehr bitter berühren, dann könnte es möglicherweise doch noch dazu kommen, daß ich ein schlechter, neidischer Mensch würde. Aufsteigen ist leicht – herabsteigen schwer.«

Viktor machte eine abwehrende Bewegung.

»Aber mein lieber Junge, du kannst dir wohl denken, daß ich dir diesen Vorschlag gar nicht erst gemacht haben würde, wenn ich die Absicht hätte, mich jemals wieder zu verheiraten. Ich bin doch kein Idiot. So eine Dummheit kann ein Mann wie ich im höchsten Falle nur einmal machen. Schon das war beinahe strafbar bei meiner Veranlagung.«

Günter mußte lachen.

»Man soll aber nichts verreden, Onkel Viktor. Und ich würde dann jedenfalls immer in Angst und Nöten schweben.«

Viktor machte ein nachdenkliches Gesicht.

»Nein, das sollst du nicht, das wäre ja ein schlechter Dienst, den ich dir erwiese. Wie kann ich dich nur überzeugen, daß ich ganz gewiß nicht wieder heiraten werde? Ach – das ist ja Unsinn, mein Junge, verbeiß dich doch nicht in eine so absurde Idee, an der mein ganzer schöner Plan scheitern könnte. Aber warte – da komme ich auf einen Ausweg. Wir wollen mal das Fürchterliche, um dich zu beruhigen, in den Bereich der Möglichkeit ziehen. Gesetzt also den Fall, ich heirate und bekäme einen Sohn – der könnte doch, sagen wir, vor seinem einundzwanzigsten Jahre das Majorat nicht übernehmen. Wir beide schließen also einen Vertrag, daß du, selbst wenn ich einen männlichen Leibeserben hinterlasse, bis zu dessen vollendetem zwanzigsten Lebensjahre Valberg unter den Bedingungen, die ich dir eben gemacht habe, verwaltest, und daß dir keiner dreinzureden hat. Na, ich denke, daraufhin kannst du es wagen, den Abschied zu nehmen, den Vertrag machen wir nur zu deiner Beruhigung, denn es fällt mir nicht ein, nochmals Ehefesseln zu tragen. Also – sag ja und amen, mein lieber Günter, setze dich hin und schreibe dein Abschiedsgesuch und siedle nach erhaltenem Abschied sofort nach Valberg über. Es ist sehr leicht möglich, daß ich dann öfter mal nach Valberg komme, wenn ich dich dort weiß. Jedenfalls reisen wir zusammen hin und bringen alles in Ordnung. Ich übergebe dir feierlich den ganzen Kram und suche mir die Zimmer aus, die ich für mich reserviert haben will. Groß genug ist Schloß Valberg, dir damit keinerlei Beschränkung aufzuerlegen. Also besinne dich nicht lange. Einverstanden?«

Günters gebräuntes Gesicht rötete sich vor Erregung. Seine Stimme zitterte merklich, als er fragte: »Ist es wirklich dein Ernst? Du siehst mich sehr erregt, dies großmütige Anerbieten . . . «

»Ach, Larifari, mein Sohn. Von Großmut keine Spur. Alles Egoismus. Und zum Scherz treibe ich solche Geschichten nicht, wenn ich auch sonst stets dazu aufgelegt bin. Also – willst du – oder nicht?«

Günter sprang auf. Es wurde ihm zu heiß. »Am Wollen fehlt's

nicht, Onkel Viktor. Wenn man so etwas in solcher Form geboten bekommt – dann muß man schon ein ganzer Narr sein, wenn man nicht mit beiden Händen zugreift. Du ahnst ja nicht, welche ein großes Glück du mir da bietest – ich – ach Onkel Viktor – wenn ich dir nur so recht danken könnte – ich finde die rechten Worte nicht, ich . . . «

Viktor sprang auch auf und machte eine komische fluchtartige Bewegung. »Du – sei so gut – verschone mich in Gnaden mit derlei Dankgestammle. Du machst mich damit einfach schamrot, denn ich gebe dir mein Wort, daß ich bei alledem zuerst und in der Hauptsache nur an mich und meine Bequemlichkeit gedacht habe. Ich habe dann endlich meine Ruhe, brauche mich nicht mit einem neuen Administrator herumzuquälen und muß mir nicht noch obendrein Gewissensbisse machen, daß ich mit einer nachlässigen Verwaltung das schöne Majorat verschandle und dich als meinen Nachfolger schädige. Wir sind also einig, mein Junge. Einzelheiten besprechen wir später – leiste mir morgen beim Diner Gesellschaft. Und jetzt werfe ich dich ohne Umstände hinaus – ich will Visiten machen.«

Günter Valberg verließ seinen Onkel in sehr froher, erregter Stimmung und suchte seine Wohnung auf. Das großmütige Anerbieten brachte ihn mit einem Schlage in Verhältnisse, die gegen seine bisherigen glänzende zu nennen waren – und die ihm vor allen Dingen gestatteten, vor die Eltern seiner Angebeteten zu treten und sie um die Hand ihrer Tochter zu bitten.

Carry von Platen hieß die junge Dame, die er heiß und leidenschaftlich liebte. Sie war die Tochter seines Obersten, der seiner Tochter keinerlei Mitgift geben konnte.

Carry war sehr schön und wurde viel bewundert, ohne daß sich jedoch ein annehmbarer Freier gefunden hätte. Günter hatte sein Herz an sie verloren, seit er sie zuerst gesehen. Er hatte sich jedoch mit aller Willenskraft von ihr zurückgehalten, weil er nicht daran denken konnte, sie zu heiraten und sie ihm zu teuer war, sie in eine aussichtslose Neigung zu verstricken.

Carrys Augen hatten ihm jedoch oft genug zu verstehen gegeben, daß sie seine Liebe erwiderte. Sie kamen natürlich gesellschaftlich sehr viel zusammen, es gab allerlei Berührungspunkte, und der Zufall, der wohl von Carry unterstützt wurde, führte auch hie und da zu einem kurzen Alleinsein. Dann mußte Günter alle Selbstbeherrschung aufbieten, um das schöne, goldhaarige Mädchen nicht in seine Arme zu reißen und den roten, feingezeichneten Mund mit Küssen zu bedecken.

Und eines Tages – es war im November – hatte das Regiment in den städtischen Forsten eine Hubertusjagd veranstaltet. Daran beteiligten sich auch die Damen und vor allem auch die Tochter des Obersten.

Carry war eine exzellente Reiterin und sah zu Pferde mit ihrer herrlichen Gestalt wunderschön aus. Günter war an ihrer Seite geritten während der Jagd. Und da hatte Carrys Pferd einen Fehltritt getan und war in die Knie gebrochen. Sofort war Günter aus dem Sattel und an ihrer Seite. Das heiße Blut, vom Jagdeifer erregt, hatte sich in diesem Augenblick nicht zügeln lassen. Als er Carry emporhob aus dem Sattel – sie war ganz unverletzt geblieben – schlang sie die Arme, um sich zu stützen, um seinen Hals. Und da war es um ihn geschehen gewesen. In ihren Augen sah er denselben heißen Wunsch, der auch ihn beseelte – und plötzlich brannten die Lippen der beiden jungen Menschen aufeinander in einem langen, seligen Kuß.

Dieser kurzen Minute heißer Glückseligkeit folgten allerdings in Günters Herzen bittere Selbstvorwürfe. Als er Carry wieder in den Sattel geholfen hatte – auch das Pferd war unverletzt geblieben – und an ihrer Seite im langsamen Tempo weiterritt, um den anderen zu folgen, da klagte er sich selber an und sagte Carry alles, was er für sie empfand und was ihn hinderte, um sie zu werben. Er bat sie, ihm nicht zu zürnen und ihm zu vergeben, daß er sich diesen süßen Augenblick vom Glück gestohlen hatte.

Sie hörte ihm mit verträumtem Lächeln zu und sagte dann, ihn groß und voll ansehend:

»Das alles hab' ich gewußt, Günter. Ich habe dir nichts zu verzeihen. Die Liebe läßt sich nicht durch Vernunftgründe unterdrücken. Laß uns diese süße Stunde nicht trüben durch Selbstvorwürfe. Wer weiß, ob uns je wieder solch ein Augenblick des Glückes geboten wird.«

Günter versuchte nun, eine Möglichkeit zu finden, die ihm eine Verbindung mit der Geliebten gestattete. Er sagte ihr, daß er seinen Onkel, wenn dieser von seiner Reise zurückkam, bitten wollte, ihm zu helfen, daß er sich mit der Geliebten vereinigen konnte.

»Er wird es tun, Carry, Onkel Viktor ist großherzig. Und wenn wir uns auch ganz bescheiden einrichten müssen, wenn wir uns nur angehören dürfen. Warte nur noch diese kurze Zeit, mein süßes, geliebtes Herz.«

Carry hatte ihm lächelnd zugehört. Es entsprach ihren Wünschen durchaus nicht, eine Ehe einzugehen, die gleich zu Anfang mit Sorgen und Sparen beginnen sollte. Sie hatte das Elend einer Kommißehe ohne Vermögen an ihren eigenen Eltern erlebt. Von Jugend auf hatte ihr die in kleinlichen Sorgen aufgehende Mutter, der verbitterte Vater, vor die Augen geführt, daß nur eine reiche Partie sie aus allen Nöten erlösen konnte. Und sie wollte eine reiche Partie machen, wollte aus den engen Verhältnissen heraus, um jeden Preis. Ihre Schönheit sollte ihr dazu helfen.

Aber Jahr um Jahr verging, ohne daß der reiche Freier kam. Carry war bereits zweiundzwanzig Jahre. Und endlich diesen Winter zeigte sich ihr eine Aussicht. Der Freiherr Franz Croner auf Cronersheim, ein reicher Grundbesitzer, der Nachbar des Majorats Valberg, tauchte in der Residenz auf und machte keinen Hehl daraus, daß er eine Frau suchte. Carry gefiel ihm sehr – aber diese fand ihn wenig liebenswert. Doch sein Reichtum lockte, die Mutter beschwor Carry in den höchsten Tönen, klug zu sein, und Carry selbst sagte sich, daß sich ihr hier endlich eine Gelegenheit bot, aus engen Verhältnissen herauszukommen.

Das hatte sie indes nicht gehindert, sich in Günter Valberg zu verlieben.

Deshalb lächelte sie nur zu seinen Plänen, lächelte süß und sinnbetörend, bot Günter wieder und wieder die heißen, roten Lippen und sagte leise: »Laß uns doch an nichts denken als an den Augenblick, Günter. Jetzt halten wir einander, jetzt küssen wir uns, und diese seligen Minuten soll uns niemand rauben. Sprich nicht von der Zukunft, nicht von Heiraten, das ist ja alles so wesenlos – wenn wir uns nur lieben. Und es bleibt unser süßes Geheimnis, nicht wahr, Liebster?«

»Ja, meine Carry – so lange, bis ich vor deinen Vater treten kann mit leidlichen Aussichten für die Zukunft, so lange müssen wir unsere Liebe verbergen. Aber du bleibst mir treu, nicht wahr – du bist mein?«

Da hatte sie leise geseufzt und dann wieder gelächelt.

»Ich liebe dich – und mein Herz wird dir immer gehören.«

Von dieser Stunde an fühlte sich Günter Valberg an die Geliebte gebunden. Nur selten war ihnen noch ein heimlicher Augenblick des Glückes beschert. Vor den anderen Menschen mußten sie sich nun doppelt beherrschen und fremd miteinander tun. Günter wartete sehnsüchtig auf die Rückkehr seines Onkels und war sehr froh gewesen, als der ihn heute zu sich rief.

Und nun? – Ehe er noch dazu gekommen war, Onkel Viktor seine bedrängte Lage zu schildern, hatte dieser das Füllhorn des Glückes über ihn ausgeschüttet. Er war nun imstande, Carry ein gesichertes, sorgenfreies Los zu bieten und sich stolz und glücklich vor aller Welt zu ihr zu bekennen. Das Herz wurde ihm groß und weit vor Glückseligkeit, und er konnte die Zeit kaum erwarten, bis er Carry das alles gesagt haben würde.

Am liebsten hätte er sich gleich seinem Onkel anvertraut, aber da ihn dieser so energisch hinauskomplimentiert hatte, mußte er es verschieben.

Voll heißer Dankbarkeit gegen Onkel Viktor und erfüllt von einem zärtlichen Ungestüm, voll Sehnsucht, der Geliebten die glückliche Wendung berichten zu dürfen, stürmte er in seine Wohnung. Er hatte jetzt nur noch Zeit, sich umzukleiden. Der Dienst ging vor. Aber er war in sehr gehobener Stimmung. Als ein glückliches Omen erschien es ihm, daß er, als er zur Reitbahn ritt, Carry von Platen begegnete. Sie war allerdings in Begleitung ihrer Mutter, und neben ihr ging mit einer unverschämten Vertraulichkeit Herr von Croner auf Cronersheim, den Günter ebensowenig leiden konnte wie Onkel Viktor.

Dieser Herr von Croner drängte sich immerfort in Carrys Nähe und verkehrte sehr viel im Hause des Obersten. Günter war seine laute, arrogante Art verhaßt, Croner posaunte seine Absicht, sich nun endlich mit seinen fünfundvierzig Jahren zu verheiraten und eine Frau zu suchen, in wenig delikater Weise aus. Von allen Seiten machte man Jagd auf die reiche Partie und man überbot sich an Liebenswürdigkeiten für den keineswegs angenehmen Freier – nur weil er eben Herr auf Cronersheim und sehr reich war. Mit einer unverschämten Arroganz ließ er sich umschwärmen und verwöhnen, erweckte Hoffnungen, die er nicht erfüllte, und kam sich riesig unwiderstehlich vor.

Grüßend ritt Günter vorüber. Seine Augen suchten aufstrahlend die der Geliebten, die seinen heimlichen Gruß mit dem gleichen Aufstrahlen erwiderte. Die Oberstin dankte würdevoll und Herr von Croner mit einer unangebrachten Vertraulichkeit, die er sich dem jungen Offizier gegenüber anmaßte mit der Begründung: »Wir werden ja doch eines Tages Nachbarn, wenn's auch wohl noch lange dauert, bis Ihnen der jetzige Majoratsherr Platz gemacht hat.«

Günter bemerkte noch, ehe er vorüber war, daß sich Croner sehr vertraulich zu Carry hinüberneigte. Diese hielt sich jedoch stolz aufrecht.

Günters Herz klopfte stürmisch. Was hätte er darum gegeben, wenn er Carry hätte zurufen dürfen, was ihm das Herz bewegte. Aber das ging natürlich nicht an. Erst wollte er morgen noch alle Einzelheiten mit Onkel Viktor feststellen, ehe er zu Platen ging. Diesem mußte er seine Verhältnisse genau klarlegen, wenn er ihn um die Hand seiner Tochter bat.

Seine stolze, süße Carry! Wie sie sich freuen würde, nun da alle Hindernisse zwischen ihnen beseitigt waren. War sie erst seine Braut, dann sollte sich dieser Herr von Croner nicht gestatten, ihr seine Gesellschaft aufzudrängen. Carry konnte diesen faden, arroganten Patron nicht ausstehen, der nach seiner sehr ausschweifenden Jugend nun eine junge Frau an sich fesseln wollte. Und nur die schönsten Mädchen fanden Gnade vor seinen Augen. Carry war aber die Schönste von allen – und sie war Günters Eigentum.

Strahlend vor Glück ritt er weiter.

Am nächsten Vormittag kam Günter müde vom Dienst nach Hause. Er wollte noch ein Stündchen ruhen, ehe er sich umkleidete und zu seinem Onkel zum Diner ging.

Sein Bursche mußte ihm die Reitstiefel ausziehen und ihm den Hausrock bringen.

»Sonst was los, Kuschke?«

»Befehl, Herr Leutnant, zwei Briefe sind angekommen.«

»Schön. Her damit. Und nun kannst du verschwinden, mein Sohn. Falls ich einschlafe, in einer Stunde wecken. Und hier – warte mal, Kuschke – hier hast du einen Taler. Kauf deiner Herzallerliebsten ein himmelblaues Band oder 'ne Flasche Veilchenduft.«

Kuschke ließ vergnügt grinsend den Taler verschwinden.

»Befehl, Herr Leutnant – ich danke schön.«

»Gut, gut – und nun raus!« Kuschke verschwand.

Günter sah erst eine Weile, in rosenrote Träume versunken, dem Rauch seiner Zigarette nach. Dann erinnerte er sich wieder an die Briefe, die neben ihm auf einem Tischchen lagen.

Gemächlich öffnete er den ersten. Er enthielt eine Einladung zu einem Hausball in einer befreundeten Familie. Der zweite Brief enthielt eine große steife Doppelkarte.

»Hm! Was ist denn das?« sagte er vor sich hin und schlug die Karte auseinander. Günter sah darauf nieder – und da richtete er sich plötzlich mit einem Satz hoch auf und starrte auf die Karte herab, als traue er seinen Augen nicht.

»Die Verlobung ihrer Tochter Carry mit dem Freiherrn Franz Croner auf Cronersheim beehren sich hiermit ergebenst anzuzeigen

Oberst von Platen und Frau
geb. Freiin von Reckling.«

Das stand auf der einen Seite. Und auf der andern – Günter las es wieder und wieder, als könne er es nicht fassen:

Carry von Platen
Franz von Croner
E. s. a. V.

Langsam legte Günter die Zigarette fort – sie schmeckte ihm bitter. Und langsam faltete er die Karte zusammen – und ließ sie aus seinen zitternden Händen gleiten.

Sein gebräuntes Gesicht war fahl, wie das eines Kranken, und um den Mund erschien ein herber, bitterer Zug. Seine Augen blickten trübe. Mit einem Male war alle Freude, die ihn seit gestern beseelte, erloschen.

Erst wehrte er sich verzweifelt, das zu glauben, was ihm diese Karte verkündete. Carry – seine Carry – sein stolzes, geliebtes Mädchen – und dieser Freiherr von Croner. Das konnte doch nicht sein – er war im Fieber – er hatte Halluzinationen.

Verstört hob er die Karte auf und las noch einmal.

Nein – es war keine Täuschung, schwarz auf weiß wurde ihm dieser unerhörte Treubruch verkündet. Er war aufgegeben – um eines Croners willen – weil er weniger – viel weniger zu bieten hatte als dieser.

Carry die Braut Croners – dies schöne, stolze Geschöpf in den Armen dieses faden Gecken mit der brutalen Arroganz.

Und kein Wort von ihr hatte ihn darauf vorbereitet – sie ließ es zu, daß ihn dieser Schlag wie aus heiterm Himmel traf. Freilich – sie hatten sich seit zwei Wochen nie allein gesehen – und schreiben wollte sie wohl nicht. Aber auf irgendeine Weise hätte sie ihn vorbereiten müssen. Überhaupt – wie hatte sie ihm das antun können, wenn sie ihn wirklich liebte?

Nein – sie konnte ihn nicht lieben. Falsch waren ihre Liebesschwüre, falsch ihre Küsse – falsch die heißen, lockenden Augen, in denen er seinen Himmel gesehen. O – über diese Falschheit! Wie hatte sie über Croner gespottet, wie hatte sie ihm kühl und unnahbar den Rücken gedreht, wenn er sie mit seinen frechen Augen anstarrte. Und das alles war nur Schein gewesen, um ihn zu düpieren?

Er ahnte nicht, daß Carry Platen durch diese Zurückhaltung nur den durch allerlei Avancen verwöhnten und übersättigten Croner mit kühler Berechnung hatte reizen und fesseln wollen. Er wußte nicht, daß die schöne Carry nie im Ernst daran gedacht hatte, die Frau des armen Günter Valberg zu werden, der ihr im günstigsten Falle ein sehr bescheidenes Los und eine sehr unsichere Aussicht auf ein Majorat zu bieten hatte, das er wohl nie erhielt oder doch nur erst nach langen, entbehrungsreichen Jahren. Er ahnte nicht, daß Carrys ganzes Streben nur nach Glanz und Reichtum ging und daß er ihr gerade nur gut genug gewesen war, ein flüchtiges Liebesspiel mit ihm zu treiben. Nur so viel wurde ihm klar, daß Carry Croners Bewerbung nur seines Reichtums halber angenommen hatte.

Aus welchem Grunde aber auch – für ihn war sie nun verloren – und sein Ideal lag zerbrochen am Boden. Die Carry, die sich für Geld verkaufen konnte, war nicht dieselbe, die er mit heißer Inbrunst und Verehrung geliebt, die er zu seiner Frau hatte machen wollen.

Und nun freute es ihn kaum noch, daß seine Verhältnisse sich so glänzend verbessert hatten. Ihretwegen hatte ihn das am meisten beglückt – und sie hatte ihn herzlos verraten. Das tat bitter weh. Er hatte sein ganzes, ehrliches Herz an das schöne Mädchen gehängt.

Was nützte ihm nun das großmütige Anerbieten Onkel Viktors?

Er grub sein Gesicht in das Kissen auf dem Diwan.

»Zu spät!« stöhnte er.

Aber mit bitterem Hohn verbesserte er sich selbst: »Nein – gerade noch zur rechten Zeit, um dich von einer großen Torheit zurückzuhalten. Sei froh, daß dir die Augen aufgehen, ehe es zu spät war. Diese Carry hätte dich nie glücklich machen können.«

Aber die Erkenntnis brachte ihm jetzt keinen Trost. Er warf sich wieder auf den Diwan und sah starr vor sich hin. Und das Herz zuckte ihm in bitterer Qual. Wie hatte er sie geliebt – wie glücklich war er gewesen im Bewußtsein, von ihr geliebt zu werden. Und wie heiß waren ihre Küsse. – Fort damit – nicht mehr daran denken. Was sich einem Franz Croner ergab, hatte keinen Reiz mehr für ihn.

Müde erhob er sich, als nach einer Stunde sein Bursche eintrat. Und er dachte, wie gut es war, daß er gestern Onkel Viktor nichts von seinen Beziehungen zu Carry Platen verraten hatte.

Heute würde er es nun sicher nicht tun.

Und das Herz tat ihm weh, als sei ihm etwas Schönes, Teures gestorben.

Baron Viktor hatte am Tage vorher, nachdem ihn Günter verlassen hatte, seine Visitentournee angetreten. Er hatte überall nur Karten abgeworfen. Zuletzt war er auch bei seiner langjährigen Freundin, der verwitweten Generalin von Tronsfeld, vorgefahren.

Sie gehörte zu den tonangebenden Persönlichkeiten der Residenz. In ihrem Salon traf sich alles, was Anspruch auf Geist und guten Namen hatte. Vor ihrer Verheiratung war sie Hofdame der Prinzessin Leonie, der Schwester des regierenden Herzogs, gewesen.

Jetzt bewohnte Ihre Exzellenz mit einer ebenfalls verwitweten Cousine zusammen eine hübsche, geräumige Villa. Jede der beiden Damen hatte eine Etage für sich und hatte ihren eigenen Haushalt. Ohne sich gegenseitig zu genieren, hatten sie doch einen Zusammenhalt, wenn sie danach verlangten.

Exzellenz Tronsfeld bewohnte die erste Etage. Diese war so reizend und harmonisch eingerichtet, mit allerlei hübschen Plauderecken, daß jeder Besucher sich zu Hause fühlte.

Die Generalin war eine sehr weltkluge und sympathische Frau von fast fünfzig Jahren. Ihr verstorbener Gemahl war reichlich zwanzig Jahre älter gewesen, doch hatten sie eine anscheinend sehr glückliche Ehe geführt. In ihrer Jugend war sie eine gefeierte Schönheit gewesen, und auch jetzt war sie noch eine sehr hübsche, stattliche Frau.

Gestern nun hatte Valberg seine Freundin nicht angetroffen. Deshalb wiederholte er heute seinen Besuch, denn ihn verlangte nach einem Plauderstündchen mit der geist- und gemütvollen Frau, bei der er immer Verständnis fand.

Als ihr Valberg gemeldet wurde, saß sie in einen hohen Lehnstuhl geschmiegt, an dem kaschierten Marmorkamin, in dem der Heizkörper der Zentralheizung verborgen lag.

Ohne sich zu erheben, streckte sie dem Baron ihre feine, schlanke Hand entgegen, an der sich noch keinerlei Altersspuren bemerkbar machten. Um ihren Mund lag ein warmes Lächeln, und die von schwarzen Wimpern umsäumten grauen Augen grüßten ihn mit dem klaren, gütigen Blick, der dieser Frau eigen war.

Sie begrüßten sich, als hätten sie sich gestern zum letztenmal gesehen – und doch lagen Monde zwischen jetzt und ihrer letzten Begegnung.

»Teuerste Freundin – ich lege mich Ihnen zu Füßen«, versicherte Viktor lächelnd, ihre Hand an die Lippen ziehend.

»Strapazieren Sie sich nicht, lieber Baron, setzen Sie sich lieber mir gegenüber in diesen Lehnstuhl, das ist bequemer. Wenn Sie ein Weilchen Zeit haben, wollen wir plaudern.«

Er nahm ihr gegenüber Platz.

»Ah – wie gut sitzt es sich an Ihrem Kamin – in diesem mir so wohlbekannten Sessel – meinem Beichtstuhl. Verfügen Sie ganz über mich. Bis zum Diner bin ich völlig frei. Ich war schon gestern vor Ihrer Tür, traf Sie aber leider nicht zu Hause an. Nun bin ich glücklich, Sie endlich begrüßen zu können.«

»Ja, ich hörte von Ihrem Besuch, lieber Baron. Daß Sie von Ihrer Reise zurückgekehrt waren, hörte ich schon unterwegs. Die ganze Residenz ist voll davon. Sie wissen, in unserer Residenz gibt es keine Geheimnisse.«

»Oder doch nur solche, von denen alle Welt weiß.«

»Mich wundert es, daß Sie nun doch endlich wieder heimgefunden haben.«

Er sah sie lächelnd an.

»Die Sehnsucht nach einem Plauderstündchen mit Ihnen trieb mich heim.«

Ein feines Lächeln umspielte ihren Mund.

»Lieber Baron – das muß ich hoffentlich nicht glauben.«

Er legte die Hand beteuernd aufs Herz.

»Ehrenwort, Exzellenz. Nach Ihnen habe ich immer und überall Sehnsucht.«

Sie stützte das Haupt in die Hand. »Muten Sie mir nicht zuviel zu?«

Ernst blickte er sie an. »Das müssen Sie mir glauben.«

Sie lachte leise. »Wehe der Frau, die Ihnen etwas glaubt, mon cher.«

Sich verbeugend, sah er sie bittend mit seinen unwiderstehlichen Blicken an. »Wenn diese Frau nicht Maria Tronsfeld heißt. Diese eine Frau kann und soll mir alles glauben.«

»Warum gerade ich?«

»Weil Sie die einzige Frau sind, Maria, die ich nie zu belügen wagen würde.«

»Und warum nicht?«

»Weil Sie die einzige Frau sind, die mir gegenüber nie schwach geworden ist. Oft habe ich über Frauenherzen gesiegt, ohne es zu wollen. Bei Ihnen wollte ich siegen, lange Zeit habe ich mich heiß bemüht, Ihre Gunst zu gewinnen – nein – Ihre Liebe. Ich habe alles daran gesetzt, Sie mir zu gewinnen. Aber all mein heißes Ringen ist an Ihrem überlegenen Lächeln abgeglitten. In diesem Kampf blieben Sie Siegerin. Und da blieb mir nichts anderes übrig, als um Ihre Freundschaft zu betteln, damit ich nur nicht völlig Fiasko machte.«

»Was Ihre Eitelkeit nicht verwunden hätte«, spottete sie.

Er schüttelte abwehrend den Kopf.

»Nein, nein – ich sah es bald ein – Sie standen zu hoch für eine Liebelei, und ein großes Gefühl hatte ich in der Liebe nie zu vergeben – leider. Ich wollte, es wäre anders gewesen. Leider habe ich mich in kleiner Münze ausgegeben. Ich sah ein, daß man einer Frau wie Ihnen nur ein ganzes, volles Herz bieten darf – oder Freundschaft. Und so wurde ich bedingungslos Ihr treuester, ergebenster Freund. Das glauben Sie mir doch?«

»Ja – das glaube ich Ihnen.«

Eine Weile sahen sie sich schweigend und lächelnd an. Dann sagte er nachdenklich: »Es ist doch seltsam, teuerste Exzellenz. Gerade auf Sie, die mir nie das leiseste Fünkchen Liebe entgegengebracht hat, die mich stets hat kalt abfallen lassen, wenn mein heißes Blut einmal rebellisch aufloderte, gerade auf Sie war meine einstige Gattin am eifersüchtigsten. Ein harmloses Billett von Ihnen, das Sie mir über eine Wohltätigkeitsangelegenheit schrieben, ich glaube, es war eine Quittung über eine gestiftete Summe, gab den letzten Anlaß, daß ich meine Gattin verließ, nachdem sie mir einen eklatanten Treubruch schon fast vergeben hatte. Gerade auf Sie war sie am eifersüchtigsten.

Die Generalin sah mit großen Augen in sein Gesicht.

»Das ist doch nicht Ihr Ernst?«

»Doch, es ist so. Aber nun erschrecken Sie nicht noch nachträglich darüber. Sie wissen ja selbst am besten, wie unschuldig Sie waren. Aber meine Gattin hatte es sich in ihren sehr eigensinnigen Kopf gesetzt, daß Sie mich liebten, nicht nur, daß Sie meiner

Herzensruhe gefährlich gewesen wären. Das letztere war ja der Fall, aber das erstere – lieber Gott, wie kalt ließen Sie mich abfallen. Meine Gattin aber witterte andere Gefühle hinter Ihrem kühlen Wesen. Erinnern Sie sich der kurzen Zeit, da ich mit ihr hier in der Residenz die Hofbälle mitmachte? Da behauptete sie, nicht nur Prinzeß Leonie, sondern auch Sie seien in heißer Liebe zu mir entflammt. Damit hat sie mich gequält. Ist das nicht sonderbar?«

Stumm sah die Generalin eine Weile vor sich hin. Endlich sagte sie leise: »Man sagt, Eifersucht macht blind. Manchmal macht sie aber auch hellsehend.«

»In diesem Falle also blind. Es hat meiner Frau an Scheidungsgründen nicht gefehlt, ich gab ihr wahrlich genug Grund zur Eifersucht. Aber gerade da, wo ihre Eifersucht am grundlosesten war, war sie am stärksten.«

Noch immer lag der seltsame Ausdruck in ihren Augen. Aufatmend lehnte sie sich zurück. »Lieber Baron – Ihre Gattin war in diesem Falle doch – hellsehend.«

Erstaunt sah er sie an. »Wie meinen Sie das, Exzellenz?«

Ein weiches Lächeln lag um ihren Mund. »Ihre Frau hat mehr und tiefer gesehen, als Sie selbst, lieber Freund. Uns Frauen ist oft in solchen Fällen ein sechster Sinn eigen. Und mit diesem sechsten Sinn hat Ihre Gattin wohl herausgefunden, was andern Menschen und auch Ihnen ein Geheimnis blieb, bis heute.«

»Was wäre das?« fragte er betroffen.

»Das Geheimnis, daß Maria Tronsfeld den Baron Viktor Valberg heißer und tiefer geliebt hat als jede andere Frau.«

Er reckte sich empor, als habe ihn ein magnetischer Strom berührt. »Maria!« Und sich wieder zurücklehnend, fuhr er fort: »Sie belieben, mich zu verspotten.«

Lächelnd schüttelte sie den Kopf. Es war wieder das überlegene und doch gütige Lächeln, das ihr immer eigen war. »Nein, mein lieber Freund, ich spotte gewiß nicht. Jetzt, mit meinen fünfzig Jahren, bin ich über die Zeit hinaus, in der ich Ihnen aus meiner Liebe ein Geheimnis machen wollte und mußte. Und da es gerade zur Sprache kommt, kann ich es Ihnen ja ruhig eingestehen. Ja, lieber Freund – ich habe Sie geliebt – über alle Begriffe – mit tausend Schmerzen und mit bitterstem Leid.«

Fassungslos sah er sie an und strich sich über die Stirn.

»Nein – nein – das kann nicht wahr sein, Maria! Wie oft habe ich um Ihre Liebe gebettelt. Nie habe ich mich so mit aller Kraft um die Liebe einer Frau gemüht, wie um die Ihre. Sie blieben immer kalt und stolz, wiesen mich zurück.«

Sie nickte leise und sah ihn ruhig an. »Ja, weil ich nicht eine von den vielen sein wollte, über die Sie nach leichtem Siege unbekümmert hinwegschritten. Ich war zu stolz, Ihnen zu zeigen, daß ich mein törichtes Herz, trotzdem ich Sie nur zu gut kannte, an Sie verloren hatte. Lieber wäre ich gestorben, als mich von Ihnen besiegen zu lassen. Die Zähne habe ich zusammengebissen, um meinen Stolz behaupten zu können. Und um eine Schranke zwischen mir und Ihnen aufzurichten, nahm ich die Bewerbung meines Mannes an, der mir eine väterliche Neigung entgegenbrachte. Ihm habe ich mein ganzes Empfinden anvertraut, er allein wußte, wie es in mir aussah. Und er hat mir geholfen, daß ich mich nicht selbst verlor. So rang ich mich nach jahrelanger Pein durch diese schmerzvolle Liebe und wurde endlich in Wahrheit, was ich Ihnen vortäuschte – Ihre Freundin, zu der Sie kamen, wenn Sie ausruhen wollten von Ihren törichten Leidenschaften, die Ihr Herz doch leer ließen, weil Sie sich verzettelten. Ich war doch glücklicher, mit meinem einzigen großen Gefühl, wenn es mir auch mehr Schmerzen brachte als Freude. Ja ja, mein Freund, so ist das Leben. In der großen Welt da draußen haben Sie wohl wieder manches Frauenherz im leichten Spiel betört. Sie bleiben jung in dem ewigen Auf und Nieder Ihrer Gefühle. Ich aber bin im Herzen eine alte Frau geworden, die abgeschlossen hat mit allen großen und stürmischen Empfindungen. Ich sitze hier behaglich am Kamin und sehe mit abgeklärter Ruhe zurück auf die Stürme, die einst meine Seele durchtobten.«

Ein tiefer Seufzer hob seine Brust.

»Das habe ich nicht geahnt, Maria! Sie sehen mich fassungslos erschüttert. Ich möchte andachtvoll vor Ihnen die Knie beugen – und möchte Ihnen doch zugleich zürnen. Mir ist, als hätten Sie mich durch Ihren Stolz um das Köstlichste betrogen, was mir das Leben zu bieten gehabt. Wenn Sie mir Ihre Liebe geschenkt hätten, Maria, Ihnen hätte ich die Treue halten können, Ihnen allein. Sie hätten mich von der Ruhelosigkeit erlösen können. Denn Sie haben mich tiefer und mehr geliebt als andere Frauen, denen meine Liebe auch nur ein Spiel war.«

Lächelnd schüttelte sie den Kopf.

»Das reden Sie sich jetzt ein, lieber Freund. Hätte ich Sie erhört, wie es andere auch getan, so wäre ich in Ihrem Leben auch nur eine flüchtige Episode gewesen, nicht mehr. Von Ihrer Ruhelosigkeit, von Ihrem fast krankhaften Freiheitsdrang hätte ich Sie so wenig kurieren können, wie andere Frauen auch. Der Schmetterling bleibt immer nur zur kurzen Rast auf einer Blume sitzen und nascht von ihrer Süßigkeit, ohne auf den Grund des Kelches zu kommen, es treibt ihn weiter, von einer zur andern. Und Ihre Schmetterlingsnatur kennt das Gefühl der Treue nicht. Ich habe Sie kennengelernt, wie wohl sehr wenige Menschen, weil Sie mir einen tieferen Einblick in Ihr Inneres gestatteten. Und weil ich Sie kannte, mit allen Fehlern – aber auch mit allen Vorzügen Ihres Charakters, deshalb vermochte ich es schließlich, Ihre Freundin – nichts als Ihre Freundin zu werden. Solange mein Herz noch jung und rasch in der Brust schlug, wollte es mir nicht gelingen. Nun bin ich aber schon seit manchem Jahre Ihre echte, rechte Freundin, bin es mit innerer Befriedigung. Denn dadurch habe ich mir das bessere Teil an Ihnen gesichert – und Ihre Treue. In der Freundschaft ist Ihnen die Treue Bedürfnis, und in der Liebe – die Untreue.«

Nun faßte er doch ihre Hand und legte sein Gesicht eine Weile stumm in diese kühle, schöne Frauenhand, die sich noch den ganzen Zauber der Jugend bewahrt hatte. Als er dann nach langer Zeit das Antlitz hob, lag ein feuchter Glanz in seinen Augen.

Dann erhob er sich, ging an das Fenster und blieb eine Weile stehen. Endlich setzte er sich wieder zu ihr und sagte mit verhaltener Stimme:

»Diese Stunde wird mir ewig unvergeßlich sein, Maria. Nie in meinem Leben hat mich etwas so tief bewegt, wie Ihr Bekenntnis. Und daß Sie mir dies Bekenntnis nicht für immer vorenthalten haben, daß Sie mich für würdig hielten, es zu hören – das hebt mich über mich selbst hinaus. Ich weiß nicht, ob mich Ihre Liebe nicht doch zu einem anderen, besseren Menschen hätte machen können. Denn gerade in meinem ewigen Suchen, in meinem Hasten von einer Frau zur anderen, lag doch die Sehnsucht, etwas Großes, Reines, Erhabenes zu finden, zu erleben. Mein Durst wurde nie gestillt. Sie hätten ihn doch vielleicht stillen können.«

Maria Tronsfeld schüttelte mit ihrem stillen Lächeln den Kopf.

»Nein nein, lieber Freund, reden Sie sich das nicht ein. Ich kenne Sie besser, als Sie sich selbst. Und nun wollen wir dies Thema ruhen lassen. Das waren Reminiszenzen aus vergangenen Tagen. Ich freue mich, daß Sie zurückgekehrt sind. Sie kommen gerade zur rechten Zeit.«

Er seufzte auf. Sie winkte hastig ab.

»Lieber Freund – beschämen Sie mich nicht, und kein Wort mehr davon zwischen uns, sonst müßte ich bedauern, Ihnen dies Bekenntnis abgelegt zu haben.«

»Nein, das sollen Sie nie, niemals bedauern. Und wenn ich nicht mehr davon sprechen darf, so will ich es doch mit mir nehmen wie ein köstliches Geschenk und es hüten wie einen Schatz. Und nun, teure Freundin – für heute gestatten Sie mir, mich Ihnen zu empfehlen. Von alltäglichen Dingen kann ich jetzt nicht sprechen. Ich bin durch Ihr Bekenntnis mehr erschüttert, als Sie mir glauben werden. Und ich will es wenigstens still in mir ausklingen lassen.«

Sie reichte ihm die Hand und sah ernst zu ihm auf.

»So gehen Sie. Und vergessen Sie nicht, daß ich morgen meinen Jour habe. Ich darf Sie doch erwarten?«

Er küßte ihre Hand.

»Adieu, lieber Freund.«

Noch einen andachtsvollen Kuß drückte er auf ihre Hand. Dann ging er schnell mit seine elastischen Schritten hinaus. Als die Tür hinter ihm ins Schloß fiel, seufzte sie auf.

»Wie jung er geblieben ist! Und ich – wie bin ich alt und ruhig geworden«, dachte sie.

Aber es war doch eine Freude in ihr, daß er so bewegt war über ihr Bekenntnis und daß er nicht in seiner sonstigen leichten Art darüber zur Tagesordnung übergehen konnte.

Baron Viktor Valberg war so sehr von dem, was ihm die Generalin gesagt hatte, in Anspruch genommen, daß ihm Günters stilles, bedrücktes Wesen nicht besonders auffiel. Die beiden Herren dinierten zusammen, taten aber beide dem leckeren Mahle nicht die rechte Ehre an.

Erst als der Baron zum Nachtisch Sekt servieren ließ, wurde die Stimmung bei ihm selbst etwas besser. Und da bemerkte er bald, daß Günter oft mit blassem Gesicht düster vor sich hin blickte. Endlich konnnte er das nicht mehr ruhig mit ansehen.

»Holla, mein Junge, was ist denn heute mit dir? Hat dir etwas die Petersilie verhagelt, oder fühlst du dich nicht wohl?«

»Doch, Onkel Viktor, ich bin ganz wohl. Bitte, achte nicht auf mich – ich – ja – ich hatte heute mit der Post eine schlechte Nachricht.«

»Nun, nun – hast du Schulden? Hat dich ein Gläubiger gemahnt?«

»Nein, du weißt, daß ich mich hüte, Schulden zu machen und immer mit dem auskomme, was du mir gibst.«

»Hm! Also kann ich dir nicht helfen?«

»Nein, es ist eine ganz persönliche Angelegenheit.«

Er ließ das Thema fallen und kam wieder auf Günters Übersiedlung nach Valberg zu sprechen.

Am nächsten Morgen schickte Viktor der Generalin einen herrlichen Blumengruß. Eine Karte begleitete die Blumen, auf der in seiner steilen eleganten Handschrift folgende Worte standen:

»Lassen Sie mich mit diesen Blumen das Grab schmücken, in dem ein großes Gefühl eingesargt wurde, das eine arme irrende Seele stets voll Sehnsucht gesucht hat, ohne es zu finden. Dies letzte Wort der Dankbarkeit gestatten Sie

Ihrem dankbar ergebenen Freunde
Viktor Valberg.«

Die Generalin streichelte lächelnd über die Blumen hinweg.

»Er ist und bleibt ein großes Kind, das sich gern selbst betrügt«, dachte sie mit dem mütterlich nachsichtigen Gefühl, das sie ihm entgegenbrachte.

Als sich dann am Abend Valberg als erster der Jour-fix-Gäste bei ihr einstellte, rührten sie beide mit keinem Wort mehr an das, was gestern zwischen ihnen gesprochen worden war. Aber in seinem Wesen lag noch mehr ausgeprägt als früher die verehrungsvolle Zartheit, mit der er Maria Tronsfeld entgegenkam.

Und als sie dann plaudernd zusammensaßen, sagte die Generalin mit einem ernsten Blick:

»Lieber Baron! Ich fand heute in der Kölner Zeitung eine Nachricht, die Sie wohl einigermaßen berühren wird. Oder wissen Sie schon – daß ihre ehemalige Gattin gestorben ist?«

Er blickte sie betroffen an.

»Lisa?«

»Ja. Lisa von Heerwege, geborene von Rippach.«

Der Baron fuhr sich über die Stirn.

»Nein, das wußte ich nicht.«

»Ich dachte es mir und habe Ihnen das Blatt aufgehoben. Herr von Heerwege zeigt den Tod seiner Gattin an, und auch die Namen der Kinder – sie muß in zweiter Ehe auch Kinder gehabt haben – sind unterzeichnet.«

Sie reichte ihm die Zeitung, und er überflog die Anzeige.

Clauß von Heerwege unterzeichnete als Gatte, Rita, Hans, Lena und Sybille als Kinder.

Seine Augen blieben auf dem Namen »Rita« haften.

Das war seine Tochter, sein kleines dunkellockiges Mädchen, das nun einen anderen Vater nannte. Er sah sie noch vor sich, wie er sie zuletzt gesehen, ein zierliches Persönchen im weißen Kleidchen mit üppigen schwarzen Locken. Daß sie inzwischen älter geworden war, daran dachte er nicht.

Er machte eine Bewegung, als schüttele er etwas Drückendes ab. Fast hilflos blickten seine Augen zu ihr hinüber.

»Seltsam! Seit ich nach Hause zurückgekehrt bin, kommt allerlei über mich, was mich aus dem Gleichgewicht zu werfen droht. Die Vergangenheit tritt mahnend vor mich hin. Lisa tot! Sie ist nur achtundvierzig Jahre alt geworden. So vollkommen hat sie sich selbst aus meinem Leben gestrichen, daß ich sie fast vergessen hatte. – Hoffentlich hat sie in ihrer zweiten Ehe das Glück gefunden, das sie bei mir vergeblich suchte. Ihr Tod berührt mich trotz alledem tief. Sie war doch die Mutter meines Kindes, das mir so ganz entfremdet worden ist. Meine kleine zärtliche Maus! Sie schmiegte sich immer so liebevoll an mich, wenn ich sie einmal sehen durfte. Jetzt weiß sie vielleicht kaum noch etwas von meiner Existenz. Sicher ist sie in die neue Familie ihrer Mutter mit allen Fasern ihres Seins hineingewachsen und fühlt sich wohl und glücklich, ohne mich zu vermissen.«

»Das wäre nur zu wünschen, lieber Freund. Auf solch ein junges Gemüt wirkt es meist recht traurig, wenn es mit seiner Liebe zwischen beiden Eltern steht und sich für den einen und gegen den anderen entscheiden soll. Es war das beste für Ihre Tochter, daß sie ganz von Ihnen losgelöst wurde, damit sie in der Familie ihres Stiefvaters Wurzeln schlagen konnte.«

Er sprang auf und fuhr sich über die Stirn.

»Ja, ja – es ist das beste so für Rita. Sie gehört nun zu ihren Geschwistern und weiß vielleicht kaum noch, daß ihr ein anderer Vater lebt als ihr Stiefvater. Sprechen wir nicht mehr davon, teuerste Exzellenz. Ich will mich nicht weichmachen.«

Eine Weile blieb es stumm zwischen den beiden.

»Um auf etwas anderes zu kommen, liebe Freundin – ich werde meinem Neffen Günter Valberg das Majorat Valberg übergeben.«

Er erzählte ihr, was er mit Günter besprochen hatte. Sie hörte ihm aufmerksam zu, und als er zu Ende war, sagte sie mit leisem Kopfschütteln:

»Daß Sie nur allen Zwang von sich werfen müssen! Sie sind ein wahrer Freiheitsfanatiker. Also Günter Valberg soll gewissermaßen sein Erbe antreten, ehe Sie es ihm nach Ihrem Tode hinterlassen.«

Der Baron lachte.

»Ja – es ist mir ein so ungemütliches Gefühl, wenn ich weiß, daß jemand auf meinen Tod warten muß.«

»Deshalb sterben Sie weder früher noch später.«

»Gewiß. Aber es ist mir unerträglich. Ich gehe schon lange mit diesem Gedanken um und will ihn nun schnell verwirklichen.«

»Nun – Günter Valberg wird darüber nicht böse sein. Ich gönne es dem jungen Mann, den ich sehr gern habe. Schon weil er Ihr Nachfolger im Majorat ist, hat er mich immer interessiert, und so oft ich in Gesellschaft mit ihm zusammentreffe oder ihn in meinem Hause sehe, habe ich ihm meine besondere Aufmerksamkeit zuteil werden lassen. Dabei glaubte ich zu bemerken, daß er ein besonders warmes Interesse für die schöne Tochter des Obersten von Platen an den Tag legte.«

Der Baron blickte interessiert auf.

»Die schöne Carry Platen?«

»Ja, ja.«

»Hm! Ich wüßte nicht, ob ich Günter wünschen sollte, daß er sich da ernstlich engagierte. Dies unstreitig sehr schöne Mädchen scheint eine kalte berechnende Natur zu haben. Und Günter ist sehr warmherzig und prädestiniert zum guten Ehemann.«

»Carry Platen ist eben das Produkt der Verhältnisse, lieber Freund. Ich halte sie im Grunde sogar für einen ziemlich leidenschaftlichen Charakter, der sich nur selbst im Zügel hält, um sein Ziel zu erreichen. Und dies Ziel ist eine glänzende Partie, die ihr Glanz und Reichtum sichert. Dies Ziel hat sie nun übrigens erreicht – und ich möchte wohl wissen, wie Günter Valberg die Verlobungsanzeige aufgenommen hat, die mir gestern, gleich nach Ihrem Fortgehen, mit der Post zugeschickt wurde.«

Der Baron lauschte gespannt. Günters bedrücktes düsteres Wesen von gestern fiel ihm wieder ein.

»Hat sich etwa die schöne Carry verlobt?« fragte er hastig.

»Ja – mit Ihrem Valberger Nachbarn, dem Freiherrn Franz Croner auf Cronersheim.«

Ein leiser, überraschter Ausruf drängte sich über seine Lippen.

»So so? Die schöne Carry – und der recht wenig schöne und angenehme Croner? Ein ungleiches Paar – er ist auch doppelt so alt als sie. Hm! Und Sie meinen, liebe Exzellenz, daß Günter sich für Carry Platen interessiert hat?«

»Mir schien es so. Doch ich kann mich auch irren.«

»Nun – Sie pflegen scharf und klar zu sehen. Und Günter war gestern außerordentlich melancholisch und sagte mir auf mein Befragen, er habe in einer persönlichen Angelegenheit eine schlechte Nachricht mit der Post erhalten. Ich riet sofort auf eine unglückliche Liebe und scheine mich nicht getäuscht zu haben.«

»Was Sie mir da sagen, bestärkt mich in meiner Vermutung. Ich möchte nur nun wissen, ob Carry Platen nicht doch lieber Baronin Valberg geworden wäre, wenn sie gewußt hätte, welche Aussichten Sie Günter eröffnet haben. Er ist zwar auch jetzt noch keine so glänzende Partie für die Tochter des vermögenslosen Obersten. Vielleicht ist Ihr Entschluß, Günter Valberg das Majorat zu übergeben, nur kurze Zeit zu spät gekommen, um aus ihm und Carry ein glückliches Paar zu machen.«

Viktor schüttelte energisch den Kopf.

»Nein, nein, ich kann es nicht glauben, daß Günter mit der schönen Carry glücklich geworden wäre. Das ist keine Frau, die für ihn paßt.«

Sie zuckte die Achseln. »Wer weiß?! Vielleicht wäre Carry als Günters Frau eine ganz andere geworden. So manches Menschen Glück und Charakter wird nur durch die Verhältnisse entschieden, in die ihn das Leben drängt. Doch wie die Sache nun einmal liegt, will ich nur hoffen, daß Günter Valberg schnell über eine etwaige Enttäuschung hinwegkommt.«

»Davor ist mir nicht bange. Er ist ja ein Mann.«

Sie lächelte mit gutmütiger Ironie.

»Lieber Freund – nicht alle Männer vergessen so schnell und leicht wie Sie.«

Carry Platens Verlobung mit Franz von Croner wurde auf diesem Jour eifrig besprochen und mit mehr oder minder liebenswürdigen Lichtern beleuchtet. Aber Günters Name wurde dabei nicht genannt. Außer den scharfen, klaren Augen der Generalin hatten keine anderen Carrys und Günters Geheimnis durchschaut.

Baron Viktor Valberg hatte schnell sein heiteres Gleichgewicht wiedergefunden, das ihm in den ersten Tagen nach seiner Rückkehr durch allerlei Erregungen abhanden gekommen war. Er schwamm munter in dem rauschenden Strom glänzender Geselligkeit und wurde, wie immer, von allen Seiten verwöhnt. An das Bekenntnis Maria Tronsfelds dachte er doch zuweilen in stillen Stunden, dann war ihm immer ganz andächtig und feierlich zumute. Noch öfter als sonst suchte er sie zu einem Plauderstündchen auf.

Mit Günter hatte er noch verschiedene Konferenzen. Dieser hatte bereits seinen Abschied eingereicht. Es war ihm sehr lieb, daß er bald aus der Residenz verschwinden konnte, wo Carry Platens Verlobung Tagesgespräch war, das ihn überall verfolgte.

Pflichtschuldigst machte er eines Tages eine Gratulationsvisite im Hause des Obersten. Er hatte es über sich vermocht, Carry äußerlich ruhig einen Glückwunsch auszusprechen. Ihre Hand lag dabei leise bebend und kalt in der seinen, und aus ihren Augen traf ihn schnell und verstohlen ein traurigflehender Blick.

Dieser Blick, das leise Beben ihrer Hand und ihre ganze, wundervolle Schönheit hatten ihn schmerzlich erregt. Als er aber gleich darauf sah, daß Franz von Croner Carry in wenig delikater Weise an sich zog und sie sich das ohne Widerstreben gefallen ließ, da fühlte er, daß er die Hochachtung vor ihr verloren hatte.

Dann bekam er die Einladung zu einer großen glänzenden Verlobungsfeier in einem der ersten Hotels, die Freiherr von Croner für unerläßlich hielt. Trotzdem er am liebsten sofort abgesagt hätte, überlegte er doch, daß er damit vielleicht Aufsehen erregt hätte. Außerdem war es wie ein Zwang in ihm, dieser Feier beizuwohnen. Er wollte Carry beobachten an der Seite ihres Verlobten, dieses unausstehlich faden Menschen, und meinte, es müsse ihn von seiner Liebe heilen, wenn er sah, wie sie sich dem andern zu eigen gab. Was ein Franz von Croner in seine Arme nahm, mußte allen Wert für ihn verlieren.

Auch Baron Viktor Valberg hatte die Einladung zu diesem Verlobungfest angenommen. Während desselben beobachtete er Günter verstohlen, um zu erforschen, ob die Generalin recht gesehen hatte. Günter beherrschte sich zwar meisterhaft, aber kleine Anzeichen bestätigten dem Baron doch, was er wissen wollte.

Günters forcierte Heiterkeit war nicht echt. Das wußte aber außer dem Baron nur noch Carry Platen – die schöne Braut. Ihr Gewissen war schwer belastet. Sie fühlte, daß das falsche Spiel, das sie mit Günter getrieben, ihn bis ins Innerste verwundet hatte. Und sie hatte ihn, trotz allem, sehr lieb gehabt – hatte ihn noch immer lieb.

Von ihrem Vater hatte sie flüchtig gehört, daß Günter seinen Abschied eingereicht hatte. Nach einem Grund hatte sie nicht geforscht, weil sie diesen Grund zu kennen glaubte.

Viel lieber wäre Carry Günters Frau geworden, wenn er ihr ein glänzendes Los an seiner Seite hätte bieten können. Croner war ihr durchaus nicht sympathisch. Und doch hatte sie alles getan, was in ihrer Macht stand, um Croner an sich zu fesseln. Sie wußte, man beneidete sie um diese Partie, und die Mutter sagte ihr jeden Tag, wie beneidenswert glücklich sie sei, die Frau des reichen Mannes zu werden, der ihr alle Wünsche erfüllen würde.

Das wiederholte sie sich auch immer selbst, wenn sie zuweilen die Sehnsucht nach Günter übermannte. Unruhig suchte sie nach einer Gelegenheit, mit Günter einige Worte allein sprechen zu können. Sie wollte ihn um Verzeihung bitten, wollte ihm sagen, daß ihre Eltern sie zu dieser Verbindung gedrängt und daß eine Verbindung zwischen ihm und ihr, da sie doch beide arm seien, unmöglich gewesen wäre.

Bisher war es ihr nicht gelungen, Günter zu begegnen, trotzdem sie oft absichtlich seinen Weg zu kreuzen suchte. Um ihm zu schreiben, war sie zu klug und zu berechnend. Ihr Charakter war ein eigenes Gemisch von Berechnung und Leidenschaftlichkeit. Sie fürchtete sich, etwas Schriftliches aus den Händen zu geben, was sie kompromittieren konnte.

Heute, zu ihrem Verlobungsfest, hoffte sie, einen Augenblick des Alleinseins mit Günter herbeiführen zu können. Diese Hoffnung erfüllte sich auch. In einem der stillen Nebensäle begegneten sie sich. Niemand war in ihrer Nähe. Günter wollte kalt und stolz an ihr vorübergehen. Sie vertrat ihm jedoch den Weg und sah ihn aus feuchtschimmernden Augen flehend an. Und ohne Zögern berührte sie den springenden Punkt.

»Sie zürnen mir, Baron Valberg«, sagte sie leise.

Ihre bezaubernde Schönheit, der feuchtschimmernde, bittende Blick und die zitternde Stimme bekämpften seinen Stolz. Es kostete ihm Mühe, sich zu beherrschen. Trotzdem sagte er kalt und abwehrend:

»Ich wüßte nicht, weshalb, gnädiges Fräulein.«

Sie atmete tief auf. »Doch, Sie wissen es. Ach Günter – Günter – ich bin sehr traurig, daß ich dir – Ihnen Veranlassung dazu geben mußte. Glaube mir – ich war nicht Herr meines Willens. Ich bin nicht glücklich, Günter, das weißt du – du weißt, wo mein Glück lag. Aber wir müssen vernünftig sein. Es wäre kein Glück für uns geworden, wenn wir beide unsere Armut zusammengetan hätten. Es ist so schrecklich, arm zu sein, jeden Pfennig zu berechnen. Mein ganzes Leben lang habe ich rechnen müssen. Ich will heraus aus der Misere. Und deshalb habe ich mich nicht besonnen, als Herr von Croner um mich warb. Aber du sollst mir nicht zürnen, Günter – ich habe dich lieb, dich allein, und du mußt mein Freund bleiben, ich bitte dich darum.«

Es zuckte in seinem Gesicht. Nie war sie ihm so schön erschienen wie jetzt. Heiß stieg es in ihm auf. Er hätte sie am liebsten an sich gerissen und sie gebeten: Löse die Bande, die du dir übergestreift hast, werde frei für mich. Ich bin jetzt imstande, dir ein angenehmes, sorgenfreies Leben zu bieten, sei mein, löse dich von diesem Menschen, der mir so widerwärtig ist. Aber er preßte die Lippen zusammen.

Nein, wenn auch die heiße Leidenschaft bei ihrem Anblick wieder aufloderte, wenn auch das stürmische Begehren nach ihrer Schönheit stärker war denn je, so wußte er doch, daß keine Macht der Erde ihm das Vertrauen zu ihr wieder zurückgeben konnte. Ihr Treubruch hatte ihm dies Vertrauen für immer geraubt.

Er atmete auf. »Es ist wohl das beste, wir beenden diese Unterredung, mein gnädiges Fräulein«, sagte er kurz, fast schroff.

Sie sah ihn flehend an. »Günter – sei nicht so hart – sei gut zu mir.«

»Das ist Sache Ihres Verlobten«, stieß er schroff heraus.

Sie preßte die Hände zusammen. »Nicht so – nicht so, Günter. Sage mir wenigstens, daß du mir verzeihst.«

Er fühlte, daß er sich kaum noch beherrschen konnte, und um sich selbst zu verhärten, sagte er hart und kalt:

»Ich habe nichts zu verzeihen – habe mich nur zu bedanken, daß Sie mich vor einer Torheit bewahrten.«

Sie wurde bleich und strich sich zitternd über die Stirn. Und doch glaubte sie, Günter noch nie so sehr geliebt zu haben als in dieser Stunde.

»Das war grausam – und hat weh getan«, sagte sie leise. Und da eben ein Kellner mit einem Tablett vorüberging, fuhr sie im leichten Ton fort: »Sie haben Ihren Abschied eingereicht?«

Er wäre am liebsten weitergegangen, um dies quälende Zusammensein zu beenden. Aber unhöflich durfte er nicht sein.

»So ist es.«

»Und warum – warum?« fragte sie hastig.

Er richtete sich straff auf und sah sie fest an. Was er ihr jetzt sagen wollte, barg eine Genugtuung für ihn.

»Ich übernehme das Majorat Valberg. Mein Onkel will in seiner großen Güte nicht, daß ich darauf warten soll bis nach seinem Tode. Er übergibt es mir schon jetzt als freien Besitz.«

Sie wurde sehr bleich und starrte ihn mit großen Augen an. – »Sie – übernehmen Valberg? Aber – wenn nun Ihr Onkel noch einmal heiratet – er ist noch so jung«, stieß sie unruhig hervor.

Es war eine innere Befriedigung in ihm, ihre grenzenlose Überraschung zu bemerken.

»Mein Onkel ist bereits fünfundfünfzig Jahre – und jedenfalls wird er nicht wieder heiraten. Aber selbst, wenn er es tun würde – Valberg ist mir vertraglich für alle Fälle zugesichert.« Sie atmete hastig. Ihr Blick war starr und glanzlos. Mit einem Male ward ihr klar, was sie sich verscherzt hatte. Günter Valberg als Majoratsherr war eine ganz andere Persönlichkeit als der »kleine« Leutnant Valberg. Ihr war, als müsse sie ein Netz zerreißen, das sie sich selbst übergeworfen hatte. Und ihr graute plötzlich doppelt vor einer Vereinigung mit Franz von Croner.

»Also deshalb – deshalb wollen Sie Ihren Abschied nehmen?« fragte sie tonlos.

»Ja, mein gnädiges Fräulein.«

Das klang wieder so höflich und kalt, daß sie fror.

»Wie töricht ich war – ich glaubte, sie täten es, um aus meiner Nähe zu kommen.«

Die Muskeln seines Gesichts strafften sich. Er wollte nicht weich werden. So schön sie war in ihrer hilflosen Unsicherheit, so sehr stieß es ihn doch ab, daß sie als Herrn von Croners Verlobte sich ihm gegenüber so vergaß.

»Das war allerdings ein Irrtum. Ich habe keine Veranlassung, Ihre Nähe zu fliehen. Sie werden ja auch als Frau von Croner auf Cronersheim in der nächsten Nachbarschaft von Valberg wohnen.«

Sie fühlte, daß sie bei ihm völlig verspielt hatte. Nun hieß es, sich abzufinden mit den Gedanken, daß sie sich selbst den Weg zum Glück verlegt hatte. Sie kannte Günter nur zu gut, um sich nicht zu sagen, daß er sie nun nicht mehr zur Gattin begehren würde, auch wenn sie sich von Croner wieder lösen würde. Und doch brannte jetzt größer als je die Sehnsucht in ihrem Herzen nach seiner Liebe – nach seinen Küssen, die sie allen Vernunftsgründen zum Trotz selig gemacht hatten. Und der einzige Trost in ihrem Kummer war ihr, daß Günter auch in Zukunft in ihrer Nähe leben würde. Das würde ihr das Dasein an Croners Seite erträglich machen. Und sie wollte alles daransetzen, dann wieder in ihm zu erwecken, was jetzt in Zorn und Groll erstickt war. Er liebte sie doch – liebte sie heiß und innig. Solch eine Liebe starb nicht von heute auf morgen, das fühlte sie an sich selbst. Wenn er sie auch jetzt nicht mehr zur Frau begehren würde, seine Liebe wollte und mußte sie sich zurückerobern um jeden Preis.

Mit einem rührenden, bittenden Lächeln streckte sie ihm die Hand hin. »So lassen Sie uns Freunde sein – wenigstens gute Nachbarn, in Zukunft.«

Er berührte nur leicht ihre Fingerspitzen, zog sie flüchtig an die Lippen und ließ sie schnell wieder frei.

»Wie Sie wünschen, mein gnädiges Fräulein.«

Ihre Augen strahlten heiß und lockend in die seinen.

»Wie glücklich bin ich, daß ich Sie in nächster Nähe von Cronersheim weiß«, sagte sie mit verhaltener Stimme.

Er verneigte sich förmlich und trat einen Schritt zurück. Carrys Mutter trat in den leeren Raum, und am Eingang desselben, hinter der Oberstin, sah Günter einen Augenblick das Gesicht seines Onkels auftauchen, der ihn seltsam besorgt ansah.

Nach einigen höflichen Worten, die Günter mit Mutter und Tochter wechselte, schritt er in den Hauptsaal hinüber. Die Oberstin sah, als sie mit ihrer Tochter allein war, unruhig in deren Gesicht.

»Ich bitte dich, Carry, sei vorsichtig; Croner sucht dich überall. Du solltest dich nicht mit Leutnant Valberg isolieren«, sagte sie ängstlich.

Carry sah ihr mit einem seltsam abwesenden Blick ins Gesicht.

»Sag nicht mehr Leutnant Valberg, Mama, sondern Baron Valberg auf Valberg. Sein Onkel übergibt ihm das Majorat. Deshalb hat er seinen Abschied eingereicht. Du siehst, jetzt ist Günter Valberg auch eine Partie«, sagte sie mit klangloser Stimme.

Die alte Dame verfärbte sich ein wenig. »Mein Gott, Kind, wenn wir das gewußt hätten. Nun tut es dir natürlich leid, daß du Croner dein Wort gegeben hast«, sagte sie besorgt und unruhig.

Carry sah in das versorgte, frühzeitig verwelkte Gesicht der Mutter. Sie warf den Kopf zurück. »Laß nur, Mama, es sollte nicht sein. Mache dir keine Sorgen. Ich zimmere mir mein Leben schon zurecht. Für Sentimentalitäten bin ich nicht geschaffen. Das ist ein Luxus, den sich nur reiche Leute gestatten können. Und immerhin, man weiß doch nicht, wie das mit dem Majorat kommt. Cronersheim ist mir sicherer. Sieh nicht so bedrückt aus, das ziemt sich nicht für die Mutter einer glücklichen Braut.«

Sie lachte auf und führte die Mutter nach dem Hauptsaal zurück.

»Ach, Carry, ich bin so froh, daß du vernünftig bist«, erwiderte die alte Dame, die in dem Begriff Reichtum, den sie stets hatte entbehren müssen, alles Glück der Welt zusammenfaßte.

An der Tür, die in den Hauptsaal führte, kam ihnen Herr von Croner entgegen. Seine etwas gedrungene Gestalt nahm sich in dem eleganten Frackanzug sehr wenig vorteilhaft aus. Das stark gerötete, den Genußmenschen verratende Gesicht sah entschieden ärgerlich aus.

»Wo steckst du nur, Carry? Ich suche dich schon eine Ewigkeit«, rief er ihr ungeduldig entgegen.

Carry sah ihn kühl erstaunt an und stand in ihrer ganzen schlanken Höhe vor ihm. Der ungeduldige Ton ihres Verlobten mißfiel ihr gründlich. Sie war nicht gesonnen, ihm das ohne weiteres so hingehen zu lassen. Es lag keinesfalls in ihrer Absicht, sich unter das Joch eines tyrannischen Gatten zu beugen.

»Lieber Franz, diese Ewigkeit kann höchstens eine Viertelstunde lang gewesen sein. Ich hatte mich ein Weilchen zurückgezogen, weil ich Kopfweh hatte. Bist du vielleicht der Ansicht, daß ich dich darum jedesmal um Erlaubnis fragen muß?« fragte sie spöttisch kühl und wie befremdet.

Er duckte sich unwillkürlich ein wenig und nahm schmeichelnd ihre Hand.

»Nun, nun, Carry, nicht gleich böse sein, wenn dein ungeduldiger Bräutigam Sehnsucht nach dir hat«, sagte er, halb begütigend, halb vorwurfsvoll.

Sie blickte ihm, sich zu einem Lächeln zwingend, in die verliebt funkelnden Augen. »Um deiner Sehnsucht willen muß ich dir wohl den Ton verzeihen, mit dem du mich eben anließest, Franz. Ich will ihn aber nicht wieder von dir hören.«

Sie legte ihre Hand auf seinen Arm.

»Haben Sie gehört, teuerste Schwiegermama, da habe ich bereits die erste Schelte weg von meinem schönen Bräutchen«, sagte er lachend zur Oberstin, die ängstlich in Carrys Gesicht sah. Da Croner lachte, verlor sich ihre Unruhe, und sie lachte ebenfalls.

»Ja, lieber Sohn, Carry ist nur mit Liebe zu ziehen. In Güte kann man alles von ihr verlangen, aber sobald man sie rauh anfaßt, wird sie trotzig.«

Er drückte Carrys Arm zärtlich an sich. »War ich wirklich rauh zu dir, Liebchen?«

Die Oberstin verschwand beruhigt, und Carry lächelte verzeihend. »Du wirst es nie wieder sein, lieber Franz.«

»Wenn du so lieb zu mir bist, mein Bräutchen, dann kannst du mich um den Finger wickeln«, flüsterte er zärtlich, und sein heißer Atem wehte ihr entgegen. Sie schauerte zusammen, als träfe sie ein Hauch eisiger Kälte.

Croner warf stolz den Kopf zurück. Er war doch ein verfluchter Kerl. Die schönsten Mädchen hatten sich um ihn gerissen, und just das allerschönste hatte er zur Braut erwählt, trotzdem der Racker so verteufelt stolz gewesen und ihm keinen Schritt entgegengekommen war.

Es war Zeit für ihn, in den Hafen der Ehe einzulaufen. Man wollte doch nun nach einer stürmischen Jugend seine Ruhe und Bequemlichkeit haben. Cronersheim brauchte einen Erben, und er selbst eine Frau, die ihm das Alter verschönern konnte. Carry würde mit Eleganz die Honneurs seines Hauses machen und seinen Reichtum zur Geltung bringen. Wenn sie ihm nur erst angehören würde. Er konnte die Zeit kaum erwarten. Sie hielt ihn verteufelt knapp mit Zärtlichkeiten. Na ja, das waren so Mädchenlaunen, Sprödigkeiten. Das reizte ihn nur noch mehr. So war es ihm gerade recht. Eine schöne und stolze Frau wollte er haben, die gegen alle herb und unnahbar war, nur nicht gegen den eigenen Mann. Nach der Hochzeit würde sie schon auftauen. Er war doch der Mann danach, eine Frau glücklich zu machen. Wohlgefällig und sehr mit sich zufrieden strich Herr von Croner über seinen stattlichen Schnurrbart und reckte sich stolz in den Schultern, damit er neben Carrys stolzer schlanker Erscheinung nicht kleiner aussah. Strahlenden Auges zeigte sich das Brautpaar den Gästen. Auch Carrys Antlitz strahlte jetzt. Sie wollte den neidischen Blikken zeigen, daß sie eine glückliche, beneidenswerte Braut sei.

Ihre Augen suchten jedoch verstohlen nach Günter Valberg.

Dieser hatte sich, nachdem er den Saal wieder betreten hatte, an eine Säule gelehnt und sah mit brennenden Blicken nach Carry hinüber.

»Ein falscher Edelstein«, sagte er in Sinnen verloren vor sich hin.

Da legte sich eine Hand auf seinen Arm. Er blickte sich um und sah seinen Onkel vor sich stehen.

»Das ist auch meine Ansicht über die schöne Braut, mein Junge, aber es ist besser, du sagst das nicht so laut«, sagte Viktor ruhig.

Günters helle Stirn, die gegen das bronzefarbige Gesicht abstach, rötete sich.

»Habe ich laut gesprochen?« fragte er unsicher.

»Beruhige dich, nur ich habe es gehört. Übrigens gibt es mehr falsche Edelsteine auf der Welt. Du stehst so abseits vom festlichen Treiben. Amüsierst du dich?«

»Mäßig, Onkel Viktor.«

»Hm! Geht mir auch so. Es ist kein erhebender und erfreulicher Anblick, wenn sich die schöne Carry an diesen aufgeblasenen Laubfrosch anschmiegt, und die Menge vor Entzücken oder aus anderen Gefühlen heraus die Augen darüber verdreht.«

»Du bist so scharf und bitter, Onkel Viktor.«

»Hm! Ich habe plötzlich entdeckt, daß du mir sehr ans Herz gewachsen bist, mein Junge, und dein blasses Gesicht stört mir den Seelenfrieden. Ich schlage vor, wir drücken uns heimlich und trinken in einer gemütlichen Ecke, abseits von diesem Festgepränge, eine gute Flasche Wein. Mir bekommt die Luft hier so wenig wie dir. Du siehst wirklich miserabel aus.«

»Ich habe ein wenig Kopfweh, Onkel Viktor.«

Dieser schob seinen Arm unter den seines Neffen.

»Ja, ja, ich weiß schon. Aber ich will dir etwas sagen, mein Junge. Viele Frauen sind es nicht wert, daß sich ein ehrlicher Kerl Kopfschmerzen um sie macht. Ganz sicher aber diese Carry Platen nicht. Ich kenne diese Art ganz genau.«

»Ich bitte dich, Onkel Viktor – ich –«

»Ja, ja, ist schon gut, mein Jungchen. Sei vergnügt, daß du nicht an Croners Stelle bist, hörst du? Von allen Schrecken das Schrecklichste ist ein berechnendes Weib. Das ist das einzige Genre, was ich nicht vertragen kann. Also komm, wir echappieren und ersäufen unseren Groll. Das ist heilsamer, als wenn du hier stehst und dir Kopfschmerzen machst.«

Und damit zog Baron Viktor Günter mit sich fort.

Langsam gingen sie durch den Saal und verließen das Fest.

2

Es war einige Tage später. Nachmittags gegen vier Uhr fuhr an der Villa Valbergs eine einfache Mietdroschke vor. Die Villa lag in einem Garten, und obwohl eine breite Torfahrt in dem Gitter vorhanden war und ein breiter Fahrweg bis vor das Haus führte, war diese Torfahrt doch verschlossen, und so ließ der Kutscher sein Fahrzeug auf der Straße halten. Neben der Torfahrt befand sich noch eine kleinere Pforte, an der eine Klingel angebracht war.

Als die Droschke hielt, entstieg ihr eine schlanke, junge Dame in einem dunklen Reisemantel. Sie lohnte den Kutscher ab, faßte nach der kleinen braunen Reisetasche, die neben ihr auf dem Sitz des Wagens gelegen hatte, und sah mit großen dunklen Augen ein wenig bang und unsicher durch das eiserne Gitter nach der in vornehmer Ruhe daliegenden Villa hinüber.

Der Wagen, der sie gebracht hatte, fuhr wieder davon, und nun stand die junge Dame ganz allein in der stillen Straße. Sie atmete endlich, wie einen Entschluß fassend, auf und drückte auf die elektrische Klingel.

Wie erschrocken zuckte sie zusammen, als gleich darauf das schmale Tor, wie von unsichtbaren Händen geöffnet, aufsprang. Aber sie preßte die Lippen fest aufeinander, passierte mit zagen Schritten das Tor und ging auf dem kiesbestreuten Wege auf die Villa zu.

Unter dem überdachten Portal stand bereits, ihrer wartend, ein Diener in vornehmer, dunkler Livree und sah ihr etwas verwundert entgegen.

Wieder atmete die junge Dame tief auf, als sei ihr die Brust zu eng. Dann trat sie vor den Diener hin.

»Ist der Herr Baron Valberg zugegen?« fragte sie, ihrer Stimme Festigkeit gebend.

Der Diener sah prüfend in das schmale, blasse Gesicht der jungen Dame, aus dem die großen dunklen Augen erregt und fast ängstlich herausleuchteten. Er wußte nicht, was er aus ihr machen sollte. Ihr Anzug war einfach, aber gediegen und elegant, und ihr ganzes Auftreten, trotz der leisen Unsicherheit, entschieden damenhaft. Darauf kannte sich der Diener genau aus.

So antwortete er höflich: »Der Herr Baron ist momentan abwesend.«

»Wann wird er zurückkommen?« fragte die junge Dame weiter.

»Das ist unbestimmt.«

»Aber heute kehrt er bestimmt zurück? Er ist doch nicht verreist?«

»Verreist ist der Herr Baron nicht. Möglicherweise kommt er sehr bald nach Hause, doch es kann auch spät abends werden.«

Einen Moment überlegte die junge Dame. Dann hielt sie dem Diener plötzlich mit einer energischen Bewegung ihre Reisetasche entgegen.

»Nehmen Sie! Und führen Sie mich in das Empfangszimmer. Ich werde dort auf ihn warten«, sagte sie energisch.

Einigermaßen verblüfft faßte der Diener auf diesen befehlenden Ton nach der Tasche, halb gegen seinen Willen. Aber er stand unschlüssig, was er tun sollte.

»Es ist vermutlich eine Reisebekanntschaft des Herrn Barons, denn in unsere Residenz gehört sie nicht, das ist gewiß«, sagte er sich. Und dann bemerkte er laut:

»Darf ich um den Namen des gnädigen Fräuleins bitten? Ich weiß doch nicht, ob ich Sie so ohne weiteres einlassen darf.«

Die junge Dame richtete sich entschlossen auf.

»Mein Name tut nichts zur Sache. Tun Sie, was ich Ihnen sage, Sie werden sich sonst nur Unannehmlichkeiten machen. Die Verantwortung übernehme ich dem Herrn Baron gegenüber.«

»Es kann aber sehr spät werden, bis er nach Hause kommt«, wandte der Diener, noch immer unschlüssig, ein.

»Das ist ganz gleich. Ich warte auf jeden Fall. Also bitte.«

Dies »Also bitte« klang sehr energisch. Man merkte, die junge Dame war gewöhnt, der Dienerschaft gegenüber ihre Befehle zur Geltung zu bringen.

So entschloß sich der Diener, die junge Dame ins Haus zu führen. Er ließ sie in ein Empfangszimmer eintreten. Dort setzte er die Reisetasche auf einen Stuhl, und die junge Dame sank sogleich, wie in tiefer Erschöpfung, in einen Sessel.

Der Diener zog sich unschlüssig zurück und beobachtete die junge Dame eine Weile durchs Schlüsselloch. Er sah aber nur, daß sie wie leblos, mit geschlossenen Augen im Sessel verharrte.

Er hielt es nun doch für besser, auf alle Fälle den Kammerdiener von dem seltsamen Besuch zu benachrichtigen. Wenn es eine Reisebekanntschaft war, dann kannte dieser sie vielleicht, da er stets mit seinem Herrn auf Reisen war. Außerdem mochte lieber der Kammerdiener die Verantwortung tragen.

Dieser nahm den Bericht des Dieners entgegen. Er schien ihm etwas unklar, und er ließ sich herbei, selbst noch einmal mit der jungen Dame zu verhandeln. Es war zwar nicht das erstemal, daß sein Herr Damenbesuch empfing, indes wußte er das meist vorher und gab seine Instruktionen. Heute war das nicht geschehen.

So begab sich der Kammerdiener Jean gravitätisch in den Empfangssalon. Es war inzwischen dämmerig geworden, und Jean bemerkte bei seinem Eintritt, um diesen zu erklären, er wolle das elektrische Licht einschalten.

Die junge Dame neigte nur das Haupt. Als das Licht aufflammte, ließ Jean seinen Blick prüfend auf der jungen Dame ruhen. Nein – die kannte er nicht. Sie schien noch sehr jung zu sein. Jeans' Kennerblick stellte sofort fest, daß diese junge Dame durchaus nicht nach einem galanten Abenteuer aussah. So blaß und kindlich erschien sie ihm, und die dunklen Augen blickten bei aller Befangenheit doch so ruhig und klar.

Jean räusperte sich diskret. »Es ist möglich, der gnädige Herr kommen erst in der Nacht nach Hause.«

Sie nickte müde. »Es ist gut – ich warte.«

Jean stutzte.

Das war wieder in einem so verblüffend energischen Ton gesagt, der so gar nicht zu dem blassen, verzagten Kindergesicht paßte.

»Indes – es ist möglich, der gnädige Herr befinden sich im Klub. Ich könnte, wenn die Angelegenheit dringend ist, telephonisch anrufen.«

Sie blickte rasch auf.

»Ach ja! Bitte tun Sie das sofort.«

»Ich bitte dann um Ihren Namen, gnädiges Fräulein.«

Die junge Dame zögerte. Dann sagte sie schnell:

»Sagen Sie nur, eine Dame wünsche ihn in dringender Angelegenheit sofort zu sprechen. Das genügt.«

Sie sagte das mit so selbstverständlicher Sicherheit, daß Jean nicht wußte, wie er sich das alles erklären sollte. Er wußte jedoch, daß es sein Herr für eine Todsünde hielt, einer Dame gegenüber ungalant zu sein. Und um sich seines Herrn würdig zu zeigen, bemerkte er höflich, er werde sofort im Klub anfragen.

Damit verschwand er aus dem Zimmer. Gerade als er durch das Vestibül ging, kam der Baron nach Hause.

Jean berichtete ihm sofort, indem er ihm den Pelz abnahm, was er ihm eben telephonieren wollte. Valberg warf einen Blick in den hohen Spiegel und fragte verwundert:

»Eine Dame mit einer Reisetasche?«

»Zu Befehl, gnädiger Herr«, antwortete Jean.

»Ist sie jung – alt?«

»Sehr jung.«

»Hübsch?«

»Passabel«, antwortete Jean mit Kennermiene.

»Hm! Na – also hören wir uns an, was die junge Dame auf dem Herzen hat«, dachte er.

Jean sah ihn erwartungsvoll an.

»Wünschen der gnädige Herr die junge Dame zu empfangen?«

Der Baron wandte sich vom Spiegel ab, nachdem er seinen Anzug gemustert hatte.

»Gewiß!«

Jean beeilte sich, ihm die Tür zum Empfangssalon zu öffnen.

Schlank, erfrischt von der Fahrt durch die reine Winterluft im offenen Wagen, vom Scheitel bis zur Sohle der elegante, vornehme Kavalier, so trat Valberg ein.

Die junge Dame richtete sich hastig bei seinem Eintritt aus ihrer müden, lässigen Haltung empor. Aber sie blieb sitzen, die Hände krampfhaft um die Armlehnen des Sessels geklammert. Mit großen ängstlichen Kinderaugen sah sie zu ihm auf.

Prüfend ruhte der Blick des Barons auf dem schmalen Gesicht, das sich jetzt mit einer leisen Röte überzog. Er konstatierte ebenfalls sofort, daß er eine Dame vor sich hatte, und zwar eine Dame aus vornehmen Kreisen. Aber sie war ihm völlig unbekannt, nur die großen dunklen Augen erinnerten ihn an jemand; er wußte nur nicht, an wen.

»Mein Gnädigste – mein Diener meldete mir, daß Sie mich in einer dringenden Angelegenheit zu sprechen wünschen. Ich bin Baron Valberg. Darf ich bitten, mir zu sagen, was mir die Ehre Ihres Besuches verschafft und wen ich vor mir habe?«

Die junge Dame atmete tief auf und blickte ihn zaghaft an.

»Kennst du mich gar nicht mehr?« fragte sie leise.

Er fuhr, betroffen durch den vertraulichen Ton und das noch vertraulichere »Du«, zurück. Ein hilflos suchender Ausdruck lag in seinen Augen.

»Ich bedaure sehr – aber – nein – ich kann mich im Moment wirklich nicht erinnern. Gnädigste müssen mir schon zu Hilfe kommen. Mein Gedächtnis reagiert leider in keiner Weise, obwohl – ja – obwohl Ihre Augen mich unbestimmt an jemand erinnern.«

Wieder atmete die junge Dame zaghaft auf und sah ihn wie flehend an. In die großen dunklen Kinderaugen trat ein feuchter Schimmer. Und dann sagte sie mit bebender Stimme:

»Ich bin Rita!«

Es zuckte etwas in ihm auf.

»Rita?«

Betroffen sah er sie an, und schnell näher zu ihr herantretend, fragte er fassungslos noch einmal:

»Rita? Doch nicht – nein – doch nicht –?«

Sie nickte energisch.

»Doch Papa! Rita Valberg – deine Tochter Rita.«

Fassungslos sank der Baron in einen Sessel ihr gegenüber.

»Wirklich? Meine kleine Rita? Das ist allerdings eine Überraschung – eine große Überraschung.«

Sie faltete die Hände wie in heißer Bitte zusammen.

»Aber du freust dich doch ein wenig, daß ich zu dir komme? Als ich dich zuletzt sah, sagtest du zu mir: Wenn du groß bist, Maus, dann besuchst du mich. Weißt du das noch, lieber Papa?«

Er atmete gepreßt. Ganz seltsam klang dies »lieber Papa«. Und ihm war so sonderbar zumute, teils beklommen, teils erfreut.

»Also das hast du dir gemerkt, das hast du nicht vergessen, daß ich das zu dir gesagt habe – in all den langen Jahren nicht?« fragte er, noch immer fassungslos und unsicher.

»Nein, ich habe es nie vergessen, habe immer daran denken müssen. Aber nun sage mir doch – freust du dich ein wenig, daß ich zu dir kam?«

Er sah sie unsicher an.

»Ja, natürlich freue ich mich – sehr – außerordentlich. Nur – ich bin natürlich sehr überrascht und fassungslos. Wir haben uns so lange, lange nicht gesehen. Ich erkannte dich nicht. Also so eine große Tochter habe ich! Ich hatte dich immer im Gedächtnis als das kleine Mädchen, das ich vor Jahren zum letztenmal sah – meine kleine Maus im Hängekleidchen und offenen Locken. Und nun – eine erwachsene junge Dame! Ja, ja – die Zeit ist nicht stillgestanden inzwischen. Aber ich freue mich doch sehr, daß du mich nicht ganz vergessen hast, daß du mich besuchst. Du bist wohl auf der Durchreise hier?«

Nie in seinem Leben war Valberg unsicherer gewesen, als dieser jungen Dame gegenüber, die doch seine Tochter war.

Sie schüttelte den Kopf. »Nein Papa – nicht auf der Durchreise. Mama ist gestorben.«

Er nickte. »Ja, ich weiß, ich habe es in der Zeitung gelesen. Wenn ich gewußt hätte, daß man in deinem Herzen noch nicht das

Andenken an deinen Vater verwischt hätte, dann hätte ich dir wohl geschrieben.«

Sie atmete auf. »Ach – also deshalb ließest du so gar nichts von dir hören.«

»Gewiß Kind, ich wollte dich nicht beunruhigen, deine Seele nicht in einen Zwiespalt bringen.«

Ihre Augen leuchteten glücklich auf.

»Ach – ich wußte es ja, daß du mich nicht so ganz vergessen haben konntest.«

»Nein, gewiß nicht. Es tut mir auch für dich so sehr leid, daß du deine Mutter verloren hast. Das war ein schwerer Verlust für dich, der dich sicher sehr betrübt hat.«

Rita strich sich über die Augen. Ein herber, weher Zug lag plötzlich um den jungen, weichen Mund.

»Mama hatte mich nicht sehr lieb. Meine jüngeren Geschwister waren ihr viel, viel lieber. Sie sind auch alle so viel hübscher und liebenswürdiger als ich. Alle so blond und rosig und schön – wie Mama es war. Und – ich konnte nicht so zärtlich sein zu Mama wie meine Geschwister.«

Es lag eine stille Klage in diesen halblauten Worten. Ganz heiß wurde dem Baron unter dem traurigen Blick der dunklen Kinderaugen. Er hätte Rita so gern zärtlich getröstet und gestreichelt, aber er war so unbeholfen, so unsicher in dieser Situation, die ihn so völlig überrascht hatte.

»Das ist sehr traurig für dich, mein armes Kind. Aber nun sage mir, wie kommt es, daß du mich jetzt besuchst? Hat man es dir erlaubt? Du bist doch hoffentlich nicht allein, ohne Begleitung gereist? Wie lange willst du dich hier aufhalten?«

So fragte er beklommen, nicht wissend, welchen Ton er seinem Kinde gegenüber anschlagen sollte.

Sie preßte mit einem hilflos bittenden Blick die Hände zusammen.

»Doch – ich bin ganz allein hier – und – ich will nun immer bei dir bleiben. Ich will dir nur gleich alles sagen. Sie haben zu Hause gar nicht gewußt, was ich vorhabe. Ich bin heimlich fort, habe nur einen Brief zurückgelassen, in dem ich meinem Stiefvater und meinen Geschwistern mitgeteilt habe, daß ich zu meinem lieben

Vater gereist bin. Deine Adresse wußte ich, ich habe mir immer heimlich Zeitungen von dieser Stadt gekauft und habe immer bei großen Festlichkeiten deinen Namen gelesen. Und der Kutscher, der mich vom Bahnhof hierhergefahren hat, wußte auch gleich, in welcher Straße sich deine Villa befindet.«

Sie sagte das alles halb beklommen, halb triumphierend.

Er strich sich über die Stirn, als sei ihm zu heiß geworden.

»Aber Kind – liebes Kind – wie unbesonnen! Weshalb tatest du das?«

Große Tränen standen plötzlich in ihren Augen und fielen in klaren Tropfen über ihre Wangen.

»Keiner hatte mich dort lieb! Ich war so allein, immer, seit Großmama tot ist und ich in das Haus meines Stiefvaters kam. Er nahm mich nicht gern auf. Und – ich hatte so große Sehnsucht nach dir.«

Ein ganz seltsames, warmes Gefühl erwachte unter diesem lautlosen Weinen und unter diesen traurigen Worten im Herzen des Barons.

»Keiner hatte mich lieb.« Wie ergreifend diese Klage sich über die jungen Lippen drängte und wie bang die feuchten Kinderaugen zu ihm aufsahen. Er sprang auf und trat zu ihr.

»Meine arme kleine Rita!« sagte er, und zum ersten Male erfaßte er, daß die Trennung seiner Ehe einen tiefen Schatten auf den Lebensweg seines Kindes geworfen hatte.

Sie haschte nach seiner Hand und küßte sie. Ein froher Schein glomm in ihren Augen auf.

»Du hast mich lieb, Papa, nicht wahr?«

»Ja, mein armes Kind.«

Sie seufzte glücklich auf.

»Ach, ich habe es ja gewußt, wenn auch alle sagten, du tätest es nicht. Einer muß mich doch lieb haben auf der Welt. Mein Stiefvater hat seine Kinder auch so lieb. Nur mich mochte er nicht leiden. Ich war ihnen allen so fremd, auch Mama. Sie freute sich gar nicht, als ich nach Großmamas Tode zu ihr kam. Und wenn ich sie nach dir fragte und sie mit Bitten quälte, mir doch etwas von dir zu erzählen, nannte sie mich ein abscheuliches Mädchen und schickte mich auf mein Zimmer. Ach – und ich wollte dich so gern wiedersehen. Ich bettelte Mama darum, mich zu dir zu lassen. Aber da wurde sie so böse. Und ich hatte nur immer einen Trost – deine Worte: Wenn du groß bist, Maus, dann kommst du zu mir. Daran habe ich mich immer gehalten, wenn mir das Herz recht wehe tat. Und da bin ich zu dir gereist. Nicht wahr, Papa, du hast mich lieb?«

Es klang ein so heißes Flehen aus dem weichen Stimmchen. Und ihre Worte enthüllten ihm das ganze Martyrium ihrer jungen Seele. Nicht um die Welt hätte er ihr sagen können, daß er durch ihre Ankunft viel mehr erschreckt als erfreut war.

Außerdem sah er immerhin die Dame in ihr, die ein unbedingtes Anrecht auf seine Ritterlichkeit hatte. Er bezwang die hilflose Verlegenheit, in die ihn ihre Ankunft versetzt hatte, und streichelte sanft ihre kleine, kalte Hand.

»Gewiß habe ich dich lieb, meine kleine Rita, das ist doch selbstverständlich, wenn wir uns auch ein wenig fremd geworden sind durch die lange Trennung.«

Sie atmete wie erlöst auf und drückte seine Hand zwischen der ihren.

»Ach, ich habe es ja gewußt. Mama hat mir immer gesagt, du liebst mich nicht und willst nichts von mir wissen. Auch Großmama hat immer gesagt, du seiest froh, mich losgeworden zu sein. Aber ich habe es nicht geglaubt, und dann war ich böse und sagte ihnen, daß sie lügen – und da wurde ich ihnen so abscheulich. Aber ich konnte es doch nun mal nicht glauben, wußte ich doch noch so gut – ach – so gut, wie zärtlich du immer zu mir warst, wenn ich dich früher ab und zu sehen durfte. All die Spielsachen, die du mir schenktest, habe ich sorgsam verwahrt, und wenn sie mir meine Geschwister fortnehmen wollten, dann habe ich es nicht gelitten, habe sie fest an mein Herz gedrückt und geküßt. Da höhnten sie mich. Und einmal hatten sie mir heimlich vieles davon zerbrochen. Da habe ich in meinem Schmerz und Zorn um mich geschlagen, wie von Sinnen. Und da hat mich mein Stiefvater geschlagen und eingesperrt. Mama ließ mich tagelang nicht vor ihr Angesicht. Ich saß dann heimlich weinend bei meinem zerbrochenen Spielzeug, und eins der Hausmädchen schlich zu mir, tröstete mich und half mir die Spielsachen wieder heil machen. Ich habe sie dann in meinen Schrank geschlossen und den Schlüssel immer bei mir getragen. Und immer sagte ich mir zum Trost: Ich habe ja noch einen lieben Papa, der so zärtlich zu mir war, und wenn ich groß bin, dann gehe ich zu ihm, wie er es mir gesagt hat. Mama hatte ja wohl recht, ich glaube, ich war recht abscheulich und undankbar und konnte mich an nichts freuen. Aber wenn einem das Herz so voll ist von Jammer und Sehnsucht und keiner einen lieb hat – dann kann man doch nicht liebenswürdig und dankbar sein. Und als Mama gestorben war und ich vor Schrecken und Herzeleid gar nicht weinen konnte, da schalten mich die Geschwister herzlos, und mein Stiefvater sagte mir, ich solle ihm aus den Augen gehen, mein herzloses Gebaren könne er nicht länger ansehen. Ach, wenn er mir nur hätte ins Herz sehen können, wie weh und wund da alles war. Da habe ich denn erst einige Tage auf meinem Zimmer gesessen. Man brachte mir auch das Essen dorthin. Und da konnte ich dann den Jammer nicht länger aushalten. Die Sehnsucht nach dir wuchs riesengroß. Da bin ich denn von zu Hause fortgegangen, ganz heimlich, als alle noch schliefen und bin schnell nach dem Bahnhof gelaufen, wie ich es mir oft schon heimlich ausgedacht hatte. Und hier bin ich nun.«

Ein wunderliches Gefühl, aus Rührung und Verlegenheit gemischt, beherrschte den Baron bei dieser Schilderung der kindlichen Leiden seiner Tocher, an denen er nicht schuldlos zu sein glaubte. Er zog sich einen Sessel heran und setzte sich dicht neben ihr nieder. Voll zarter Galanterie zog er ihr die Handschuhe von den kleinen, kalten Händen und streichelte sie, daß sie warm werden sollten.

»Mein armes, kleines Mädchen, ich habe ja gar nicht geahnt, daß du dich so nach mir sehnst. Ich habe geglaubt, du lebst froh und glücklich bei deiner Mama und wollte dich in keiner Weise stören. Ganz sicher schien es mir, daß du mich längst vergessen hast. Ich kann das alles noch immer nicht fassen, kann es kaum glauben, daß du hier vor mir sitzest. Und nun weiß ich nicht einmal, was nun mit dir geschehen soll.«

Sie sah ihn mit einem reizenden, rührenden Lächeln an, ein Lächeln war es, das dies schmale, blasse Kindergesicht seltsam verschönte und die großen Augen wundersam aufstrahlen ließ.

»Was mit mir geschehen soll?« fragte sie leise, verzagt und doch hoffnungsvoll. »Ach, das ist mir nun ganz gleich. Wenn ich nur nun immer bei dir bleiben darf. Nicht wahr – du schickst mich nicht wieder fort?«

Flehend und vertrauend sah sie ihn an. Er wich ihren Augen aus.

»Ja, mein liebes Kind – ich weiß doch nicht – sieh, mein Haus ist so gar nicht eingerichtet, eine junge Dame zu beherbergen. Ich lebe nun schon seit langen Jahren hier als Junggeselle und kann dir kaum einen passenden Aufenthalt bieten. Du würdest sicher hier viel vermissen.«

Wieder lächelte sie so reizend, halb verzagt, halb glücklich.

»Ach, du wirst schon ein Winkelchen für mich haben. Ich will ganz bescheiden sein, wenn ich nur bei dir bleiben kann.«

Er strich sich aufgeregt über die Stirn. Eine unsinnige Angst kam plötzlich über ihn – die Angst vor einem Zwang, vor Unfreiheit. Ihm war bei alledem gar nicht wohl. Was sollte er mit einer erwachsenen Tochter in seinem Junggesellenheim beginnen? Und überhaupt – er und eine erwachsene Tochter! Das war ja einfach lächerlich. Er – und Ballvater? Denn das Kind mußte doch auch ausgeführt werden. Nein – das ging wirklich nicht. Das lud den Fluch der Lächerlichkeit auf ihn. Daran mochte er gar nicht denken. Ihm war, als legten sich plötzlich tausend Fesseln um ihn. Was tat er nur mit diesem jungen Geschöpf? Rita tat ihm furchtbar leid, er fühlte auch wirklich, daß sie ihm lieb und teuer war. Es war ganz unmöglich, sie wieder fortzuschicken. Er konnte sie doch nicht herzlos ihrem Schicksal überlassen. In das Haus ihres Stiefvaters konnte er sie unmöglich zurückschicken. Der würde sie auch nicht wieder aufnehmen, nachdem sie ihm einfach davonlief.

Hilflos und betreten sah er sie an und streichelte über ihre Wange.

»Ja, mein liebes Kind – das ist wirklich nicht so einfach, wie du denkst. Ich habe nicht einen einzigen weiblichen Dienstboten im Hause, weiß nicht, wie ich dich in aller Eile unterbringen soll. Eine Baronesse Valberg kann doch nicht einfach in einem Winkelchen unterkriechen. Soll sie auch nicht. Wenn ich meiner Dienerschaft sage, daß du meine Tochter bist, dann muß ich auch für ein standesgemäßes Unterkommen für dich sorgen. Du hättest mir wenigstens erst schreiben sollen, damit ich alles zu deiner

Aufnahme vorbereiten konnte.«

Sie seufzte tief auf, und eine trostlose Traurigkeit lag auf ihrem blassen Gesicht.

»Ach – so ist es immer. Ich mache immer alles falsch und dumm!« sagte sie leise.

Und plötzlich die Hände vor das Antlitz schlagend, schluchzte sie auf in tiefer Angst und Not.

Er sah sie ratlos an und zog ihr die Hände vom Gesicht.

»Nein, nein, meine kleine Rita, nicht weinen, nicht weinen. Das sollst du nicht, das kann ich nicht sehen. Sei ruhig«, sagte er zärtlich und warm.

Sie schluckte tapfer die Tränen hinunter.

»Ach – wenn du mich nur nicht forschickst. Ich weiß ja nicht, wohin – ich könnte nur gleich ins Wasser laufen«, stieß sie schluchzend hervor.

Er mußte lächeln über ihre kindliche Verzweiflung, und doch griff sie ihn ans Herz. »Nun nun – das wollen wir doch bleiben lassen, du kleine dumme Maus! Vom Fortschicken ist ja gar keine Rede – ich muß mir nur erst überlegen, wie und wo ich dich unterbringe.«

Sie sprang plötzlich auf, warf die Arme um seinen Hals und lachte und weinte durcheinander.

»Ach, gottlob – gottlob. Jetzt hast du Maus zu mir gesagt, und nun weiß ich, daß du mich nicht fortschickst. Ach, wie bin ich glücklich!« rief sie und schmiegte sich an ihn.

Er hielt sie fest an seinem Herzen und fühlte sich teils beklommen, teils glücklich. Dabei grübelte er, wie er sich aus diesem Dilemma lösen konnte, ohne ihr wehe zu tun. Und plötzlich kam ihm ein Gedanke. Seine Freundin, Exzellenz Tronsfeld, fiel ihm ein. Er atmete auf. Ja – zu ihr wollte er gehen und sie um Rat und Hilfe bitten. Er selbst war dieser Situation nicht gewachsen. Und er hoffte ganz bestimmt, daß sie ihm alle Schwierigkeiten abnehmen würde. Vielleicht nahm sie sich überhaupt Ritas an, vielleicht erbot sie sich, das Kind ganz bei sich aufzunehmen. Das wäre ja herrlich. Da konnte er Rita sehen, so oft er wollte, ohne von ihr in seiner Freiheit beschränkt zu werden. Denn davor hatte er eine fast krankhafte Angst.

Er wurde plötzlich ganz aufgeräumt.

»Also höre mir zu, Maus, ich fahre jetzt gleich zu einer mir sehr befreundeten Dame, Exzellenz Tronsfeld. Die bitte ich um Rat und Hilfe, wie ich dich unterbringen kann. Ich weiß ja nicht, was ich mit solch einer jungen Dame anfangen soll. Komm, lege nur erst einmal Hut und Mantel ab. Das haben wir unpraktischen Menschen ganz vergessen. Du machst es dir inzwischen hier ein wenig bequem und wartest, bis ich von Exzellenz Tronsfeld zurückkomme. Ich beeile mich.«

Er löste ihr selbst den Hut von dem dunklen Haar. Bewundernd ruhte sein Blick auf den starken, dunklen Flechten, die um den feinen Kopf gelegt waren.

Er strich zärtlich darüber hin.

»Was hast du für wundervolles Haar, mein kleines Mädchen«, sagte er erfreut.

Sie strahlte ihn glücklich an und lächelte froh. Und dabei sah sie wieder so reizend aus, daß er ganz überrascht war.

»Gefällt es dir wirklich, Papa? Mama konnte es nicht leiden. All meine Geschwister haben so schönes goldblondes Haar, wie Mama selbst hatte. Ich war immer das Bête noir in der Familie. Mama sagte immer, ich hätte Augen und Haare von dir geerbt – und – ja – ich glaube, deshalb konnte sie mir nicht gut sein.«

»Sie war wohl sehr böse auf mich – die Mama?« fragte er.

Sie sah ihn unsicher an.

»Gesagt hat sie es nicht – aber – ich habe es gefühlt – weil sie immer so zornig wurde, wenn ich von dir sprach.«

»Und hast du da nicht auch eine schlimme Meinung von mir bekommen? Sag's nur ehrlich.«

Sie schüttelte im reizenden Eifer den Kopf.

»O nein. Ich habe mir immer gesagt, Papa kann wohl auch nichts dafür, so wie du selbst, daß ihn Mama nicht leiden mochte und von ihm fortging. Weißt du – es ging ihr wohl mit dir und mir, wie es mir mit meinen Geschwistern und dem Stiefvater ging – ich konnte und konnte sie nicht liebhaben, soviel Mühe ich mir auch gab. Und doch sagten alle Leute, mein Stiefvater sei ein tüchtiger, ehrenwerter Mann und meine Geschwister seien reizende, wohlerzogene Kinder. Ich denke, man kann nicht dafür, wenn man nicht geliebt wird, wie man nicht dafür kann, daß man zu manchen Menschen nicht lieb sein kann.«

Baron Valberg zog Rita fest an sich und küßte sie auf die Stirn.

»Meine liebe kleine Rita – wie rührend ist es, daß du mich trotz allem so liebbehalten hast.«

Sie schmiegte sich an ihn.

»Hast mich doch auch ein wenig lieb, ja?« fragte sie bittend.

Er nickte.

»Sehr lieb hab' ich dich. Und wir wollen uns nun wieder näherkommen und uns noch lieber gewinnen. Aber nun will ich doch erst zu Exzellenz Tronsfeld fahren.«

Er nahm ihr den Mantel ab und schritt zur Tür, um zu klingeln.

»Papa!« rief da ein leises, schüchternes Stimmchen hinter ihm.

Er wandte sich um.

»Was willst du, Rita?«

Glühende Röte schoß in ihr Gesicht.

»Ach, lieber Papa! Ich habe so großen Hunger – seit heute morgen habe ich keinen Bissen gegessen. Ich hatte nur einige Kekse in meinem Zimmer. Geld hatte ich nur so viel, um die Fahrkarte zu kaufen und den Wagen zu bezahlen.«

Er mußte lachen. »Mein armes, kleines Mädchen! Sogar Hunger mußtest du leiden. Und ich denke gar nicht dran, dir etwas anzubieten! Warum hast du das nicht gleich gesagt?«

»So lange ich nicht wußte, ob du mich behalten würdest, spürte ich vor Angst gar keinen Hunger. Aber nun ist es mit einem Male sehr arg.«

»Da brauche ich mich nicht zu wundern, daß du so blaß aussiehst. Nun warte nur einen Augenblick – gleich sollst du einen Imbiß haben. Daran soll's nicht fehlen. Gleich wollen wir zusammen den Tee nehmen, der wohl schon für mich bereit ist. Und ich lasse für dich schnell noch eine warme Platte auftragen. Ich leiste dir Gesellschaft. Auf ein halbes Stündchen kommt es nicht an.«

Er klingelte nun, und schnell trat der Diener ein.

Der Baron übergab ihm Ritas Mantel und deutete auf den Hut und die Reisetasche.

»Verwahren Sie das im Garderobezimmer. *Meine Tochter* bleibt vorläufig hier. Dann servieren Sie schnell den Tee für die Baronesse und mich. Der Koch soll schnell eine warme Platte anrichten. Eilen Sie sich. Und melden Sie mir, wenn alles bereit ist.«

Das Gesicht des Dieners blieb völlig unbeweglich, wenn auch in seinen Augen ein leises Staunen aufzuckte, als sein Herr die junge Dame als seine Tochter bezeichnete. Schnell verschwand er mit den Sachen der Baronesse. Vater und Tochter plauderten noch ein wenig, aber kaum waren fünf Minuten vergangen, da meldete der Diener, daß alles bereit sei.

Valberg bot seiner Tochter den Arm und führte sie in das anstoßende Zimmer. Dies war das kleine Speisezimmer, im englischen Charakter, in dem er seine Mahlzeiten nahm, wenn er allein oder nur mit Günter zusammen speiste. Wenn er größere Herrengesellschaft bei sich sah, speiste man in einem größeren Raum. Dies kleine Zimmer war reizend und zweckmäßig ausgestattet mit entzückenden Chippendale-Möbeln, die der Baron direkt von England bezogen hatte.

Rita waltete mit reizender Schüchternheit wie eine kleine, anmutige Hausfrau am Teetisch. Der Baron weigerte sich erst galant, sich von ihr bedienen zu lassen, sah aber dann doch wohlgefällig auf die schönen, schlanken Hände seiner Tochter herab und freute sich an ihren graziösen Bewegungen. Gewohnheitsgemäß küßte er die kleinen Hände, die sich für ihn mühten. Da wurde Rita rot und lachte leise. Und wie aus tiefstem Herzen heraus sagte sie glücklich: »Ach, wie ist es schön und traut bei dir, mein lieber, lieber Papa!« Dann setzte sie sich zu ihm und beide speisten.

Er wollte nicht zeigen, daß ihm trotz allem doch nicht recht behaglich zumute war. Er sorgte, daß sie ordentlich zulangte, scherzte über ihre lange Hungerkur und plauderte anscheinend leicht und froh. Und doch war ein Gefühl in ihm, als sei er fremd in seinen eigenen vier Pfählen.

»Wenn ich erst mit Maria Tronsfeld gesprochen habe, wird das besser werden«, tröstete er sich selbst.

Er erhob sich schließlich rasch. »So, mein Kind, jetzt bleibe du ruhig noch sitzen und stille in aller Behaglichkeit deinen Hunger; du hast noch viel nachzuholen. Ich fahre inzwischen zu Exzellenz Tronsfeld. Wenn du fertig bist, kannst du wieder in den Salon hinübergehen und es dir bequem machen. Ich werde dafür sorgen, daß du ungestört bist. So schnell es geht, bin ich wieder zurück. Und dann wird mir Exzellenz geraten habe, was ich mit meinem Töchterchen beginnen soll.«

Sie faßte seine Hände. »Wird sie dir auch nicht raten, mich wieder fortzuschicken?«

»Nein, nein – das tut sie sicher nicht.«

»O, dann ist alles gut.«

Er küßte sie auf die Stirn, ein wenig flüchtig und zerstreut.

»Also auf Wiedersehen, Maus.«

»Auf Wiedersehen, lieber Papa!«

Sie sah ihm eine Weile wie verträumt nach und drückte die Hände auf Herz.

»Papa – mein lieber, lieber Papa«, flüsterte sie innig.

Valbergs Auto hielt vor dem Hause der Generalin Tronsfeld. Als er ausstieg, sah er zu den Fenstern der ersten Etage empor. Sie waren zum Teil erleuchtet. Exzellenz war also zu Hause. Hoffentlich war sie auch allein. Er befahl seinem Chauffeur zu warten, und ging ins Haus.

Maria Tronsfeld empfing ihn wieder in ihrem kleinen Salon. Sie saß mit einem Buche auf ihrem Lieblingsplatz am Kamin. Schnell legte sie das Buch beiseite und reichte ihrem Besucher die Hand.

»Die Teestunde ist vorüber, lieber Freund. Heute hätte ich Sie nicht mehr erwartet.«

Er beugte sich herab und küßte ihre Hand. Sein Antlitz war gerötet, und seine Augen blickten unruhig und erregt. Sie, die ihn so genau kannte, wußte sofort, daß ihn etwas Besonderes zu ihr führte. Auf einen Sessel ihr gegenüber deutend, forderte sie ihn auf, Platz zu nehmen. Er ließ sich nieder und sah sie aufatmend an.

»Ich komme heute nicht als Besucher zu Ihnen, teuerste Freundin, sondern als ein Ratloser, der aus dem Gleichgewicht gekommen ist und Ihren Rat, Ihre Hilfe braucht.«

Sie sah ihn forschend an. »Ich sehe, lieber Freund, daß Sie erregt und unruhig sind. Hoffentlich haben Sie mir nichts Schlimmes zu melden. Aber was es auch sei – Ihre alte Freundin ist immer bereit, Sie anzuhören und, wenn sie kann, Rat und Hilfe zu gewähren. Das wissen Sie.«

Er atmete auf. »Ja, das weiß ich, teuerste Maria. Und da ich Ihnen nun gegenübersitze, kommt mir meine Sorge schon halb behoben vor. Also kurz – ich hatte heute – als ich etwa vor einer Stunde nach Hause kam, eine ganz seltsame Überraschung. Denken Sie sich, mein Diener empfing mich mit der Nachricht, daß mich eine junge Dame zu sprechen wünsche und im Empfangszimmer auf mich warte.«

Exzellenz Tronsfeld legte die Fingerspitzen aufeinander, und es zuckte wie leiser Spott um ihren Mund, als sie erwiderte:

»Lieber Baron – das ist doch schließlich nicht etwas so Außergewöhnliches, daß es Sie derart aus der Fassung bringen könnte.«

Er schüttelte heftig den Kopf. »Nein, nein, was Sie glauben, trifft nicht zu. Es handelt sich durchaus nicht um eine Herzensaffäre, wenigstens nicht in diesem Sinne.«

Nun lachte sie leise. »Aber mit dem Herzen hängt es doch zusammen, nicht wahr?«

Er nahm ihre Hand und sah ihr mit außergewöhnlichem Ernst in die Augen. »Nicht so, wie Sie denken, Maria. Sie sollen mir gleich jeden derartigen Verdacht abbitten. Also, was glauben Sie, wen ich in meinem Empfangszimmer finde?«

»Nun? Ich bin sehr gespannt.«

»Meine Tochter Rita.«

Überrascht richtete sie sich auf. Mit großen Augen sah sie ihn an.

»Nicht möglich!«

»Doch – meine kleine Rita – nicht mehr mein kleines Lockenköpfchen im kurzen Hängekleidchen – nein – eine erwachsene junge Dame, in Trauerkleidern um ihre verstorbene Mutter. Ein blasses, schlankes Geschöpfchen mit schmalem Gesicht, mit rührend traurigen Augen und mit einem Lächeln – ja – dies Lächeln kann ich überhaupt nicht beschreiben. Aber es hat mir das Herz um und umgekehrt.«

Die Generalin sah nun selbst sehr erregt aus.

»Also wirklich Ihre Tochter, lieber Freund? Sie ist gekommen, um Sie zu besuchen?«

Wieder schüttelte er den Kopf.

»Nein, nicht besuchen. Ich dachte es erst auch. Aber sie ließ mich nicht lange im Zweifel und erklärte mir, sie sei dem Hause ihres Stiefvaters entlaufen und wolle nun bei mir bleiben.«

Ein Lächeln huschte um ihren Mund. Nun konnte sie sich die Aufregung ihres Freundes erklären.

»Erzählen Sie mir – wie kam dies alles?«

Hastig erklärte er ihr alles und berichtete ausführlich, was er von Rita gehört hatte.

Aufmerksam lauschte sie. Als er zu Ende war, sagte sie bewegt: »Das arme, arme Kind! Wie grausam ist es, daß solche schuldlosen Geschöpfe darunter leiden müssen, daß ihre Eltern nicht miteinander auskommen können.«

Er seufzte. »Ja, Sie haben recht, wie immer, teuerste Exzellenz. Das habe ich mir auch schon gesagt.«

»Sie müssen viel an Ihrer Tochter gutmachen, lieber Freund.«

Unsicher blickte er sie an. »Ja, ja! Können Sie sich wohl nun vorstellen, wie mir zumute ist, Maria? Da kommt plötzlich das Kind in mein Haus, das ich fast vergessen hatte, bringt mir sein ganzes, junges Herz voll Liebe mit, sieht in mir sicher einen ganz vortrefflichen Menschen und erklärt einfach, daß es bei mir bleiben will.«

Sie nickte. »Natürlich. Ihres Vaters Haus ist doch unter diesen Umständen selbstverständlich der einzige richtige Platz für die Baronesse.«

Sein Gesicht nahm einen ganz hilflosen Ausdruck an.

»Teuerste Freundin, das ist aber durchaus nicht so einfach. Ich kann doch unmöglich jetzt plötzlich eine erwachsene Tochter in mein Haus aufnehmen.«

Mit einem großen, ernsten Blick sah sie ihn an.

»Hier kommt es nicht darauf an, was Sie wollen und können, sondern darauf, was Sie müssen, was Ihre Pflicht ist.«

Er strich sich über die Stirn, als sei ihm zu heiß geworden. »Nein, nein, das ist ganz unmöglich, in meine Junggesellenwirtschaft hinein kann ich doch nicht eine junge Dame verpflanzen. Ich müßte das ganze Haus, meine Gewohnheiten, kurz, alles auf den Kopf stellen. Teuerste Exzellenz, ich komme ja eben zu Ihnen, daß Sie mir raten, helfen sollen, was ich mit Rita beginne. Sie müssen mir einen Ausweg zeigen aus diesem Dilemma.«

Ihre Blicke wurden sehr vorwurfsvoll.

»Lieber Freund, Sie haben sich bisher Ihre Vaterpflichten sehr, sehr leicht gemacht. Jetzt zum ersten Male treten diese Pflichten ernsthaft an Sie heran. Und in blinder Angst vor einem möglichen Zwang wehren Sie sich auch jetzt, diese Pflichten zu erfüllen. Aber das dürfen Sie nicht. Wenn Sie einen Rat von mir wollen, so kann ich Ihnen aus ehrlichem Herzen nur einen geben: Erfüllen Sie Ihre Pflicht an dem armen, verlassenen Kinde. Nehmen Sie es an Ihr Herz, in Ihr Haus und zeigen Sie sich endlich in Wirklichkeit als Ritas Vater.«

Wie verzweifelt hob er die Hände. »Aber bedenken Sie doch, liebste Freundin. Ich lade ja direkt den Fluch der Lächerlichkeit auf mich, wenn ich jetzt plötzlich in der Gesellschaft mit einer erwachsenen Tochter auftrete. Ich stelle mich doch dabei so ungeschickt wie möglich an.«

»Das lernt sich«, sagte sie seelenruhig und unbestechlich.

»Sie haben Zeit, sich an diesen Gedanken zu gewöhnen. Solange Rita um ihre Mutter trauert, geht sie nicht in Gesellschaft, keinesfalls diesen Winter mehr. Bis zum nächsten Winter haben Sie sich mit ihr eingelebt, und es wird alles besser gehen als Sie glauben. Der Zuschnitt Ihres Hauses muß wohl etwas geändert werden. Aber auch das macht nicht gar so viele Schwierigkeiten. Ihre Villa ist geräumig genug. Mit Geld und gutem Willen lassen sich schnell einige Zimmer für Ihre Tochter einrichten.«

Er stöhnte auf. »Bedenken Sie doch, ich habe nur männliche Bedienung.«

Sie ließ sich nicht beirren. »Ganz recht. Zunächst müssen Sie eine Zofe für Ihre Tochter engagieren. Das will ich gern für Sie tun. Vorläufig genügt das. Später werden Sie vielleicht noch eine Hausdame engagieren müssen, wenn Ihre Tochter ausgeht und Besuche empfängt.«

Entsetzt sah er sie an.

»Mir stehen die Haare zu Berge. Müssen, müssen – was soll ich plötzlich alles müssen? Ich, der ich an jedem ›Muß‹ verzweifle. Das ist ja eine trostlose Aussicht! Nein – Sie wollen mich nur erschrecken, wollen mich ein wenig quälen. Sie haben sicher einen besseren Rat für mich.«

»Einen besseren? O nein. Ihnen ist es auch nur darum zu tun, einen Rat zu hören, der Ihnen bequemer ist. Lieber Freund, bisher habe ich alle Ihre kleinen Torheiten liebenswürdig und verständlich gefunden. Hier handelt es sich aber um mehr. Kommen Sie zu sich. Sie sind nur ein wenig kopflos geworden. Wenn Sie nur wollen, wird sich alles leicht einrichten lassen. Sie meinten vielleicht, ich sollte Ihnen raten, das Kind in irgendeiner Familie unterzubringen. Vielleicht glaubten Sie auch, ich selbst würde mich bereit erklären, Rita bei mir aufzunehmen. Bei Gott – nichts täte ich lieber, als so ein liebes, junges Ding, Ihre Tochter, Viktor Valberg, zu mir ins Haus zu nehmen. Aber damit ist dem Kinde nicht geholfen. Es ist schon zu viel rechtlos herumgestoßen worden, ist aus einer Hand in die andere gegangen, ohne daß man Rücksicht auf die junge, liebebedürftige Seele nahm. Das Kind braucht jetzt vor allem eine Heimat, in der es wurzeln kann, eine Heimat für sein Herz, eine Heimat, auf die es ein Recht hat, die ihm nicht aus Gnade und Barmherzigkeit oder aus noch weniger edlen Gründen geboten wird. Und diese Heimat findet Ihre Tochter nur allein im Hause ihres Vaters. Und Sie werden sie ihr gewähren, lieber Freund, bis sie einst am Herzen eines Gatten eine andere Heimat findet. Ich bitte Sie – um Ihrer selbst willen nicht zuletzt –, erfüllen Sie Ihre vornehmste Pflicht, wie ein edler und guter Mensch. Lassen Sie mich nicht die Enttäuschung an Ihnen erleben, daß sie aus Bequemlichkeit und Egoismus Ihre Pflicht gegen Ihr armes Kind vernachlässigen, jetzt, da diese Pflicht zum ersten Male an Sie herantritt.«

Valberg saß mit sehr zerknirschter Miene vor ihr, und es zuckte in seinem Gesicht wie tiefe Erregung.

»Sie haben ja recht – sehr recht, teuerste Exzellenz! Aber wahrhaftig, selbst wenn ich nicht an mich denke, ich bin dem Kinde gegenüber ganz hilflos. Was weiß ich denn, was so einem Mädelchen frommt? Glauben Sie mir, es ist mir so warm und weich ums Herz geworden, als ich Rita vor mir sah, als sie sich so voll Liebe und Vertrauen an mich schmiegte und um meine Liebe flehte. Ich verstehe und fühle auch, daß sie Liebe braucht. Liebe will ich ihr auch geben. Aber – lieber Gott – ich kann mir nun mal nicht helfen – in mein Haus hinein kann ich sie mir nicht denken.«

Sie lächelte. Ihr gütiges Herz fand immer eine Entschuldigung.

»Sie sind wahrhaftig selbst ein großes Kind, lieber Freund. Fassen Sie nur Mut, mit ehrlichem Willen geht alles. Ich will Ihnen gern helfen, soviel ich kann. Und zuerst, für die ersten Tage, bringen Sie mir Ihre kleine Rita nur hierher. Sagen Sie ihr, daß Sie erst Vorbereitungen zu ihrer Aufnahme treffen müssen. Dann lassen Sie erst einmal einige Zimmer für sie einrichten. Ein Schlaf- und Ankleidezimmer und ein Boudoir genügen vorläufig. Wer weiß, ob sich nicht sehr bald ein Freier finden wird für Ihre Tochter. Dann werden Sie Ihrer Pflichten wieder ledig. Aber bis dahin müssen Sie sich mit guter Miene ins Unvermeidliche fügen. Und geben Sie acht – es gefällt Ihnen schließlich sehr gut, ein junges Töchterchen im Hause zu haben. Ich werde mich der jungen Dame auch nach Kräften annehmen, um Sie zu entlasten, soviel es geht. Sie wird ja hoffentlich Vertrauen zu mir fassen. Nur muß sie jetzt vor allen Dingen wissen, daß ihre Heimat bei ihrem Vater ist. Sie darf um keinen Preis merken, daß sie Ihnen ungelegen kommt, lieber Freund. Gehen Sie achtsam mit der jungen Seele um, an der schon viel gesündigt wurde.«

Er sprang auf und ging einige Male im Zimmer auf und ab. Dann blieb er vor ihr stehen.

»Und die Gesellschaft? – Was wird man darüber denken?«

Sie lächelte mit leichter Ironie.

»Haben Sie sich jemals viel darum gekümmert, was die Gesellschaft sagt und denkt? Ich glaube, das war Ihnen immer herzlich nebensächlich. So legen Sie solchem Gerede auch jetzt keinen Wert bei. Erklären Sie ruhig jedem, der es hören will, daß Ihre geschiedene Frau gestorben ist und Sie deshalb Ihre Tochter jetzt zu sich nehmen. Jeder Mensch wird das verständig und richtig finden. Daß Sie verheiratet waren und geschieden sind, weiß tout le monde. Es wird kaum Aufsehen erregen, daß Ihr Töchterchen jetzt bei Ihnen leben wird. Man wird auch das, wie alles, was Sie tun und lassen, sehr interessant finden, und es werden Ihnen vielleicht noch einige schwärmerische Herzen mehr zufliegen.«

Ein tiefer Seufzer entstieg seiner Brust.

Mit einem guten, fast mütterlichen Blick sah sie zu ihm auf.

»Ich spotte nicht. Sie wissen selbst recht gut, daß der Baron Viktor Valberg stets und immer ein Enfant gâté der Gesellschaft sein wird, wie er es stets gewesen ist.«

Er sah ein, daß ihm alles nichts half –, es ging nicht anders – er mußte sich fügen. Und schließlich hatte seine teure Freundin recht, wenn sie in diesem Falle unerbittlich war. Es wäre grausam gewesen, Rita das Vaterhaus zu verschließen.

Und dennoch – es war ein furchtbar unbehagliches Gefühl. Die gute Exzellenz dachte sich das so leicht, so ein junges Mädchen in einen Junggesellenhausstand zu verpflanzen. – Lieber Gott, da mußte alles umgekrempelt werden. Es gab da in seinen Zimmern allerlei, was für die reinen, unschuldsvollen Kinderaugen seiner Tochter nicht geschaffen war. Da mußte er erst sorgfältig sichten und ordnen. Aber das konnte er mit einer Dame nicht erörtern, auch nicht mit seiner sonst so verständigen, einsichtsvollen Freundin.

Sichtlich beklommen erhob er sich.

»Also liebste, teuerste Exzellenz, ich darf Ihnen noch heute abend meine Tochter bringen. Für eine kurze Zeit geben Sie ihr Obdach in Ihrem Hause, bis ich alles Nötige zu ihrer Aufnahme bereit habe? Sie haben doch nichts vor heute abend?«

»Nein, nein, ich bin zu Hause, und Sie sind mir mit Ihrer Tochter zu jeder Stunde angenehm. Nun gehen Sie, lieber Baron, lassen Sie das arme Kind nicht zu lange allein. Sie wird ein gar schweres Herz haben, die arme kleine Rita – viel schwerer als das Ihre, lieber Freund, vergessen Sie das nicht.«

Er küßte ihre Hand. »Ich will es nicht vergessen. Wenn ich auch ein Rabenvater bin – lieb habe ich das Kind doch.«

»Das glaube ich Ihnen, und das erfüllt mich auch mit Hoffnung für Sie beide. Und – was mir eben noch einfällt – es dürfte wohl gut sein, wenn Sie an Ritas Stiefvater depeschieren und ihre Ankunft melden Man wird dort doch in Sorge sein.«

Er lächelte verbindlich. »Sie denken an alles, liebe Maria, und ich bin wieder einmal Ihr Schuldner.«

Schnell verabschiedete er sich nun und ging.

Mit einem guten, stillen Lächeln sah sie ihm nach. Dann erhob sie sich, um Befehl zu geben, daß ein Zimmer für ihren jungen Gast hergerichtet würde.

Viktor Valberg fuhr in keineswegs rosiger Stimmung nach Hause zurück. Die Gedanken, denen er Audienz gab, hatten ein recht unfreundliches Gesicht. Er kam sich plötzlich vor wie ein Mensch, der mit schweren Sorgen beladen war.

Zu Hause angelangt, gab er dem Chauffeur Weisung, sich in Bereitschaft zu halten, da er bald wieder ausfahren würde. Sein Kammerdiener empfing ihn und nahm ihm Pelz und Hut ab. Ganz wehmütig sah sich der Baron in dem vornehmen und stimmungsvollen Vestibül um. Hier würde ja nichts geändert zu werden brauchen, auch nicht im Empfangszimmer und den Speiseräumen. Aber sonst – von manchen lieben Gewohnheiten hieß es nun bald Abschied nehmen.

Seufzend begab er sich zu seiner Tochter. Sie befand sich in dem Empfangszimmer. Ängstlich und unruhig sah sie ihm entgegen. Je länger sie auf den Vater wartete, desto beklommener war ihr ums Herz geworden. Die Furcht stieg wieder in ihr auf, der Vater könnte doch noch anderen Sinnes werden und sie wieder fortschicken.

Als der Vater nun eintrat, stand sie mitten im Zimmer und sah ihn mit großen, ängstlichen Augen an. Es entging ihr nicht, daß er nicht sehr froh aussah, nicht so frisch und heiter, wie er heute nachmittag zu ihr ins Zimmer getreten war, als er noch nicht wußte, wer ihn erwartete.

Er zwang zwar sogleich wieder ein Lächeln auf sein Gesicht, aber sie war sehr feinfühlig, wie es Menschen sind, deren empfindsame Seelen oft verletzt worden sind.

»Habe ich dich lange warten lassen, Maus?« fragte er liebenswürdig, in einem gewollt leichten Tone, der ihm nicht von Herzen kam.

Sie sah ihn schüchtern an. »Ich habe natürlich die Minuten gezählt, bis du wiederkamst, Papa. Wenn man wartet, erscheint einem die Zeit doppelt lang. Aber nun bist du ja wieder da.«

Er mußte mit einem scheußlich faden Gefühl daran denken, daß einst seine Gattin sich so oft über sein langes Ausbleiben beschwert und ihn immerfort mit vorwurfsvollem Gesicht erwartet hatte. Und er sagte sich, daß nun in Zukunft wohl seine Tochter sein Kommen und Gehen kontrollieren würde. Ihm wurde sehr heiß bei diesem Gedanken. Zerstreut fuhr er sich über die Stirn.

»Ja, nun bin ich wieder da. Und nun wollen wir erst mal eine Depesche an deinen Stiefvater aufsetzen.«

Sie erschrak und wurde ganz bleich.

»An meinen Stiefvater?« fragte sie mit trockenen Lippen.

»Ja, ich muß ihm doch melden, daß du wohlbehalten hier eingetroffen bist. Man wird sich dort wohl um den kleinen Ausreißer gesorgt haben«, versuchte er zu scherzen.

Sie schüttelte traurig den Kopf.

»Ach nein – um mich sorgt sich dort niemand. Sie wissen ja, daß ich zu dir gereist bin.«

Das griff ihn wieder ans Herz. Er legte seinen Arm um ihre sehr schlanke Gestalt.

»Wir wollen jedoch höflich sein und deine Ankunft melden, nicht wahr?«

Sie nickte und sah forschend und unruhig zu ihm auf.

»Wenn du depeschierst – wirst du dann auch gleich bitten, daß man mir meine Sachen nachschickt?« fragte sie und kam sich sehr diplomatisch vor.

Er nickte lächelnd und fand es doch wieder sehr reizvoll, sein Töchterchen im Arm zu haben.

»Natürlich, wir bitten, daß dir deine Sachen recht schnell hierhergeschickt werden.«

Sie warf plötzlich mit leidenschaftlicher Innigkeit die Arme um seinen Hals.

»Also ich darf bei dir bleiben, Papa – ach, lieber Papa, ich hatte so Angst, es wäre dir leid geworden.«

Tränen stürzten ihr aus den Augen, aber sie unterdrückte das Weinen schnell, weil es der Vater ncih nicht sehen sollte.

Nun war er wieder so gerührt, daß er nicht wußte, was er ihr zuliebe tun sollte. Zärtlich strich er über die wunderschönen dunklen Flechten.

»Aber du dumme, kleine Maus, was denkst du dir? Natürlich bleibst du bei mir. Nur auf einige Tage bringe ich dich zu Exzellenz Tronsfeld, die sich schon sehr auf dein Kommen freut. Dort bleibst du, bis ich hier alles in Ordnung habe. Ich muß doch für mein Töchterchen einige hübsche Zimmerchen neu ausstatten lassen – so echte, rechte Mädchenstübchen, mit hellen, duftigen Stoffen und zierlichen Möbeln. Und die gute Exzellenz engagiert für dich eine Jungfer zur Bedienung. Alles andere findet sich dann.«

So sagte er mit erzwungener Fröhlichkeit und setzte sich nieder, um schnell eine Depesche aufzusetzen.

Ritas Empfindungen schwankten zwischen Glück und Unruhe.

»Ich mache dir wohl schrecklich viel Umstände, lieber Papa?« fragte sie schüchtern.

Lächelnd blickte er zu ihr auf. »Nicht doch, das richtet sich alles ein. Du mußt nur ein wenig Geduld haben und einige Tage die Gastfreundschaft der guten Exzellenz annehmen.«

Er schrieb nun schnell eine Depesche nieder. Rita nahm ihm gegenüber Platz und faltete dankbar die Hände. Als er fertig war, sah er lächelnd zu ihr hinüber.

»Hast du denn wenigstens Nachtzeug mitgebracht, Rita?«

Sie nickte stolz.

»Ja – an alles habe ich gedacht und es selbst in die Handtasche gepackt, damit niemand etwas merkte. Aber nur dies eine Kleid habe ich bei mir. Man wird ja schnell meine anderen Sachen schicken. Sie sind sicher froh, wenn sie alles los sind, was zu mir gehört.«

»Nun, schlimmstenfalls kann dir Exzellenz Tronsfeld morgen einiges Nötige kaufen. Die Hauptsache ist, daß du für die erste Nacht versorgt bist. Und nun will ich die Depesche besorgen lassen. Dann können wir uns aufmachen.«

Er klingelte und gab dem Diener die Depesche und den Befehl, die Reisetasche seiner Tochter in das Auto zu tragen und dann Hut und Mantel für sie zu bringen.

In demselben Moment wurde ihm gemeldet, daß Baron Günter Valberg soeben gekommen sei.

Einen Augenblick überlegte er. Dann sagte er hastig: »Führen Sie den Herrn Baron in mein Arbeitszimmer, ich komme sofort.«

Als der Diener verschwunden war, wandte er sich an Rita. »Da kannst du gleich erst noch einen Vetter kennenlernen. Günter Valberg ist der künftige Majoratsherr von Valberg. Wir sind zwar nur im vierten oder fünften Grad miteinander verwandt, aber Günter ist mir lieb geworden, wie ein Sohn. Es soll mich freuen, wenn ihr euch befreundet. Nimm noch ein Weilchen Platz, Rita, ich will Günter nur erst auf deine Anwesenheit vorbereiten. Dann bringe ich ihn hierher.«

Sie ließ sich gehorsam in einen Sessel gleiten, und er verließ rasch das Zimmer.

Gleich darauf stand er in seinem Arbeitszimmer Günter gegenüber. Sie begrüßten sich herzlich, wie immer.

»Führt dich heute etwas Besonderes zu mir, Günter?« fragte Viktor ein wenig zerstreut.

Günter lachte. »Du hast wohl vergessen, Onkel Viktor, daß du mich heute morgen eingeladen hast, mit dir zu Abend zu speisen. Wir wollten noch verschiedenes über Valberg sprechen, und ich sollte etwas zeitiger kommen. Scheinbar hast du mich aber gar nicht erwartet.«

Valberg griff sich an die Stirn. »Richtig, richtig?! Das hatte ich ganz vergessen, mein Junge.«

»Komme ich ungelegen, dann verschwinde ich sofort wieder.«

»Nein, nein – ich bin nur ein wenig aus dem Konzept. Ist auch kein Wunder! Ich habe heute ein Erlebnis gehabt, das mich ganz aus dem Gleichgewicht gebracht hat.«

»Doch hoffentlich nichts Unangenehmes, lieber Onkel?« fragte Günter besorgt.

Der Baron lachte seltsam auf. »Na – wie man's nimmt – eigentlich ist es ja ein sehr freudiges Ereignis.«

Er faßte einen Knopf des jungen Mannes und sah mit tragikomischer Miene in sein Gesicht.

»Sieh mich mal an, mein Junge. Sehe ich aus wie ein glücklicher Vater?«

Günter schüttelte lächelnd den Kopf. »Nein – eigentlich nicht.«

»Hm! Kannst du dir vorstellen, daß ich nächste Saison eine erwachsene Tochter als Ballvater ausführen muß?«

Wieder schüttelte Günter den Kopf. »Nein, das kann ich mir auch nicht gut vorstellen.«

Viktor seufzte abgrundtief. »Ich auch nicht. Aber ich rate dir, gewöhne dich an den Gedanken, daß dich der Anblick nicht überwältigt. Ich muß mich auch daran gewöhnen.«

Günter sah ihn besorgt und betroffen an.

»Onkel Viktor – fühlst du dich nicht wohl?«

Dieser mußte lachen – über sich selbst und über Günters betroffenes Gesicht. »Nee, nee – sieh mich nicht an, als ob du mich für krank hieltest. Ich habe auch nicht zu gut gefrühstückt. Es ist ganz klar und logisch, was ich dir sage. Also kurz und gut – meine geschiedene Frau ist vor einiger Zeit gestorben. Und als ich heute nachmittag aus dem Klub nach Hause komme, sitzt in meinem Empfangszimmer eine erwachsene junge Dame, die mich Papa nennt und mir erklärt, daß sie nun bei mir bleiben will für immer.«

Günter sah sehr überrascht auf. »Donnerwetter!« entfuhr es seinen Lippen.

Viktor nickte resigniert. »Das hätte ich auch am liebsten gesagt. Aber ich konnte mich beherrschen. Kannst du dich nun in mein Empfinden hineindenken?«

Günter mußte lachen. »Vielleicht nicht so ganz, Onkel!«

»Aber komisch und lächerlich findest du es gewiß, daß ich nun plötzlich mit einer erwachsenen Tochter behaftet bin?«

Der junge Mann wurde ernst. »Nein, weder komisch noch lächerlich. Aber ich merke, daß du sehr bedrückt bist, trotz deines Galgenhumors, und ich kann mir sehr gut denken, daß dir daraus allerlei Unbequemlichkeiten erwachsen werden.«

Tief atmete Valberg auf.

»Na, Gott sei Dank, du scheinst wenigstens Verständnis für mein Empfinden zu haben, ohne mich gleich für einen herzlosen Menschen zu halten. Mit dir werde ich also ein vernünftiges Wort darüber reden können. Natürlich bleibst du hier. Wir speisen nachher zusammen; ich bin froh, daß du mir Gesellschaft leisten wirst, sonst versinke ich heute in eine gräßliche Stimmung. Aber du mußt mich dann eine halbe Stunde entschuldigen. Ich will meine Tochter erst zu Exzellenz Tronsfeld bringen. Sie will das Kind einige Tage bei sich aufnehmen, bis ich in meinem Hause die nötigen Vorbereitungen für die Aufnahme Ritas getroffen habe. – Kannst dir ja denken, daß hier erst mancherlei umgemodelt werden muß.«

Günter warf einen verstehenden Seitenblick durch das Zimmer. Lächelnd blieben seine Augen auf einer Anzahl weiblicher Photographien haften, die auf dem Schreibtische standen. Es war eine ganze Schönheitsgalerie, offenbar Künstlerinnen, darunter Vertreterinnen der leichtesten Muse in gewagter Kostümierung. Daneben lag ein zierlicher Fächer, ein Andenken von schöner Hand, und ein langer, zartfarbener Handschuh, Pariser Fabrikat, der ganz sicher nicht auf eine Männerhand gehörte.

»Ja, ja – das kann ich mir denken«, sagte der junge Offizier.

Viktor war seufzend seinem Blick gefolgt.

»Na also – wir sprechen nachher noch über das alles. Jetzt komm, bitte, mit hinüber. Ich will dich Rita vorstellen. Und höre, mein Junge: Sei ein bißchen gut und nett zu ihr. Sie ist nämlich ein armes, verschüchtertes Ding, das nicht viel Liebe erfahren hat. Sie tut mir schrecklich leid, wirklich. Ich erzähle dir nachher alles. Also nicht wahr, sei ein bißchen gut und nett zu ihr.«

»Das wird mir kaum schwerfallen, Onkel Viktor. So ein kleines Bäschen ist doch eigentlich etwas sehr Nettes. Früher habe ich mir brennend ein Schwesterchen gewünscht, das ich so ein wenig verhätscheln und beschützen könnte. Nun werde ich mich gleich brüderlich zu der jungen Dame stellen, wenn du es gestattest.«

»Ja, das tue nur. Und wenn du in den nächsten Tagen freie Zeit hast, dann siehst du wohl mal nach ihr. In deiner jetzigen Stimmung tut dir das Alleinsein ohnedies nicht gut, und Rita kann sehr hübsch plaudern. Sie wird dir vielleicht ein wenig helfen, die schöne Carry zu vergessen. Und du tust mir einen Gefallen, wenn du dich Ritas ein wenig annimmst.«

»Selbstverständlich tue ich das gern, Onkel Viktor. Das ist einfach Ehrensache. Das Bäschen soll mit mir als Kavalier zufrieden sein.«

»Gut! Also komm!«

Sie gingen in das Empfangszimmer hinüber.

Und wenige Augenblicke später stand Günter vor der kleinen, schüchternen Rita, die mit großen, gläubigen Kinderaugen den stattlichen, hübschen Vetter anstaunte wie einen Märchenprinzen. Auch Günter beschlich sofort ein wunderlich gerührtes Gefühl, als er in das feine, schmale Gesichtchen blickte.

»Ich freue mich sehr, Sie kennenzulernen, liebes Bäschen. Sie müssen mir gestatten, Vetternrechte bei Ihnen geltend zu machen«, sagte er warm und herzlich.

Sie atmete hastig, die kleine Rita, wie erregte Kinder es tun.

»Ach, ich habe ja gar nicht gewußt, daß ich einen Vetter habe. Aber ich freue mich sehr, sehr darüber. Es ist ein so großes Glück, wenn man Menschen hat, die zu einem gehören.«

Er hätte sie am liebsten so recht tröstlich gestreichelt, wie ein großer Bruder sein verzagtes, ängstliches Schwesterchen.

»So wollen wir nur gleich Freundschaft schließen, wenn es Ihnen recht ist, liebe Rita.«

Ihre Augen strahlten ihn glückselig an.

»Ach – mir ist es sehr recht. Ich bin Ihnen sehr dankbar, daß Sie mir gleich Freundschaft entgegenbringen. Aber ich muß Ihnen gleich erst etwas sagen. Ich weiß nicht, ob es Sie später reuen wird. Ich bin, glaube ich, ein recht unausstehliches Mädchen. Alle meine Angehörigen haben mir das schon gesagt. Nur Papa noch nicht.«

Günter lachte. Und dies warme, klare Lachen blieb Rita im Ohr hängen und setzte sich in ihrem Herzen fest, wie ein goldener Klang. Sie nahm dies Lachen an diesem Abend mit in ihre Träume hinüber, und es gab ihr ein frohes Heimatgefühl, trotzdem sie auch heute nicht im Vaterhause schlief.

»Ich glaube nicht, daß Sie unausstehlich sind, liebes Bäschen. Dazu sind Sie zu ehrlich und haben zu gute und liebe Augen.«

Helles Rot schoß in ihr Gesicht, und das reizende, hilflose Lächeln, das ihren Vater so überrascht hatte, lag um ihren feingeschnittenen Mund.

Viktor legte seinen Arm um Ritas Schulter.

»Wenn ihr euch als Vetter und Base akzeptiert, dann streicht aber auch gleich das steife ›Sie‹ aus eurem Verkehr. Das ist ungemütlich und ein Unding zwischen Verwandten.«

Günter bot Rita die Hand. »Darf ich ›du‹ sagen, Rita?«

Sie nickte eifrig und strahlend.

»O ja, das dürfen Sie.«

»Dann mußt du es auch tun. Ich heiße Günter.«

Sie zögerte ein Weilchen, lächelte wieder hilflos und schüchtern und atmete dann energisch auf.

»So will ich dich Günter nennen«, sagte sie schnell.

»Schön! Aber für heute müßt ihr es nun mit der kurzen Begrüßung bewenden lassen. Ich muß Rita nun zu Exzellenz Tronsfeld bringen, damit wir nicht zu spät kommen. Du erwartest mich,

Günter, wirst dir schon irgendwie die Zeit vertreiben.«

»Darum sorge dich nicht, Onkel Viktor«, erwiderte Günter.

Er half nun Rita in ihren Mantel. Das kleine Hütchen drückte sie schnell und achtlos auf das Haar. Mit brüderlicher Vertraulichkeit rückte es ihr Günter noch ein wenig zurecht. Dann reichte er ihr mit einigen liebenswürdigen Scherzworten den Arm und führte sie hinaus, bis zu dem Wagen. Sorglich hob er sie hinein und fragte artig:

»Darf ich mich morgen nach deinem Befinden erkundigen, Rita?«

Sie nickte erfreut.

»O – ich werde mich sehr freuen, wenn du kommst.«

»Dann also auf Wiedersehen!«

»Auf Wiedersehen!«

Er trat zurück. Viktor stieg zu seiner Tochter ins Auto, das sofort abfuhr.

»Nun, mein Töchterchen, wie gefällt dir der neue Vetter?« fragte er, um einen Gesprächsstoff zu finden.

Rita faltete die Hände zusammen.

»Er ist so gut – so gut!« rief sie, voll dankbarer Innigkeit für die wenigen lieben Worte, die ihr Günter hatte zuteil werden lassen.

Gerührt nahm der Vater ihre Hand. »Kann man denn anders, als gut zu dir sein, kleine Rita?«

Sie seufzte bekümmert.

»O, wenn ich trotzig bin, dann bin ich, glaube ich, sehr unleidlich. Sonst wäre ich wohl von Mama nicht so oft gestraft worden. Aber wenn man gut zu mir ist, dann bin ich nie trotzig.«

Er lächelte. »Dann wollen wir also recht gut zu dir sein.«

Schmeichelnd preßte sie seine Hand an die Wange.

»Ach – wie werde ich glücklich sein.«

Schnell war die Wohnung der Exzellenz erreicht.

Diese empfing Rita mit so viel warmer, mütterlicher Herzlichkeit, daß Rita schnell ihre Scheu verlor und leidlich getröstet zurückblieb, als der Vater sich bald darauf wieder entfernte, zumal er versprach, gleich morgen vormittag nach ihr zu sehen.

»Grüße Vetter Günter, lieber Papa!« rief sie ihm nach.

Er sah in ihre strahlenden Augen und stutzte einen Augenblick.

Als er dann in seinem Auto allein heimwärts fuhr, grübelte er über einen Gedanken, der wie ein Blitz durch seinen Kopf gegangen war, ein Gedanke, der ihm plötzlich einen Ausweg zeigte aus aller Not und Unbequemlichkeit: Wenn Rita Günters Frau würde!

Sie schien gleich großes Wohlgefallen für ihn zu empfinden. Und Günter? Er hatte eben erst eine große Enttäuschung hinter sich. Carry Platen war ihm verloren. Bekanntlich ist das Herz nie aufnahmefähiger für eine neue Liebe, als nach einer solchen Enttäuschung. Das war wenigstens Viktors Meinung.

Und Rita würde sich schnell entfalten und ein sehr hübsches Mädchen werden, wenn sie nur etwas Farbe bekam und ihre Formen sich etwas mehr rundeten.

Wenn Günter Rita heiratete, dann war er mit einem Male als Vater aller Verantwortlichkeit enthoben. Und außerdem – es würde alles ganz herrlich zusammenpassen. Rita würde dann Majoratsherrin von Valberg und bekam in Günter einen Mann, wie ihn nur jeder zärtliche Vater seiner Tochter wünschen konnte. Und Günter, den er wie einen Sohn liebte, war dann nicht nur der unumschränkte Besitzer von Valberg, sondern erbte eines Tages mit Rita zusammen sein ganzes großes Vermögen. Also auch Günter konnte sich keine bessere Partie wünschen.

Und überhaupt – es wäre ganz wunderschön, wenn aus Günter und Rita ein Paar würde. Es konnte doch gar nicht so schwer sein, die beiden jungen Leute zusammenzubringen – man konnte ein wenig nachhelfen, ein wenig Vorsehung spielen!

Ja, Viktor war schon mitten drin im Plänemachen, wie er seine Tochter wieder loswerden könne.

Auch Günter hatte sich inzwischen in Gedanken mit Rita beschäftigt, mit ihr und Onkel Viktor.

Lächelnd hatte er sich vorgestellt, als er durch die schön ausgestatteten Räume der Villa ging, wie schwer es Onkel Viktor ankommen würde, sein Tuskulum umzumodeln, damit es als Aufenthaltsort für eine junge Dame geeignet erschien. Als nun Valberg heimkehrte, gingen die beiden Herren zunächst ziemlich schweigsam zu Tisch. Auch während der Tafel wechselten sie nur wenig Worte. Erst, als sie dann mit einer Zigarette behaglich am Kamin in dem runden, im maurischen Stil gehaltenen Rauchzimmer saßen, begann Valberg zu erzählen, wie und warum Rita so plötzlich bei ihm aufgetaucht war. Er sagte Günter auch offen, daß er die Exzellenz Tronsfeld aufgesucht habe in der Hoffnung, daß diese ihm anbieten würde, Rita unter ihren Schutz zu nehmen, und berichtete, wie sehr er enttäuscht worden war durch ihren energischen Hinweis auf seine Vaterpflicht.

Günter hatte aufmerksam zugehört. Ein tiefes Mitleid mit der kleinen Rita erfüllte sein gutes Herz. Und trotzdem konnte er doch auch Onkel Viktor verstehen. Und nun sprach er, im Verlangen, beiden zu helfen, aus, was ihm vorhin durch den Kopf gegangen war. Er richtete sich in seinem Sessel empor.

»Soll ich dir einen Vorschlag machen, Onkel Viktor, der dich wenigstens vorläufig von aller Not und Plage erlöst und dir Zeit läßt, dich ruhig an den Gedanken zu gewöhnen, Rita hier in dein Haus aufzunehmen?«

Der Baron sah ihn forschend an.

»Nun? Du siehst mich sehr gespannt.«

Günters Augen wurden scharf von der Lampe beleuchtet. Sie leuchteten in frohem Bewußtsein, seinem Wohltäter einen guten Rat geben zu können. Langsam strich er mit der schlanken, festen Hand über das dunkle gescheitelte Haar.

»Du wolltest doch mit mir nach Valberg gehen, Onkel Viktor. Wenn du nun Rita mitnähmst? Du könntest vielleicht deinen Aufenthalt dort etwas verlängern, könntest zur Not zu den letzten Festlichkeiten dieser Saison jedesmal von Valberg nach der Residenz reisen. Rita könnte dann ruhig inzwischen in Valberg bleiben, da du jedesmal schnell zurückkehrtest. Und im Frühling ist es dann sehr schön in Valberg. Auch für Rita wäre der Aufenthalt gut. Sie ist so schmal und blaß. Die Landluft wird ihr guttun. Und in Valberg ist so viel Platz, und nichts braucht geändert zu werden. Da sind Zimmer aller Art, auch für Damen geeignet. Da ist Rita niemand im Wege und ist doch im Vaterhause. Und du kannst dann in aller Ruhe Pläne für die Zukunft machen.«

Viktor sprang auf wie erlöst und streckte die Arme von sich, als könne er sie wieder frei regen. Günters Vorschlag leuchtete ihm sofort ein. Und außerdem dachte er weiter. In Valberg fand sich dann wohl Gelegenheit, daß sich Günter und Rita näherkamen.

Eventuell gab er Günter einen Wink oder sprach ihm auch ganz offen von seinen Wünschen, wenn er erst merkte, daß Rita diesen Wünschen näherkam. Jedenfalls war Zeit gewonnen, und Valberg eignete sich viel besser zum Aufenthalt für Rita als sein Junggesellenheim.

Er schüttelte Günter freudestrahlend die Hand.

»Das ist ein famoser Gedanke, Günter. Damit hast du mir einen großen Gefallen getan. Daß ich nicht selbst auf diesen einfachen Ausweg verfallen bin. Natürlich läßt sich Rita in Valberg viel besser unterbringen als hier. Und ich hatte doch ohnedies die Absicht, einige Wochen mit dir dahin zu gehen. Wie steht es mit deinem Abschied? Was meinst du, wann du bereit sein wirst, nach Valberg überzusiedeln?«

»Ich denke, in vierzehn Tagen ist alles erledigt.«

Aufatmend warf sich Valberg wieder in seinen Sessel und zündete sich eine neue Zigarette an.

»Gut, gut! In vierzehn Tagen ist hier ohnedies die Saison zu Ende. Für später nehme ich dann keine Einladungen mehr an. Wir fahren dann zusammen mit Rita nach Valberg. Exzellenz Tronsfeld wird es dann langsam unter die Leute bringen, daß meine Tochter mit mir zusammen in Valberg lebt. Da brauche ich mich nicht ausfragen und anstaunen zu lassen. Herrgott noch mal! Es wäre ja schauderhaft gewesen, ganz schauderhaft. Und meine kleine Maus wird sich auch freuen, daß wir in deiner Gesellschaft nach Valberg gehen. Sie scheint dich gleich ins Herz geschlossen zu haben. Sie schwärmte davon, wie gut du zu ihr gewesen wärest und hat mir noch zuletzt einen Gruß an dich aufgetragen.«

Das alles kam hastig und froh über die Lippen des Barons. Er beobachtete Günter dabei scharf. Als ein in Herzensangelegenheiten sehr erfahrener Mann wußte er nur zu gut, daß sowohl geschmeichelte Eitelkeit als auch Mitleid oft Liebe zu erwecken vermögen.

Er hatte auch die Genugtuung, daß ein weiches, gerührtes Lächeln um Günters Mund huschte.

»Lieber Gott!« sagte er mitleidig. »Das arme Kind scheint wirklich nicht mit Liebe und Güte verwöhnt worden zu sein, wenn ihr ein paar gute Worte so viel Eindruck machen.«

Viktor seufzte. »Ja, wahrhaftig, das Leben ist ihr bisher viel schuldig geblieben. Das belastet mein Gewissen, obwohl ich nicht geahnt habe, daß ihre Mutter sie darunter leiden ließ, daß sie meine Tochter ist. Hoffentlich bekommt sie einmal einen recht guten, liebevollen Mann, der sie für alles entschädigt, was sie in ihrer Jugend entbehren mußte.«

Günter sah sinnend vor sich hin. »Wie alt ist Rita eigentlich?«

»Fast neunzehn Jahre.«

Überrascht sah der junge Mann auf.

»Doch schon? Ich hätte sie nicht älter als siebzehn taxiert.«

»Ja, sie sieht noch sehr kindlich aus, weil sie schlank und zierlich ist.«

»Und so scheu und verschüchtert. Armes Bäschen – ich werde sehr lieb und gut zu ihr sein.«

Es war ziemlich spät, als sich die beiden Herren trennten. Auch Günter war heute zum erstenmal seit Carry Platens Verlobung in etwas besserer Stimmung.

Und als er in der hellen, kalten Winternacht langsam seiner Wohnung zuschritt, dachte er nicht an die schöne Carry Platen, wie sonst die ganze Zeit, sondern an sein armes, kleines Bäschen.

Rita hatte die Nacht gut und traumlos geschlafen. Nun saß sie mit Exzellenz Tronsfeld am Frühstückstisch und plauderte mit ihrem lieben, weichen Stimmchen so herzig, daß die Exzellenz voll Wohlgefallen zuhörte.

Aber nicht nur das klare, weiche Stimmchen gefiel ihr, sondern auch die feinen Züge des schmalen Gesichtchens und die schönen, großen Augen, die sie so lebhaft an Viktor Valberg erinnerten.

Den klugen Augen der gütigen, erfahrenen Frau entging es nicht, daß man Ritas Äußerem bisher wenig Interesse und Sorgfalt hatte angedeihen lassen. Es schien sich niemand so recht um das Kind gekümmert zu haben, man hatte sie nicht genügend gehegt und gepflegt. Es hatten auch keine liebevollen Hände versucht, die feinen Reize und Vorzüge dieser jungen Dame zur Geltung zu bringen. Das schöne, dunkle Haar, das heute im Sonnenlicht so eigenartige Reflexe zeigte, wie reife, dunkle Kastanien, war viel zu fest und reizlos um das feine Oval des Kopfes gelegt, und das schwarze Kleidchen, das Rita trug, war zwar von feinem Stoff und auf Seide gearbeitet, aber es war nicht vorteilhaft und kleidsam im Schnitt und ließ die ohnehin zarten Konturen der schlanken Gestalt nicht zur Geltung kommen.

Man hatte auch nicht darauf geachtet, das Kind gut und zweckmäßig zu ernähren. Rita war gesund. Wie leicht mußte es sein, durch geeignete Pflege die schlanke Gestalt zu runden, den blassen Wangen Farbe zu geben. Es zuckte der guten Exzellenz in den Fingern, Ritas ganzem Äußeren durch entsprechende Kleidung und eine andere Frisur eine andere Note zu geben, wie sie zu ihrem eigenartig feinen Gesichtchen passen würde.

Sie war überzeugt, daß es ihr nicht schwerfallen würde, in ganz kurzer Zeit eine sehr hübsche und reizende junge Dame aus dem kleinen verschüchterten Mädchen zu machen.

Die Generalin forschte Rita geschickt nach ihrem Toilettenbestand aus, den diese in Düsseldorf zurückgelassen hatte und den man ihr nachsenden sollte. Viel Ersprießliches kam ihrer Meinung nach nicht dabei heraus. Es war sicher das klügste, man stattete die junge Dame neu aus, zumal sie nur zwei Trauerkleider besaß und sonst jetzt nichts in Frage kam. Die Generalin nahm sich vor, mit dem Vater darüber zu sprechen.

Es war jedenfalls ein recht behagliches Frühstücksstündchen, das die beiden Damen abhielten. Und im Laufe des Vormittags wurde aus der förmlichen »Exzellenz« und »Baronesse« eine »Tante Exzellenz« und eine »liebe Rita«.

Ritas Augen leuchteten dabei glücklich auf, und sie versicherte Tante Exzellenz, daß sie eine liebe, herrliche Frau sei, und fragte sie immer wieder, ob sie glaube, daß der Papa sie so recht von Herzen liebgewinnen würde.

Diese versicherte das sehr energisch. Sie erzählte Rita allerlei kleine, liebenswürdige Züge aus dem Leben ihres Vaters. Sie pries seine Güte und Hilfsbereitschaft armen Menschen gegenüber, seine vornehme Gesinnungsart, seine Liebenswürdigkeit. Sie schilderte, wie sehr er beliebt sei in der Gesellschaft und daß er wohl nicht einen Feind habe. Zuletzt kam sie auch darauf zu sprechen, wie großherzig er sich Günter Valberg angenommen hatte, wie er ihm erst eine angemessene Zulage gegeben, und ihm nun auch das Majorat abtreten wollte.

Rita hörte ganz andächtig zu.

Schon immer, wenn sie zuweilen so recht einsam und traurig war, hatte sie sich ausgemalt, wie das sein würde, wenn sie eines Tages zu ihrem Papa gehen würde.

Freilich, ganz so, wie sie es erhofft und ersehnt hatte, war das Wiedersehen nicht gewesen. Aber das kam daher, daß sie so überraschend gekommen war, und weil sie sich ein wenig fremd geworden waren in der langen Zeit der Trennung. Und dann hatte er auch vor Schreck nicht gleich gewußt, was er mit ihr anfangen sollte. Tante Exzellenz hatte ihr das alles voll Güte erklärt. Sie verstand nun auch sehr gut, daß es nicht so einfach war, als sie gedacht hatte, sie im Vaterhause unterzubringen. Wie gut, daß Tante Exzellenz sie gleich aufgenommen hatte, sonst wären dem armen Papa allerlei Verlegenheiten aus ihrem Kommen erwachsen. Ach, wie gut waren alle zu ihr, die gute Tante Exzellenz, der Papa – und auch Vetter Günter.

»Mein Vetter Günter«, wiederholte sie sich und seufzte glücklich. Das arme, kleine Ding, wie dankbar war es für ein wenig Liebe.

Als dann bald darauf der Baron Günter Valberg gemeldet wurde, flog ein rosiger Schein über Ritas Gesicht. Die Augen wurden groß und glänzend, und die weichen Lippen öffneten sich ein wenig, als wenn sich ein Freudenruf durchdrängen wollte. Aber zum Glück fiel ihr noch rechtzeitig ein, daß eine erwachsene und wohlerzogene Dame sich beherrschen müsse.

Es war Ende Februar, und ein voreiliger lauer Frühlingswind hatte sich aufgemacht, um die Menschen zu narren. Und in Ritas jungem Herzen richtete dieser vorzeitige Frühling allerlei Unfug an, so daß es gar heftig stürmte und klopfte, als sich ein warmer Männermund auf ihr schlankes Händchen preßte und zwei gute, offene Männeraugen sie so recht lieb und warm anblickten.

Keine Ahnung kam Günter, welch tiefen Eindruck er auf Rita machte. Ihr war, als erlebe sie einen schönen, herrlichen Traum. Und alle Märchen von schönen Prinzen und goldenen Glückseligkeiten wurden in ihrer Seele lebendig. Der schönste Prinz von allen trug Günter Valbergs Züge, und er führte sie an der Hand in das goldene Wunderland.

Bald daruf kam auch der Vater. Sie flog in seine Arme und barg ihr Gesicht jubelnd an seiner Brust, als sei er der Spender all der Herrlichkeiten, die in ihrer Seele erwacht waren.

Er streichelte lächelnd und gut gelaunt ihre Wangen und küßte sie herzlich.

»Gut geschlafen, Maus?« fragte er.

Sie nickte.

»Wunderschön!«

Und dann zeigte sie ihm strahlend die Rosen und die Bonbonniere, die ihr Günter gebracht hatte. Als dabei ihre Augen dankbar und glücklich zu dem jungen Mann hinüberflogen, wurde Valberg noch vergnügter und scherzte lustig mit ihr. Dann eröffnete er Rita und der Generalin, daß er mit Rita nach Valberg gehen wollte, weil er doch ohnehin Günter dort einführen mußte.

Die Exzellenz fand das sehr vernünftig. Sie hoffte, daß sich Vater und Tochter in der Stille des Landlebens schneller näherkommen würden als in dem unruhigen Leben und Treiben der Residenz, das den Vater viel zu sehr in Anspruch nehmen würde.

Rita war sehr glücklich. Günter malte ihr den Aufenthalt in Valberg in den rosigsten Farben. Inzwischen besprach Tante Exzellenz mit dem Baron die Toilettenfrage und sagte ihm, daß es das beste sei, allerlei neu anzuschaffen für die junge Dame.

Er gab ihr in allem freie Hand und dankte ihr herzlich, daß sie sich seiner Tochter so freundlich annahm. Und dann fragte er sie:

»Sind Sie nun zufrieden mit mir, teuerste Exzellenz?«

Sie neigte lächelnd das Haupt.

»Ich wußte, daß Ihr Vaterherz über kleinliche Bedenken siegen würde. Sie werden sich noch sehr glücklich fühlen lernen, daß Sie Ihr Töchterchen bei sich haben.«

Ein wenig verlegen war er doch, weil er wußte, daß er jetzt keinen größeren Wunsch hatte, als seine Tochter so schnell wie möglich wieder loszuwerden. Aber er tröstete sich selbst mit der Versicherung, daß er sonst alles tun wollte, was in seinen Kräften stand, um Rita glücklich zu machen.

3

Die Vermählungsfeier Carry von Platens sollte bereits Mitte März stattfinden. Der Bräutigam hatte energisch erklärt, er wünsche keinen langen Brautstand. Obwohl Carry sonst in allen Dingen ihren Willen durchzusetzen versuchte, gab sie doch in diesem Punkte sofort nach.

Daß Günter Valberg sich so viel wie möglich von ihr zurückzog, merkte sie nur zu gut. Sie hoffte jedoch, ihm wieder näherzukommen, wenn er in Valberg weilte und sie in Cronersheim. Warum sie so brennend eine erneute Annäherung an ihn wünschte, wußte sie selbst nicht. Sie kam in diesen Wochen überhaupt nicht zur Klarheit über sich und ihre Empfindungen. Nur das wußte sie, daß sie mit brennender Sehnsucht danach strebte, daß Günter ihr die alte Liebe entgegenbringen möchte. Sie zweifelte nicht daran, daß er sie noch immer liebte, war gewiß, daß er sie immer lieben würde, wenn er ihr auch wegen ihrer Untreue grollte. Und sie wollte alles tun, sich diese Liebe zu erhalten. Wenn sie auch seine Frau nicht werden konnte, so sollte doch sein Herz ihr gehören.

Von ihrem Vater wußte sie, daß Günter Anfang März nach Valberg gehen würde. Ihre Hochzeitsreise würde sich bis Ende April ausdehnen – dann endlich würde sie nach Cronersheim kommen. Und es stand fest bei ihr, daß sofort ein nachbarlicher Verkehr zwischen Cronersheim und Valberg angebahnt werden müsse. Nur diese Aussicht ließ das Grauen in ihr vor einer Vereinigung mit Croner zum Schweigen kommen.

Es war Carry zu Ohren gekommen, daß die Tochter Valbergs plötzlich aufgetaucht war und nun bei der Generalin Tronsfeld wohnte, bis sie mit ihrem Vater und Baron Günter nach Valberg übersiedeln würde. Carrys Interesse für Rita war sofort geweckt. Eine gewisse Eifersucht erwachte in ihr. Sie gönnte es keinem anderen weiblichen Wesen, in irgendwelchen Beziehungen zu Günter zu stehen. Und doch sagte sie sich, daß es nützlich sei, sich gut mit Baroneß Rita zu stellen, da man sie vielleicht gebrauchen konnte, um einen harmlosen Verkehr zwischen Valberg und Cronersheim anzubahnen.

Sie fühlte plötzlich den Drang in sich, mit ihrer Mutter zusammen einen Besuch bei der Exzellenz Tronsfeld zu machen. Und dabei wurde ihr Wunsch erfüllt, sie lernte Rita kennen. Sogleich war sie sich darüber einig, daß dieses kleine, unscheinbare und unbedeutende Geschöpf ihr nicht gefährlich werden könne. Neben ihrer stolzen Schönheit verblaßten allerdings Ritas Reize vollends. Carry war nun außerordentlich liebenswürdig zu Rita, wie es sonst jungen Damen gegenüber gar nicht in ihrer Natur lag. Sie versicherte Rita, daß sie sich sehr freue, ihr nach ihrer Hochzeit in Valberg zu begegnen, und war so blendend und bezaubernd, daß Rita bewundernd zu ihr aufsah. Exzellenz beobachtete Carry jedoch schärfer – und ihre auffallende Liebenswürdigkeit Rita gegenüber wollte ihr nicht recht gefallen. Sie erschien der klugen, scharfsichtigen Frau nicht echt.

Rita und Carry trafen dann noch einmal zusammen in einem Modenhaus, wo sie beide Einkäufe machten, Rita natürlich in Gesellschaft der Exzellenz.

Auch diesmal war Carry außerordentlich liebenswürdig, und Rita schwärmte nachher ganz entzückt von dem schönen Mädchen, das »so lieb und gut« zu ihr war. Die Exzellenz störte ihr diesen Glauben nicht.

Noch ein einziges Mal traf Carry mit Günter zusammen in einer Gesellschaft. Und es gelang ihr, ihn wieder einige Augenblicke zu isolieren. Sie erzählte ihm, daß sie Rita kennengelernt habe und daß sie sich freue, ihr in Valberg zu begegnen. Seine Miene blieb bei dieser Mitteilung unbeweglich. Er sprach nur einige höfliche, belanglose Worte. Und da loderte es in ihrem Herzen auf wie eine sengende Flamme.

»Seien Sie doch gut zu mir, Günter, Sie wissen nicht, was ich leide. Ich wußte nicht, was ich tat, als ich meinen Eltern gehorchte und dem anderen mein Jawort gab. Ein Wort von Ihnen, Günter, nur ein einziges Wort – und ich mache mich von Croner frei und bin die Ihre«, flüsterte sie erregt, alles auf eine Karte setzend.

Günter schoß das Blut stürmisch durch die Adern. Die heißen

Worte Carrys blieben nicht ohne Wirkung. Seine Sinne drohten ihn fortzureißen. Schon wollte er das von ihr so heiß gewünschte Wort aussprechen, wollte sie bitten: »Sei mein – laß den anderen«, aber er hielt es zurück. Nein – diese Frau, die so leichtfertig mit Treue und Glauben spielte und jetzt nur zu ihm zurückkehren wollte, weil er Valberg übernahm, dieser Frau konnte er nicht seine Hand, seinen Namen geben. So sehr auch seine Sinne nach ihr verlangten – sein Herz hatte sich losgelöst von ihr. Das fühlte er mit fast schmerzlicher Deutlichkeit.

Sie merkte, daß er mit sich im Kampfe lag, fühlte, daß ihre Worte ihn nicht gleichgültig ließen. Aber sie ahnte nicht, daß sie seinem Herzen fremd geworden war. »Günter – ich liebe nur dich – nur dich«, flehte sie, sein Schwanken zu ihren Gunsten zu beenden suchend.

Er sah sie an. Es loderte auf in seinen Augen, als ihm aus den ihren heiße Flammen entgegenschlugen. Sie hatte sich seine Hochachtung verscherzt. Diese stand nicht mehr als Schutz zwischen ihm und ihr. Was jetzt in ihm begehrend emporloderte, war keine reine Flamme.

»Schweig! Schütze dich vor mir und laß mich«, stieß er hervor und wandte sich schnell ab, ohne sie noch einmal anzusehen.

Sie schauerte zusammen und sah ihm nach, wie er eilig aus ihrer Nähe strebte. Was er mit seinen Worten sagen wollte, verstand sie nicht ganz, sie wußte bloß, daß sie noch Macht über ihn hatte, daß sie ihm nicht gleichgültig war. Aber instinktiv fühlte sie auch, daß er zu ehrenhaft war, sie von Croner loszureißen. Das schienen ihr seine Worte zu sagen. Sie sah ein, daß es zwecklos war, jetzt noch auf eine Verbindung mit ihm zu hoffen.

Nach diesem Zusammentreffen sahen sich Günter und Carry vor ihrer Hochzeit nicht wieder.

Günter war froh, daß er das Hochzeitsfest nicht mitzufeiern brauchte. Er würde mit Rita und Onkel Viktor in Valberg sein.

Die Zeit bis dahin verging sehr schnell. Die Exzellenz hatte für Rita einige hübsche Toiletten besorgt. Inzwischen waren auch ihre Sachen angekommen, ohne ein Wort des Stiefvaters und ihrer Halbgeschwister.

Auf Anraten Frau von Tronsfelds hatte Rita an ihre Angehörigen geschrieben, hatte um Verzeihung gebeten wegen ihrer Flucht und hatte dem Stiefvater gedankt, daß er ihr so lange Aufnahme in seinem Hause gewährt hätte. Rita war in den neuen Verhältnissen so glücklich, daß sie alle Unbill vergessen hatte, die sie hatte erdulden müssen, und war versöhnlich gestimmt. Aber man erwiderte ihr kein Wort auf ihren Brief.

Tante Exzellenz rangierte sofort energisch aus, was ihr für Rita nicht passend erschien, und ergänzte das fehlende durch hübschere und kleidsamere Sachen. Sie schmuggelte auch unter die schwarzen Trauerkleider einige von weißer Farbe und sorgte, daß auch den Trauerkleidern das allzu düstere genommen wurde, weil sie wußte, daß dem Baron die strenge, schwarze Tracht Ritas unangenehm war.

Günter war nun frei. Sein Abschied war bewilligt worden, und die Kameraden hatten sich gelegentlich einer stimmungsvollen Feier von ihm verabschiedet. Einige derselben hatte Günter schon eingeladen, ihren Urlaub in Valberg zu verbringen.

Nun kam der Tag der Abreise heran. Ritas neue Zofe war schon vorausgereist nach Valberg. Sie sollte sich mit der langjährigen Haushälterin von Valberg in Verbindung setzen, damit für alle Bequemlichkeiten gesorgt war, wenn sie ankam. Valberg ließ es keineswegs an Aufmerksamkeiten für seine Tochter fehlen. Nach einem sehr herzlichen Abschied von Tante Exzellenz fuhr Rita mit ihrem Vater und Vetter Günter zum Bahnhof.

Das schöne alte Schloß mit dem mächtigen, von einem Turm gekrönten Mittelbau und den langen, geräumigen Seitenflügeln gefiel Rita unbeschreiblich.

Es begann nun ein ganz anderes Leben für sie in Valberg. Bisher hatte sie in ihrem Leben keinen selbständigen Schritt unternehmen dürfen, hatte niemals nach ihren Wünschen leben können. Nun durfte sie in Schloß Valberg tun und lassen, was ihr gefiel. Sie gab den Ton an. Alles richtete sich nach ihr. Oft lachte sie leise in sich hinein, wenn der Vater und Vetter Günter sie so ganz als Dame respektierten und ihr allerlei Artigkeiten erwiesen. Das war ihr so beglückend neu, daß sie sich erst nicht hineinfinden konnte.

Köstlich und wundervoll fand sie es in Valberg. Es war herrlich, daß man hier so ungezwungen und frei in den erwachenden Frühling hineinlaufen konnte. Oft tat sie das ganz allein und kam sich dann in dem großen, schönen Park ganz verzaubert vor.

Am schönsten war es aber, wenn Papa oder Günter Zeit für sie hatten und ihr Gesellschaft leisteten.

Günter fiel es nicht schwer, sehr herzlich und gut zu Rita zu sein. Ihre dankbare Freude für jede kleine Aufmerksamkeit, für jedes gute Wort, rührte ihn und spornte ihn immer von neuem dazu an. Und ganz unversehens wuchs ihm Rita ans Herz, wie ein zärtlich geliebtes Schwesterchen.

Baron Viktor sah mit inniger Befriedigung das herzliche, innige Verhältnis zwischen den beiden jungen Menschen. Günter ahnte nichts von den heimlichen Plänen und Wünschen des Onkels. Nie wäre es ihm in den Sinn gekommen, Rita mit anderen Augen zu betrachten, als mit denen eines guten, großen Bruders. Sie erschien ihm noch so unbedingt kindlich in ihrer ganzen Art, in ihrem Äußeren, daß er unbefangen und harmlos mit ihr verkehrte.

Gleich in der ersten Zeit bekam Rita auf ihren Wunsch Reitunterricht. Sie dachte es sich so schön, auf dem Rücken eines Pferdes die herrlichen Wälder zu durchstreifen.

Günter selbst erbot sich als Lehrmeister. Und seine Schülerin machte so überraschende Fortschritte, daß er, gleich ihr, mit großer Lust und großem Eifer dabei war. Bald konnte Rita auf ihrem, von Günter sorglich ausgewählten Reitpferd die beiden Herren auf ihren Ausritten begleiten. Das fand sie über alle Maßen schön und herrlich. Zuweilen gingen Jubel und Glückseligkeit mit ihr durch, und sie stürmte kühn auf dem schöngebauten, schlanken Fuchs voraus und kehrte erst nach einer Weile lachend, und in lieblicher Verlegenheit über ihren eigenen Übermut, zurück.

Sonderbarerweise langweilten sich die beiden Herren nie in Ritas Gesellschaft. Sie hatte oft ganz originelle verblüffende Einfälle, die zu lustigen Debatten anregten. Oder man mußte ihre naiven Anschauungen und Bemerkungen korrigieren.

Viktor wunderte sich über sich selbst, daß ihm diesmal der Aufenthalt in Valberg so kurzweilig erschien. Das machte nicht nur Günters Gesellschaft, mit dem er sich famos verstand, sondern auch Ritas Gegenwart. Wie Frühlingszauber ging es von ihr aus.

Dem verwöhnten Frauenliebling und Frauenkenner war es ein eigener, neuer Reiz, das Aufblühen seiner eigenen Tochter zu beobachten. Er freute sich sehr, daß sie mit jedem Tage hübscher wurde.

Ihre Zofe verstand es außerordentlich gut, ihre Vorzüge gewissermaßen zu betonen und zu unterstreichen. Exzellenz Tronsfeld hatte sie gut instruiert, und sie war tüchtig und geschickt. Sie ordnete Ritas herrliches Haar in zwanglos anmutiger Weise und sorgte für die vorzüglichste Körperpflege ihrer jungen Herrin. Die Kleider waren sorgfältig ausgewählt und brachten Ritas elegante Schlankheit, die jetzt bereits edlere, rundere Linien zeigte, vorzüglich zur Geltung. Rita sah jetzt viel vorteilhafter und reizvoller aus.

Dann kam eines Tages Besuch. Es war nicht der erste, da schon mehrere Nachbarn Visiten mit den »Valbergern« getauscht hatten. Aber dieser Besuch hatte eine besondere Bedeutung für die Beteiligten. Es war Herr von Croner mit seiner Gemahlin Carry, die in den ersten Tagen des Mai von Cronersheim herüberkamen, um in Valberg eine Antrittsvisite zu machen. Sie waren erst einige Tage zuvor von der Hochzeitsreise zurückgekommen, und Carry behauptete liebenswürdig, ihr erster Besuch gelte Valberg. Sie habe sich danach gesehnt, Baroneß Rita wiederzusehen.

Einigermaßen erstaunt konstatierte Carry bei sich, daß Rita sich in der kurzen Zeit sehr zu ihrem Vorteil verändert hatte, aber trotzdem erschien sie ihr noch immer zu unbedeutend, um ihr besondere Wichtigkeit beizumessen. Sie fand es nur gut und nützlich für ihre Pläne und Wünsche, daß Rita in Valberg weilte. Man konnte so ungenierter einen regen Verkehr aufrechterhalten. Rita aber sah mit atemloser Bewunderung zu der schönen Frau empor, die eine hochelegante Besuchstoilette trug und ihr noch viel schöner und bezaubernder erschien denn als Mädchen.

Sie machte so gar keinen Hehl aus dieser Bewunderung, so daß Frau Carry ihr eine gewisse Huld entgegenbrachte, zumal sie merkte, daß zwischen Günter und Rita ein durchaus unbefangener, geschwisterlicher Verkehr bestand.

Günter wurde durch dies Wiedersehen mit Carry doch mehr erregt, als er geglaubt hatte. Es lag etwas Faszinierendes, Bestrickendes im Wesen der jungen Frau, etwas so sehnsüchtig Weiches und Betörendes, daß er alle Beherrschung nötig hatte, um sich diesem neuen Zauber zu entziehen.

Sie legte es aber auch direkt darauf an, ihm die Sinne zu verwirren. Wenn ihr Gatte in seiner derben, wenig delikaten Weise sein Besitzerrecht an ihr betonte, dann sah sie wie hilfesuchend, wie gequält in Günters Gesicht. Und da sie bemerkte, daß er dabei einige Male die Farbe wechselte, klopfte ihr Herz in stürmischer Freude. Sie fühlte sich noch immer von Günter geliebt und ahnte nicht, daß seine Gefühle für sie so ganz andere geworden waren, wenn sie auch stärker als sonst auf seine Sinne wirkte.

Carry fühlte sich in ihrer Ehe durchaus nicht glücklich. Sie wußte erst jetzt, welches Martyrium sie auf sich genommen hatte, als sie sich an Croner verkaufte. Sie sagte sich, von Grauen geschüttelt, daß sie nicht gewußt hatte, was sie tat, als sie Croners Frau wurde, und von Tag zu Tag wuchs ihre Sehnsucht, diese Fesseln wieder abzustreifen.

Auch heute, bei diesem ersten Besuch in Valberg, ergab sich für einige Minuten ein Alleinsein zwischen Carry und Günter. Viktor war abgerufen worden, und Rita zeigte Herrn von Croner ihr Reitpferd. Carry schlug das Herz bis zum Halse hinauf. Günter schlug ihr hastig vor, Rita und Croner nach den Ställen zu folgen. Sie schüttelte wie müde den Kopf.

»Nein, nein – lassen Sie uns hierbleiben. Ist es Ihnen denn so schrecklich, einige Minuten mit mir allein zu sein? Ach Günter – wenn Sie wüßten, was ich leide! Wenn Sie wüßten, wie ich mich danach gesehnt habe, Sie wiederzusehen«, sagte sie halblaut und blickte ihn sehnsüchtig an.

Es lag so gar keine Pose, so gar keine Berechnung in ihren Worten. Sie waren echt empfunden. Er stand, durch das ganze Zimmer von ihr getrennt, am Kamin und zwang sich, ruhig zu erscheinen, wenn ihm auch das Blut stürmisch durch die Adern kreiste. Er wußte, daß er verloren war, wenn er nur einmal schwach wurde ihren Reizen gegenüber.

»Gnädige Frau, ich bin mir nicht bewußt, diese Auszeichnung zu verdienen«, sagte er schroff.

Sie seufzte tief auf. »Verdienen? Muß denn alles verdient sein? Seien Sie doch nicht so schroff und so hart zu mir. *Ich* habe es ja *verdient,* daß Sie so zu mir sind – aber ich habe es auch schon tausendfach gebüßt. Sie vergeben sich nichts, wenn Sie mir den einen Trost lassen, daß ich Sie ab und zu sehen darf.«

Er richtete sich straff auf. »Sie sollten es lieber möglichst vermeiden, mir zu begegnen, gnädige Frau, es wäre besser – für Sie.«

»Und für Sie, Günter?« fragte sie atemlos.

Er wurde der Antwort enthoben, Rita trat plaudernd mit Herrn von Croner wieder ein, der ihr übrigens ebenso unsympathisch war, als sie Carry bewunderte.

Lächelnd trat sie zu Günter heran. »Denke dir, Günter, Herr von Croner hat sofort herausgefunden, daß mein ›Goldboy‹ von der ›Lady bleß‹ abstammt«, sagte sie mit ihrem lieben, weichen Stimmchen und legte ihre Hand zutraulich auf seinen Arm.

Günter war zumute, als gehe unter dem leisen Druck dieser kleinen Mädchenhand das stürmische Pulsieren seines Blutes zur Ruhe. Ein stiller Frieden zog in sein Herz, als er in die klaren, reinen Kinderaugen blickte. Herr von Croner lachte behäbig.

»Ja, ja, meine gnädigste Baronesse, in Pferden und Wei . . . ich meine Frauen, da kenne ich mich aus.«

Jetzt wandte sich Carry, scheinbar ganz unbefangen, an Rita.

»Wie gut, Baroneß Rita, daß Sie jetzt in Valberg sind. Wir müssen uns oft gegenseitig besuchen. Ich hoffe, Sie bald in Cronersheim zu sehen. Auf dem Lande ist man auf wenige gute Freunde angewiesen und muß darum zusammenhalten.«

Rita sah froh in Carrys schönes Gesicht.

»Ich freue mich sehr, daß Sie diesen Wunsch aussprechen, gnädige Frau. Natürlich kommen wir gern nach Cronersheim.«

Schmeichelnd legte Carry ihren Arm um Rita. Da war Günter zumute, als müsse er Rita von ihr wegreißen, als müsse er sie vor einer Berührung Carrys schützen, wie vor etwas Unreinem.

Viktor war ebenfalls ins Zimmer zurückgekehrt. Er kam gerade dazu, wie Carry ihre Arme um Rita legte. Ein sarkastisches Lächeln umspielte seinen Mund.

Er beobachtete Carry heimlich. Als sie sich später mit ihrem Gatten entfernt hatte und er mit Günter allein war, sagte er zu ihm:

»Die schöne Frau Carry wird sehr bald zu den unverstandenen Frauen gehören, die einen Tröster brauchen. Ich glaube, sie hält schon jetzt Umschau nach einem solchen.«

Günter zog die Stirn in Falten. Sobald Carry nicht mehr in seiner Nähe war, hatte sie keine Macht mehr über ihn. Er fühlte dann nichts mehr für sie als Verachtung.

»Das ist wohl möglich, Onkel Viktor«, erwiderte er ruhig.

Der Onkel sah ihn forschend an.

»Nun – wie wirst du dich ihr gegenüber verhalten, wenn sie in dir ihren Tröster sehen würde?«

Groß und offen blickte Günter in sein Gesicht.

»Carry von Platen hat mir die Treue gebrochen – Carry von Croner ist mir nichts als eine Mahnung, die Vergangenheit zu vergessen. Zwischen ihr und mir kann und wird es keinen Zusammenhang mehr geben.«

Valberg strich sich über das Kinn.

»Mein lieber Junge – sie ist eine gefährlich schöne Frau. Aber ich muß dich wohl nicht erst zur Vorsicht mahnen.«

Günter schüttelte den Kopf.

»Ich kenne die Gefahr, Onkel Viktor, und deshalb werde ich ihr nicht unterliegen.«

»Das soll mir lieb sein. Wenn solche kalte, berechnende Naturen einmal Feuer fangen, dann schrecken sie vor nichts zurück. Das laß dir von einem alten Praktiker sagen. Mir ist gar nicht wohl bei dem Gedanken, daß Cronersheim in nächster Nähe von Valberg liegt. Croner ist mir widerwärtiger als je – und Frau Carry wüßte ich lieber auf dem Monde.«

»Sei unbesorgt, Onkel Viktor, ich werde ihr ausweichen, soviel ich kann, und ich werde bald genug mit alten Erinnerungen fertig sein.«

»Hm! Das soll mich freuen. Frau Carry scheint die Absicht zu haben, den Verkehr zwischen Cronersheim und Valberg recht rege zu gestalten. Augenscheinlich ist sie nur deshalb so liebenswürdig zu Rita.«

Günter fuhr auf. »Sie soll Rita aus dem Spiele lassen – ich kann es nicht sehen, wenn sie sich so voll Falschheit an dies reine, unerfahrene Kind herandrängt! « rief er zornig.

Da war Viktor plötzlich aller Sorge los. Dieser zornige Ausbruch Günters erfüllte ihn mit Hoffnung. Er hob abwehrend die Hand.

»Ruhe, Ruhe, mein lieber Junge. Ritas bester und wirksamster

Schutz gegen Frau Carrys Liebenswürdigkeit ist ihre Unschuld und Harmlosigkeit.«

Trotz der heimlichen Gegenwehr der beiden Herren entspann sich doch ein ziemlich reger Verkehr zwischen Valberg und Cronersheim. Sowohl Carry als auch Rita sorgten dafür, beide freilich aus sehr verschiedenen Motiven heraus.

Ungeachtet dieser Unterbrechungen nahm das friedliche, behagliche Leben in Valberg seinen Fortgang. Günter und Rita kamen sich immer näher dabei. Der Baron beobachtete das mit Befriedigung. Und doch sagte er sich, daß Günter nicht daran dachte, seinem Verhältnis zu Rita eine Wendung zu geben. Er war sehr zufrieden mit der geschwisterlichen Neigung, die ihn und Rita verband, und dachte nicht daran, um sie zu werben.

In Ritas Augen lag oft ein unbewußter, zärtlicher Ausdruck, der auf mehr deuten ließ, als auf eine geschwisterliche Neigung, wenn sie Günter selbstvergessen nachblickte. Das hatte Viktor bald herausgefunden. Und diese Entdeckung befriedigte ihn sehr. Wenn Rita gewillt sein würde, in Günter ihren zukünftigen Gatten zu sehen, dann würde Günter kaum Schwierigkeiten machen.

So stand es bei Viktor fest, daß aus Rita und Günter ein Paar werden müsse.

Carry hatte es nicht an Bemühungen fehlen lassen, Günter allein zu begegnen oder ein längeres Alleinsein mit ihm herbeizuführen. Aber er war auf der Hut und vereitelte alle ihre Bemühungen.

Carry war eine vorzügliche Reiterin und streifte auf ihrem herrlichen Vollblüter, den ihr gleich nach der Ankunft in Cronersheim ihr Gatte geschenkt hatte, stundenlang im Walde umher, in der Hoffnung, Günter zu begegnen. Ein Ritt zu zweien in dem verschwiegenen Walde, das mußte ihrer Ansicht nach süße Erinnerungen wecken und Günter wieder zu ihr zurückführen. Herr von Croner war zu schwerfällig und bequem geworden, um noch viel auszureiten, trotzdem ihm der Arzt schmale Kost und viel Bewegung verordnet hatte.

Carrys Ehe war wirklich eine namenlose Marter für sie. Das hatte sie vorher nicht geahnt. Ihr war oft zumute, als müsse sie entfliehen, als müsse sie zu Günter eilen, ihm zu Füßen stürzen und ihn anflehen: »Erlöse mich aus dieser Qual, die ich auf mich genommen habe, ohne sie zu kennen!«

Der Reichtum, der sie jetzt umgab, schien ihr nichtig. Was galt es ihr jetzt noch, daß ihr sofort jeder Wunsch erfüllt wurde, da ihr der eine immer unerfüllt blieb, der sich tiefer und tiefer in ihre Seele brannte – Günter zurückzugewinnen. Und bei alledem mußte sie ihrem Gatten stets ein liebenswürdiges Gesicht zeigen, mußte sich seine oft sehr derben und undelikaten Späße gefallen lassen und seine Zärtlichkeiten dulden, wenn er einmal in der Laune war, sich mit ihr zu beschäftigen.

Aber es war seltsam. Je heißer die Flammen zuweilen aus Carrys Augen hervorbrachen, desto kälter und ruhiger wurde Günter. Carrys Wesen erschien ihm mehr und mehr aufdringlich, und es wurde ihm immer leichter, ihr gegenüber seine Ruhe zu bewahren und ihre Bemühungen um ihn zu ignorieren. Nur selten flackerte noch einmal das Begehren nach ihr in ihm empor, und geschah es doch, so genügte ein straffes Zurückweisen seiner eigenen Wünsche, um ihm die Selbstbeherrschung zurückzugeben.

Ganz unversehens wuchs ihm Rita mehr und mehr ans Herz, und er fing an, zu bemerken, daß sie täglich holder und lieblicher erblühte.

An einem wundervollen warmen Morgen – es war Ende Mai – ging Viktor mit Günter durch den Park nach dem kleinen idyllisch gelegenen See, der etwa zehn Minuten entfernt lag. Herrliche alte Buchen umschlossen diesen nicht großen, aber sehr tiefen See und bildeten eine Allee, die rund um den See herumführte. Auf demselben lag ein elegantes, kleines Ruderboot, das viel von Rita und Günter benutzt wurde.

Die beiden Herren hatten allerlei Geschäftliches zu besprechen, und da das Wetter so sonnig und warm war, trieb es sie ins Freie.

»Wir können draußen ebensogut wie im Zimmer erledigen, was besprochen werden muß«, hatte Viktor gesagt.

Zu gleicher Stunde hatte Carry Croner die Sehnsucht nach einer Begegnung mit Günter nach Valberg getrieben. Sie war allein zu Pferde herübergekommen, hatte ihr Pferd in dem kleinen Gärtnerhäuschen an der Parkmauer eingestellt und dabei dem Gärtner gesagt, sie wolle zu Fuß durch den Park nach dem Schlosse gehen und den Herrschaften guten Morgen sagen.

Langsam war sie auch wirklich bis zum See promeniert, immer die Augen herumspähen lassend, ob sie Günter nicht erblickte.

Sie sah dann die beiden Herren von weitem kommen und beobachtete, in einer der Gebüschgruppen verborgen, wohin sie ihre Schritte lenkten. Hoffend, daß die Herren sich trennen würden und sie dann ein Alleinsein mit Günter herbeiführen könne, beschloß sie, sich verborgen zu halten.

Sie sah, daß die Herren in ein Gespräch vertieft den See einmal umkreisten, und der Zufall wollte es, daß sie gerade vor dem Gebüsch, hinter dem Carry sich verborgen hielt, auf einer Ruhebank Platz nahmen. Carry konnte nun jedes Wort verstehen, das sie sprachen.

Zuerst waren es für Carry sehr langweilige Beratungen. Sie glaubte nun doch nicht, daß die Herren ihre geschäftliche Konferenz unterbrechen und sich trennen würden, und wollte sich schon leise entfernen und nach dem Schloß gehen, um sich Rita melden zu lassen, als plötzlich das Gespräch eine Wendung nahm, die sie sehr interessierte und sie bewog, auf ihrem Lauscherposten auszuhalten.

»Mein lieber Günter«, sagte Valberg, »nun sind wir wohl über alles Geschäftliche im reinen. Und das ist mir lieb. So langsam muß ich wohl nun daran denken, meinen Aufenthalt in Valberg abzubrechen. Solange ich das Majorat besessen habe, bin ich noch nie so lange hier gewesen wie diesmal. Und mein ruheloser Geist sehnt sich nun langsam wieder nach Veränderung.«

Günter sah ihn sichtlich unangenehm überrascht an.

»Jetzt willst du fort, jetzt, wo es erst recht schön wird hier? Sieh doch, wie herrlich alles grünt und blüht. Und Rita – sie hat erst heute morgen beim Frühstück wieder gesagt, daß der Frühling nirgends so herrlich sein könnte wie in Valberg. Das ist auch meine Ansicht.«

Valberg legte seinen Arm auf die Lehne der Bank.

»Ja, ja, Rita ginge am liebsten nie mehr fort von Valberg. Aber mich faßt die Unruhe an, wenn ich so lange auf einem Fleck weile. Am liebsten möchte ich wieder auf Reisen gehen.«

»Aber was soll dann mit Rita werden, Onkel Viktor?«

Der Baron seufzte. »Ich weiß es leider selbst nicht, mein Junge. Es ist sehr bedauerlich, daß ich so gar kein Talent habe zum ruhigen Familienvater. Wahrhaftig, ich habe das Kind innig in mein Herz geschlossen, sie ist mir teurer, als es je ein anderer Mensch gewesen ist – aber trotzdem – es ist mir ein schrecklicher Gedanke, daß ich ihr meine Freiheit opfern soll. Du kannst mir das wohl kaum so recht nachfühlen, denn du bist, glaube ich, direkt zum ruhigen, seßhaften Familienvater veranlagt.«

Günter lachte ein wenig.

»Da hast du recht, Onkel Viktor, das fühle ich selbst.«

Valberg richtete sich lebhaft auf. »Das ist auch gut, Günter, sehr gut. Du bist der letzte Valberg, und es wäre doch schade, wenn das Majorat nach deinem Tode an die Krone fiele.«

Günter schob den leichten Strohhut aus der Stirn.

»Das hoffe ich nicht, Onkel Viktor. Ich betrachte es gewissermaßen als meine Pflicht, zu heiraten und eine Familie zu gründen.«

Der Baron nickte lebhaft. »Das freut mich – freut mich sehr. Ich fürchtete schon, die Enttäuschung, die dir Carry bereitet, hätte dir das Heiraten verleidet. Wir haben ja nie viel über diese Affäre gesprochen, du hast mir nicht gesagt, wie weit du mit Carry Platen engagiert warst, als sie dir Croner vorzog, und ich wollte mich nicht in dein Vertrauen drängen.«

»So will ich es dir heute sagen, Onkel Viktor. Ich habe bisher nicht darüber sprechen können – die Bitterkeit drohte mich stets zu übermannen, wenn ich daran dachte. Aber du hast ein Recht auf mein Vertrauen, und deiner Diskretion bin ich sicher. Also ich war heimlich mit Carry verlobt – ich wenigstens betrachtete mich als gebunden. An dem Tage, da du mir so großmütig antrugst, mir das Majorat schon jetzt zu übergeben, war ich grenzenlos glücklich, weil ich nun glaubte, Carry ein sonniges Los bieten zu können. Ich wollte nur noch alles mit dir besprechen, ehe ich bei ihrem Vater um sie anhielt. Am nächsten Morgen erhielt ich ihre Verlobungsanzeige mit Croner.«

»Und du versuchtest nicht, deine Rechte geltend zu machen?«

»Nein!«

Carry zuckte auf ihrem Lauscherposten zusammen, so schneidend und scharf klang dies Nein.

Valberg nickte. »Ich kann es dir nachfühlen, daß dich dann nicht mehr nach dieser Hand verlangte. Aber – hast du nun auch wirklich überwunden? Diese Frau ist, soviel ich beobachten kann, mit dir noch nicht fertig.«

»Aber ich mit ihr, Onkel. Da ich einmal bei Bekenntnissen bin, will ich dir ganz offen gestehen, daß ich noch manchmal, wie in einem hitzigen Fieber, nach ihrem Besitz verlangt habe, trotzdem sie einem anderen gehört. Und wenn ich schließlich ruhiger geworden bin, so danke ich es, glaube ich, dem Umgang mit Rita. Sie ist ein so lauteres Geschöpf, daß es wie ein heilender Zauber von ihr auf mich übergegangen ist. Es tut mir sehr weh, daß du sie nun von Valberg fortführen willst. Sie ist mir so herzlich lieb geworden, die kleine Rita. Ich habe sie ins Herz geschlossen, wie ein zärtlich geliebtes Schwesterchen, und sie wird mir überall fehlen, wenn sie nicht mehr hier ist.«

Viktor Valberg richtete sich plötzlich straff und entschlossen auf. Jetzt hatte er das Gespräch, wo er es haben wollte. Nun hieß es, die Gelegenheit beim Schopfe zu fassen.

»Es liegt ja in deiner Macht, Günter, Rita für immer hier zu behalten«, sagte er langsam, mit seltsamer Betonung.

Der junge Mann blickte ihn betroffen an.

»Wie meinst du das, Onkel Viktor?«

Dieser warf seinen Hut neben sich auf die Bank, als sei ihm zu heiß. Dann sagte er, seiner Stimme Festigkeit gebend:

»Hast du wirklich noch nicht gemerkt, Günter, daß Rita dir ein wärmeres, innigeres Gefühl entgegenbringt, als es einem Vetter gegenüber üblich ist? Du brauchtest nur ein Wort zu sagen, dessen bin ich sicher, und ihr junges Herz wäre dein, für alle Zeit.«

Günter wurde ein wenig blaß, und Carry preßte auf ihrem Lauscherposten die Lippen fest aufeinander, um einen Aufschrei zurückzuhalten.

Eine Weile blieb es stumm. Dann sagte Günter unsicher. »Ich weiß, sie hat mich herzlich lieb – aber ich meine doch, nur mit einer schwesterlichen Liebe.«

Viktor schüttelte den Kopf. »Nein – es ist mehr. Sie ist sich wohl freilich in ihrer Unschuld noch nicht bewußt geworden, was in ihrer Seele für dich lebt. Aber ich habe mancherlei bemerkt, was mir diese Überzeugung beibrachte. Und laß mich dir ganz offen sagen, ich habe mich darüber gefreut. Denn sieh, ich wüßte meine Tocher in deinen Händen wohl aufgehoben. Ich kenne dich, liebe dich wie einen Sohn und weiß, daß du nicht anderweit gefesselt bist. Rita ist gesund an Leib und Seele, ein reiner, lauterer Charakter – und Wachs in deiner Hand. Du kannst sie dir ziehen, wie du willst. Laß mich ganz offen sein – ich habe im stillen schon lange gehofft, daß ihr euch zusammenfinden würdet. Es ist ein gut Teil Egoismus bei diesem Wunsch, das gebe ich zu. Ich würde wieder frei – und wüßte Rita doch in guter Hut. Denke nicht schlecht von mir. Ich bin zu alt geworden, um noch Fesseln ertragen zu können, und wären sie auch nur lose von Kinderhänden geschlungen. Und deshalb entschließe ich mich zu diesem offenen Wort. Dir gegenüber kann ich das. Du hast mir immer Verständnis entgegengebracht. Laß dir das einmal durch den Kopf gehen; du brauchst dich nicht gleich heute zu entschließen. Wenn du dich entschließen könntest, Rita zu heiraten, so wäre Valberg ohne jeden Vorbehalt dein Eigentum. Die Hälfte der Einkünfte, die du mir jetzt noch abgeben sollst, würde ich als Ritas Nadelgeld betrachten. Daß Rita einst auch die alleinige Erbin meines Vermögens ist, bemerke ich nur nebenbei. Ich weiß, daß diese Punkte nicht bestimmend auf dich einwirken. Also bedenke dir das einmal in Ruhe.«

Aufatmend schwieg er still. Günter saß eine Weile reglos da. Ein heißes, inniges Mitleid mit Rita erfüllte sein Herz. Wenn sie ahnte, welch eine Last sie ihrem Vater war, den sie doch so innig liebte –

Er verdammte Baron Valberg deshalb nicht, er wußte auch, daß dieser Rita trotz allem herzlich liebte; aber Rita tat ihm sehr leid.

Langsam strich er sich über die Stirn.

»Lieber Onkel Viktor, ich weiß zu würdigen, welches Vertrauensvotum du mir mit diesen Worten gegeben hast. Die materielle Frage laß mich gar nicht berühren, sie ist nicht imstande, mich irgendwie zu beeinflussen. Ich habe bisher mit keinem Gedanken erwogen, daß Rita einst meine Frau werden könnte. Aber es ist auch nichts in meiner Seele, was sich diesem deinem Wunsche widersetzte. Wenn ich bisher für Rita nichts empfunden habe als brüderliche Zuneigung, so lag das wohl einerseits an der schlimmen Erfahrung, die ich kürzlich gemacht habe, und andererseits daran, daß ich in Rita bisher noch ein halbes Kind sah.«

»Hast du nicht bemerkt, wie überraschend sie sich in dieser letzten Zeit entwickelt hat?«

Günter nickte nachdenklich. »Ja – kürzlich fiel es mir auf, daß sie sehr hübsch und reizend geworden ist. Aber ich habe nicht darüber nachgedacht.«

»Und willst du dir meinen Vorschlag überlegen?«

Günter stützte den Kopf in die Hand. »Überlegen? Es gibt da nicht viel für mich zu überlegen. Daß ich eines Tages heiraten würde, stand bei mir fest. Eine Leidenschaft, wie ich sie für Carry Platen empfunden habe, wird mir kaum noch jemals eine Frau einflößen können. Aber was ich für Rita fühle, ist genug, mir eine innige Gemeinschaft mit ihr auf Lebenszeit möglich erscheinen zu lassen. Wenn ich dir nicht schon heute eine entscheidende Antwort geben kann, so geschieht es nur nicht, weil ich mich erst selbst überzeugen muß, ob Rita mich wirklich liebhaben kann wie einen Gatten. Für eine Frau ist das meines Erachtens nach viel wichtiger als für einen Mann. Die Frau lebt viel mehr mit dem Herzen. Kann ich die Überzeugung erlangen, daß sie mich liebt, so hoffe ich auch, sie glücklich machen zu können. Und dann wäre ich sehr gern bereit, dein Schwiegersohn zu werden, schon – verzeihe meine Offenheit – um das arme Kind vor einer neuen Enttäuschung zu bewahren. Denn wenn sie merkte, daß sie dir, auch dir, eine Last ist, sie würde sehr unglücklich sein. Und dann würde ich dir auch gern meine Dankbarkeit dadurch beweisen, daß ich dir die Sorge um Rita abnehme. Also bitte, gib mir eine kurze Frist, ehe ich mich entscheide. Ich will Rita jetzt einmal mit anderen Augen zu betrachten versuchen, will erforschen, was in ihrer Seele für mich lebt. Finde ich wirklich, daß sie mich liebt, dann will ich sie ohne Zögern bitten, meine Frau zu werden und ihr eine wahre Heimat geben, aus der sie niemand verdrängen kann.«

Viktor atmete wie befreit auf und reichte ihm die Hand.

»Ich danke dir, Günter. Und denke nicht zu schlecht von mir. Ich bin überzeugt, daß Rita bei dir viel besser aufgehoben sein wird als bei mir.«

Günter lächelte. »Nein, nein, ich denke gewiß nicht schlecht von dir, denn ich kann dich verstehen, trotzdem ich ganz anders geartet bin wie du. Aber nun wollen wir von dieser ganzen Angelegenheit niemals mehr reden. Rita darf keine Ahnung haben von dem, was wir jetzt besprochen haben. Einige Wochen wirst du es hoffentlich in Valberg noch aushalten können, und in diesen Wochen soll sich alles entscheiden.«

»Gut, mein Junge, so soll es sein. Und nun wollen wir zurückgehen. Wir haben Rita versprochen, vor Tisch noch einen Spazierritt mit ihr zu machen, und es dürfte wohl an der Zeit sein.«

Sie erhoben sich und gingen langsam zurück.

Als sie weit genug entfernt waren, teilte sich das Gebüsch, und Carry Croner trat heraus. Sie war totenblaß. Ihr Antlitz war verzerrt vor Qual, und es zuckte eine leidenschaftliche Erregung darin. Mit einem qualvollen Aufstöhnen sank sie auf die Bank, auf der die Herren gesessen hatten, und schlug die Hände vor das zuckende Gesicht.

Jedes Wort, das die Herren gesprochen, hatte ihr furchtbare Pein verursacht. Und doch – sie richtete sich plötzlich mit wilder Entschlossenheit empor – es durfte nicht sein, er durfte die andere nicht zu seiner Frau machen. Er gehörte ihr, ihr allein. Es war ja nicht wahr, was er gesagt hatte, daß er mit ihr fertig sei. Das hatte er seinem Onkel nur gesagt. Wenn auch der Groll gegen sie die Flamme verschüttet hatte, die in seinem Herzen für sie gebrannt, ausgelöscht war sie noch nicht. Sie schlummerte nur unter der Asche und mußte neu geweckt werden. Hatte er nicht selbst gesagt, was er für sie empfunden, würde er nie mehr für eine andere Frau empfinden. Er sollte auch nicht – sie wollte kämpfen um seine Liebe, wollte alles daransetzen, sie sich zurückzugewinnen, sie mußte sich zurückerobern, was ihr gehört hatte, um jeden Preis – um jeden Preis.

Und diese Rita, die ihr Vater an Günter verkaufen wollte, weil sie ihm eine Last war, dieses unbedeutende, unscheinbare Geschöpf, sollte sie ganz sicher nicht aus Günters Herzen verdrängen. Nein – tausendmal nein – das sollte sie nicht. Und wenn sie es hindern konnte, sollte sie auch nicht Günters Gattin werden. Sie gönnte keiner anderen den Platz an seiner Seite.

Sie sprang auf und sah mit brennendem Blick und zusammengebissenen Zähnen nach dem Schloß hinüber. Dann stürmte sie in wilder Erregung nach dem Gärtnerhäuschen zurück und bestieg ihr Pferd. Dem Gärtner warf sie ein Goldstück zu.

Dann jagte sie davon, um den Sturm in ihrer Brust auszutoben.

In den nächsten Tagen beobachtete Günter Rita mit geschärften Blicken. Zum ersten Male sah er das Weib in ihr, und er mußte sich zugestehen, daß sie sich sehr reizvoll entfaltet hatte.

Er bemerkte auch sonst noch allerlei, was ihm bisher nicht aufgefallen war. Einmal in diesen Tagen, als sie von einem gemeinsamen Ausritt heimkehrten, hob er sie, wie sonst immer, vom Pferde. Dabei hielt er sie einen Moment länger, als nötig war, in seinen Armen und zog sie mit sanftem Druck an sich. Da merkte er, daß ein leises Zittern über sie dahinflog und daß dunkle Röte in ihre Wangen schoß. Dabei sah sie ihn an, scheu und verstohlen, und doch mit einem weichen, zärtlichen Schimmer. Als sie seinem forschenden Blick begegnete, wurde sie verlegen und eilte davon.

Ein andermal reichte sie ihm bei Tisch etwas. Dabei faßte er ihre Hand mit warmem Griff. Und da zuckte das kleine Händchen merklich, und wieder wurde sie unter seinen Blicken rot.

Streichelte er ihr, wie sonst, zärtlich über das Haar oder die Wange, dann schmiegte sie sich nicht mehr, wie in der ersten Zeit, in kindlicher Harmlosigkeit in seine Arme, sondern zuckte zurück und sah verwirrt an ihm vorüber.

Es war, als hätten Viktors Worte Günter für all diese kleinen Anzeichen die Augen geöffnet.

Rita wurde immer unsicherer im Verkehr mit ihm, und unter seinen forschenden Augen bekam ihr Gesicht oft einen Ausdruck hilfloser Verlegenheit.

Kurzum, es währte nur wenige Tage, bis Günter die Gewißheit erlangt hatte, daß Rita ihn liebte, daß ihre junge Seele sich ihm erschlossen und zu eigen gegeben hatte.

In diese Tage fiel eine größere Gesellschaft in Cronersheim, zu der die beiden Valbergs und Rita schon früher eingeladen worden waren. Rita hatte erst absagen wollen, weil sie noch in Trauer war, aber Frau Carry hatte die Absage nicht gelten lassen wollen, weil sie fürchtete, daß dann auch die Herren nicht kommen würden.

Sie hatte Rita versichert, daß es durchaus keine große offizielle Festlichkeit sei, sondern nur ein nachbarliches Zusammenkommen, wie es auf dem Lande üblich sei.

Auch die Toilettenfrage hatte Carry liebenswürdig gelöst. »Sie ziehen eines ihrer reizenden weißen Kleider an und fertig«, hatte sie gesagt.

So hatte Rita schließlich zugesagt und mit ihr die beiden Herren.

Nun war der für die Gesellschaft bestimmte Tag herangekommen. Frau Carry war in den letzten Tagen nicht in Valberg gewesen. Man hatte sich nicht gesehen seit dem Tage, da Carry das Gespräch der beiden Herren belauscht hatte. Sie hatte nicht die Kraft in sich gefühlt, ruhig zu bleiben und war außerdem noch nicht mit sich ins klare gekommen, wie sie sich verhalten sollte.

In Valberg war Carry nur von Rita vermißt worden. Diese sagte sich indessen, daß Carry wohl durch die Vorbereitungen zu der Gesellschaft in Anspruch genommen sei. Sie hatte natürlich keine Ahnung, was inzwischen geschehen war und wie wenig freundlich Carry ihrer gedachte.

Rita hatte ihre Toilette beendet. Ihre Zofe hatte sie so hübsch wie möglich gemacht. Sie trug ein weißes Kleid von feinem, weichem Seidenstoff mit schönen, schwarzen Spitzen und einer breiten, schwarzen Samtschärpe garniert. Dies Kleid hatte Tante Exzellenz für kleine Gesellschaften bestimmt. Es hatte einen kleinen, herzförmigen Ausschnitt, aus dem das feine, schlanke Hälschen gar lieb hervorkam, und der die edle Nackenlinie freiließ.

Das Kleid schmiegte sich in elegantem Sitz um die schlanke Mädchengestalt. Mit den kleidsam arrangierten, reichen Flechten hob sich das feine Köpfchen so reizend auf den runden, zarten Schultern, daß Viktor und Günter ganz überrascht waren von der Lieblichkeit ihrer Erscheinung.

Sorglich legte Günter einen leichten Mantel um ihre Schultern und führte sie zum Wagen. Er drückte ihren Arm fester als sonst an sich und sagte lächelnd:

»Was ist meine kleine Rita für eine stolze Dame geworden.«

Sie lachte ein wenig verwirrt und sah mit den scheuen Gazellenaugen zu ihm auf. Viktor setzte sich neben seine Tochter, und

Günter nahm ihr gegenüber Platz. Er mußte sie immer wieder ansehen, und unter seinen Blicken kam und ging die Farbe in ihrem Gesicht. Dies Wechselspiel erschien Günter sehr reizvoll, und als sie ihn dann einmal groß und voll mit den dunklen, zärtlichen Augen anstrahlte, wurde ihm recht unbrüderlich zumute, und er hätte ihr Gesichtchen am liebsten herzhaft abgeküßt.

In Cronersheim wurden sie von dem Hausherrn mit großer Vertraulichkeit und wenig geistvollen Scherzen, von der schönen Hausfrau mit forcierter Heiterkeit, aber mit unruhig flackernden Augen begrüßt.

Die Gesellschaft war schon fast vollzählig versammelt. Es waren trotz Frau Carrys gegenteiliger Versicherung eine Menge Menschen geladen, alle Nachbarn im weiten Umkreis, die Offiziere aus der nächsten Kreisstadt, einer ziemlich großen Garnison, mit ihren Damen, der Landrat mit seiner Gemahlin, und überhaupt alles, was erreichbar gewesen war und zur guten Gesellschaft gehörte.

Neben Carrys sieghaft schöner Erscheinung, die durch eine raffiniert elegante und kostbare Toilette noch gehoben wurde, verblaßte freilich der feine, stille Reiz Ritas. Carry hatte mit einem Blick festgestellt, daß sie den Vergleich mit ihr nicht im entferntesten aushalten konnte. Es lag heute eine verhaltene Glut in Carrys Wesen. Mit bezaubernder Liebenswürdigkeit machte sie die Honneurs, und die Herren umdrängten sie, sagten ihr mehr und minder geschmackvolle Komplimente und schienen alle von ihr bezaubert zu sein.

Günter hielt sich ihr fern, aber auch er mußte immer wieder zu ihr hinübersehen, und als ihre Blicke zuweilen verstohlen und doch in heißer Glut, in verzehrender Sehnsucht in die seinen tauchten, da verlor er doch wieder seine Ruhe ein wenig. Nie hatte Carry aber auch so sinnbetörend schön ausgesehen. Und Günter war auch nur ein Mensch. Er sah, wie alle Männeraugen bewundernd die schöne Frau anstrahlten, sah, wie Croner im behäbigen Besitzerrecht ihren Arm an sich preßte – und sah, wie Carry in diesem selben Moment wie in hilfloser Angst, wie in flehender Sehnsucht zu ihm herübersah. Da mußte er sich abwenden, um seine Fassung zu bewahren. Ihre Schönheit berauschte und quälte ihn zugleich. Noch einmal glomm aus der Asche ein heller Funke auf. Und das hatte Carry mit ihren geschärften Sinnen bemerkt.

»Er ist mein – trotz allem mein – und ich lasse ihn nicht«, dachte sie, und sie machte sich schnell unter einem Vorwand von ihrem Gatten los und folgte Günter.

Sie sah ihn in einer Fensternische stehen, ganz allein. Schnell trat sie zu ihm und legte leise ihre Hand auf seinen Arm.

»Günter«, flüsterte sie, weich und bebend.

Er zuckte zusammen. Ihre Hand brannte wie Feuer auf seinem Arm, und in seinen Augen sprühte ein unruhiges Feuer.

»Sie wünschen, gnädige Frau«, stieß er heiser hervor.

Ihre Hand zitterte auf seinem Arm. »Du liebst mich *doch* noch, Günter, wie ich dich liebe. Alles Wehren hilft uns nichts, wir gehören zusammen. Ich lese es in deinen Augen, daß du mich noch liebst. Hab' Dank dafür – hab' Dank. Diese Gewißheit erlöst mich aus tiefer Verzweiflung. Sieh mich doch an – wie ich dich liebe!«

In zitternder Glut drückte sie sich an seine Seite. Wie ein Schlag ging es durch seinen Körper. Einen Moment verlor er die Herrschaft über sich. Heiß und begehrend flammte sein Auge über sie hin. Aber sogleich riß er sich wieder zusammen. »Gehen Sie – gehen Sie«, stieß er hervor.

Da lachte sie auf, selig, selbstvergessen. »Ich wußte es ja – du kannst nicht los von mir, wie ich nicht von dir. Ich möchte lachen und weinen wie ein Kind. Sei gut zu mir, Günter. Ich muß dich einmal sprechen, ein einziges Mal, nur eine Stunde schenke mir, ich habe dir so viel zu sagen.«

Er trat hastig von ihr zurück und sah sich um, als suche er, ihr zu entkommen. Aber er konnte nicht an ihr vorbei.

Da kam ihm unerwartet Hilfe. Plötzlich stand Viktor neben ihnen.

»Meine gnädigste Frau, ich muß Ihnen unbedingt ein Kompliment über Ihre wundervolle Toilette machen. Sie ist eine herrliche Symphonie von Farbentönen.«

Carry fuhr ziemlich unbeherrscht, mit einem Ausdruck des Hasses nach ihm herum. »Wie vielen Damen haben Sie dies Kompliment heute schon gemacht?« fragte sie gereizt.

Er blieb ganz gelassen. »Nur Ihnen allein, ich schwöre es. Hoffentlich habe ich nicht eine interessante Unterhaltung gestört?«

Sie lachte spöttisch. »Fragen Sie Ihren Neffen, ob es ihm interessant war, daß ich ihm soeben mitteilte, daß er mein Tischnachbar sein wird.«

Damit verneigte sie sich leicht und ging davon.

Er hatte sie sehr zur Unzeit gestört, aber sie triumphierte trotzdem, sie hatte nun wieder die Gewißheit, daß Günter sie liebte, und hoffte, ihn so weit zu bringen, daß er ihr ein Alleinsein gewähren würde. Und dann mußte noch alles gut werden zwischen ihnen. Sie wollte sich von ihrem Mann scheiden lassen, wollte Günter angehören, um jeden Preis – ach, was wollte sie nicht alles. Was sie einst heiß erstrebt hatte, war ihr wertlos geworden, und was sie erst so leicht aufgegeben hatte, schien ihr jetzt erstrebenswert und kostbar.

Günter drückte seinem Onkel aufatmend die Hand. »Du kamst zur rechten Zeit, ich danke dir«, sagte er leise.

»Ich sah dich in Bedrängnis, du sahst aus, als wenn du Fluchtgedanken hättest, da kam ich dir zu Hilfe«, erwiderte der Baron lächelnd.

Günter zog es in Ritas Nähe. Er fand sie im Gespräch mit einer alten Dame. Still trat er hinter ihren Sessel. Sie blickte mit ihren gläubigen Augen zu ihm auf. Die strahlende Reinheit dieser Augen übte einen beruhigenden Einfluß auf ihn aus. Es wurde wieder Frieden in seiner Brust, und er begriff nicht mehr, daß Carry doch noch einmal solche Macht über ihn gewonnen hatte.

Als man zu Tisch ging, mußte sich Günter Carry wieder nähern. Sie stand gerade neben ihrem Manne. Croners Gesicht strahlte eitel Befriedigung. Er sah sich beneidet um seine schöne Frau und kam sich wieder einmal ganz als der verfluchte Kerl vor, der sich glattweg die schönste der Frauen erobert hatte. Außerdem freute er sich auf die auserlesenen Delikatessen, die seiner an seiner eigenen Tafel warteten.

»Man ißt nirgends so gut wie zu Hause«, pflegte er immer zu sagen. Und er war stets sein bester Gast.

Günter verneigte sich vor Carry und führte sie zu Tisch. Aber sie merkte wohl, daß er sich jetzt in der Gewalt hatte und vorsichtig war. Es gelang ihr nicht wieder, seine Ruhe zu erschüttern. Saß doch Rita ihm schräg gegenüber und sah ihn immer wieder an, als fühle sie, daß ihre Augen ihm Ruhe und Frieden gaben.

Sie hatte einen lustigen jungen Offizier zum Tischherrn und unterhielt sich scheinbar sehr gut mit ihm. Ihr warmes, klares Lachen klang einige Male zu ihm hinüber. Sie nahm die artigen Galanterien des jungen Offiziers fröhlich auf. Fast mißgönnte Günter dem jungen Mann Ritas Gesellschaft. Er hätte selbst viel lieber an ihrer Seite gesessen als an der Carrys.

»Ihre Cousine unterhält sich anscheinend sehr gut, Baron Günter«, sagte Carry mit einem sonderbaren Lächeln.

»Hoffentlich tut sie das«, antwortete er.

»Sie sieht heute recht niedlich aus. Ich glaube, es wird ihr nicht an Bewerbern fehlen, wenn sie erst ausgeht. Sie war ja in der Wahl ihres Vaters sehr vorsichtig, wenigstens, was seine Vermögensverhältnisse anbelangt«, fuhr Carry fort.

»Rita ist auch ohnedies liebenswert genug!« sagte er schroff. Irgend etwas in Carrys Worten reizte ihn. Die schöne Frau wählte ihre Worte gar nicht klug. Sie wollte damit Günter nur darauf hinweisen, wie unbedeutend Rita war, und ahnte nicht, daß ihre Worte etwas wie eine leise Eifersucht in Günter weckten und ihn zum Widerspruch reizten.

Zum ersten Male dachte er daran, daß ein anderer Mann Ritas Hand begehren könne. Und dieser Gedanke beunruhigte ihn seltsamerweise.

So siegessicher war Carry, so sehr sich ihrer Macht und Schönheit bewußt, daß sie gar nicht daran dachte, Rita könne ihr bei Günter den Rang streitig machen. Sie wußte ja auch aus seinem eigenen Munde, daß er Rita nur wie eine Schwester liebte, und daß er nie eine andere Frau so lieben würde, wie sie selbst. Das hatte sie sich in diesen Tagen zur Beruhigung gesagt. Und sie hoffte, daß alles zwischen ihr und Günter wieder gut werden würde, wenn sie nur ein einziges Mal ungestört mit ihm sprechen konnte, wenn sie ihm sagte, daß sie alles dahingeben wollte, um nur ihm allein angehören zu dürfen. Er konnte ihr ja auf die Dauer nicht grollen, und hatte sie erst seinen Groll bezwungen, dann würde die alte Liebe zu ihr siegreich wieder emporflammen. Und dann konnte Viktor Valberg zusehen, wem er seine Tochter aufbürdete.

Aber wie sollte sie zu einem ungestörten Alleinsein mit Günter kommen, wie ihn dazu bewegen?

Sie grübelte vergeblich darüber nach, und erst, als die Tafel aufgehoben wurde, flüsterte sie ihm zu:

»Ich werde jeden Nachmittag um drei Uhr im Walde bei dem Wildhäuschen sein – bei jedem Wetter.«

Günter hörte es, aber er antwortete nicht und wußte ganz bestimmt, daß er nicht an das Wildhäuschen kommen würde. Er hatte nichts mit Carry zu sprechen – und wer sich mutwillig in Gefahr begibt, kommt darin um. So ganz sicher war er seiner nicht. Er wußte, daß er heißes, rotes Blut in den Adern hatte.

Zwar war es ungalant, eine Dame warten zu lassen, und sein hastiges »Ich komme nicht!« hatte Carry nicht mehr hören können, aber es half nichts – lieber ungalant als ehrlos.

Günter war froh, als dies Fest in Cronersheim zu Ende war und er mit Rita und ihrem Vater den Heimweg antreten konnte. Als er Rita wieder im Wagen gegenübersaß, fragte er sie lächelnd:

»Hast du dich gut amüsiert, Rita?«

Das Licht der kleinen elektrischen Lampe, die an der Decke des Wagens angebracht war, fiel hell auf ihr Gesicht.

»O ja, es war sehr hübsch. Alle Menschen waren gut und freundlich zu mir. Und mein Tischherr war so lustig und amüsant. Ich habe viel über seine munteren Worte lachen müssen. Hast du dich auch gut unterhalten, Vetter? Du sahst zuweilen aus, als seiest du nicht guter Laune.«

»Weil du so weit von mir entfernt saßest bei Tisch und ich nicht mit dir plaudern konnte«, erwiderte er rasch.

Sie blickte ihn überrascht an und wurde rot.

»Ach, hättest du das gern tun mögen?«

»Ja, sehr gern.«

Sie atmete hastig und schüttelte den Kopf.

»Warst du denn mit deinem Platz nicht zufrieden?«

»Nein – gar nicht!«

»Das verstehe ich nicht.«

»Warum nicht, Bäschen?«

»Weil du neben der schönen Gastgeberin sitzen durftest.«

»Das ist doch kein Grund, weshalb ich nicht lieber bei dir gesessen hätte.«

Sie nickte ernsthaft. »O doch! Ich bin nur so ein kleines, dummes Mädel. Frau von Croner aber ist sehr geistreich und charmant, das sagte meine Tischherr auch. Wir haben beide um die Wette für sie geschwärmt. Sie ist so wunderschön. Und heute trug sie ein so entzückendes Kleid. Ich konnte mich nicht satt schauen an ihr und habe dich sehr beneidet, daß du so nahe bei ihr sitzen durftest.«

»Dann hättest du dich aber nicht so gut mit deinem Tischherrn unterhalten können.«

»Das ist wohl wahr, ich hätte dann vielleicht nichts getan, als sie anzuschauen. Aber das wäre die schönste Unterhaltung für mich gewesen. Jedermann bewunderte Frau von Croner, ich hörte so oft, daß man auf sie aufmerksam machte. Es muß herrlich sein, wenn man so schön ist. Alle Menschen haben einen dann lieb.«

»Vielleicht doch nicht, Rita«, sagte Viktor.

»Doch, es kann gar nicht anders sein, Papa. Aber weißt du, was ich finde?«

»Nun?«

»Daß Herr von Croner gar nicht zu seiner Frau paßt. Ihn mag ich eigentlich gar nicht leiden; es tut mir direkt weh, wenn ich ihn neben seiner Gattin sehe. Das ist wie eine Dissonanz. Ich weiß nicht – er ist so – nun, wie soll ich sagen – so derb – ich möchte sagen – unfein.«

Die beiden Herren wechselten verstohlen einen Blick. Da hatte Rita wieder einmal einen ihrer verblüffenden Einfälle gehabt, als sie diese Ehe eine Dissonanz nannte.

»Ja, ja, mein Töchterchen, du hast recht, das ist eine Dissonanz«, sagte ihr Vater lächelnd.

Wieder atmete Rita in ihrer raschen, kindlichen Art, wie immer, wenn sie etwas erregte.

»Ich kann gar nicht verstehen, daß diese schöne, feine Frau den häßlichen, derben Mann liebhaben kann.«

»Vielleicht tut sie es auch nicht, mein kleines Mädchen«, erwiderte der Vater.

Rita sah ihn mit ihren großen, unschuldigen Augen lächelnd an. »Aber Papa, dann wäre sie doch nicht seine Frau geworden.«

Er streichelte ihre Wange. »Wer weiß! Es gibt noch andere Gründe, sich zu verheiraten. Vielleicht wollte die schöne Frau

Carry nur die Frau des reichen Croner von Cronersheim werden.«

Ganz erschrocken blickte Rita zu ihm auf.

»Ach, Papa, wie kannst du nur so etwas Niedriges von Frau von Croner denken! Sie ist nicht nur schön, sondern auch gut und edel. Menschen mit so schönen, feinen Zügen können keine niedrige Gesinnung haben.«

Wieder wechselten die beiden Herren einen verstohlenen Blick. Dann sagte ihr Vater lächelnd:

»Nun denke einmal, wie leicht es nach deiner Theorie wäre, gute und böse Menschen voneinander zu unterscheiden. Nein, nein, mein Töchterchen, so leicht wird uns das nicht gemacht. Es gibt häßliche Menschen, in denen eine schöne, edle Seele wohnt und umgekehrt. Jedenfalls ist es besser, du läßt dich nicht so sehr durch Äußerlichkeiten in deinem Urteil beeinflussen.«

Rita sah nachdenklich aus. »Ja – vielleicht tue ich unrecht, wenn ich Herrn von Croner nicht leiden mag, weil er derb und häßlich ist. Vielleicht ist er ein ganz guter Mensch. Aber Frau von Croner ist ganz sicher gut und edel. Wie lieb und freundlich ist sie immer zu mir und allen anderen Menschen.«

Die beiden Herren schwiegen. Sie wollten Ritas holden Glauben nicht stören. Mochte sie immerhin nur Gutes von Carry Croner denken. Ihre Unschuld und Reinheit war der beste Schutz im Verkehr mit Carry. Sie brauchte nicht zu wissen, daß Carry ihr nur Liebenswürdigkeiten erwies, weil sie ihrem Verkehr mit Valberg einen harmlosen Anstrich geben wollte.

Es war zwei Tage nach dem Fest in Cronersheim. Viktor und Günter hatten mit dem Administrator eine Konferenz und befanden sich in Günters Arbeitszimmer.

Rita war sich inzwischen selbst überlassen. Sie saß auf der Veranda des Schlosses, in einem der modernen Korbsessel, die hier aufgestellt waren, und hatte ein Buch vor sich liegen. Aber sie las wenig aufmerksam. Ihre Gedanken schweiften immer wieder ab und verloren sich in einer unbegrenzten Ferne. Sie merkte nicht, daß der Administrator wieder fortritt, sonst hätte sie wohl nach Günter und dem Vater Ausschau gehalten.

Endlich legte sie das Buch ganz zur Seite und erhob sich. Sie trug heute ein schlichtes, weißes Lingeriekleidchen ohne jeden Schmuck. So schlicht und anspruchslos sah sie aus, und doch so vornehm und anmutig. Sie stützte den Arm auf den mit Blumen geschmückten Verandapfeiler und lehnte ihren Kopf dagegen. Mit großen, verträumten Augen sah sie ins Weite.

Es lag ein weicher, sehnsüchtiger Ausdruck auf ihrem Antlitz, und die ganze Haltung der schlanken Gestalt verriet eine tiefe Versunkenheit. Sie merkte nicht, daß Günter aus einer der geöffneten Türen auf die Veranda heraustrat und auf den dicken Kokosmatten langsam und lautlos herankam.

Seine Augen umfaßten die reizende, holde Erscheinung.

So kam er dicht an sie heran, ohne daß sie ihn in ihrer Versunkenheit bemerkt hätte. Nun stand er hinter ihr und legte sanft und sacht die Arme um ihre Schultern.

»Woran denkt meine kleine Rita?« fragte er leise.

Sie war zusammengezuckt, wie von einem Schlage berührt. Glühende Röte schoß in ihr Gesicht, und ein scheuer, verwirrter Ausdruck lag in ihren Augen. Unwillkürlich machte sie eine fluchtartige Bewegung.

Er aber hielt sie fest. Und seine Augen tief in die ihren senkend, fragte er sanft: »Habe ich dich erschreckt? Weshalb willst du fliehen vor mir?«

Das dunkle Rot in ihrem Gesicht wich einer jähen Blässe. Es lag etwas in seiner Stimme, was ihr den Herzschlag stocken ließ. Und unter dem Blick seiner Augen überlief sie ein Zittern. Sie strebte in jungfräulicher Schamhaftigkeit aus seinen Armen und wäre doch so gern geblieben. Wie um sich vor seinem Blick zu bergen, drückte sie ihr Antlitz einen Moment gegen seine Schulter. Und dann richtete sie sich hastig wieder empor und sagte leise: »Ja, ein wenig. Ich hatte dich nicht kommen hören.«

Ihre sichtliche Befangenheit erregte ihn.

»Du warst so tief in Gedanken versunken und sahst so sehnsüchtig in die Ferne – als ginge es dir wie deinem Vater, als sehntest du dich fort von Valberg, in die Welt hinaus.«

Sie sah ihn betroffen an.

»Von Valberg fort? O nein – hier ist es ja so schön wie sonst nirgends auf der Welt.«

Er hielt sie noch immer fest, als fürchte er, daß sie entfliehen könnte. Doch sie stand wie gelähmt unter seinem Blick. »Dein Vater will aber fort von Valberg, Rita, sehr bald. Er hat es mir gesagt. Und du – du wirst dann wohl mit ihm gehen.«

Ganz bleich wurde sie wieder. Ihre Augen weiteten sich und sahen voll heißer Unruhe in sein Gesicht.

»Fort? Fort von Valberg? Und du?« stieß sie hervor.

»Ich? Ja, ich muß natürlich hierbleiben. Valberg ist ja nun für immer meine Heimat. Du aber wirst mit deinem Vater in die Residenz zurückkehren, wirst alle Freuden der Geselligkeit kennenlernen, dich amüsieren – und den armen Günter bald vergessen, der einsam und allein in Valberg zurückbleiben wird und es gar nicht fassen können wird, daß er kein liebes, warmes Stimmchen mehr in Valberg hören wird, das ›lieber Günter‹ zu ihm sagt.«

Ihr Antlitz drückte so deutlich Schmerz und Qual aus, daß es keines weiteren Beweises bedurfte, um ihn erkennen zu lassen, daß ihr der Abschied von ihm mehr war als der von einem lieben Vetter.

»Warum will Papa nur fort von hier, wo es so schön – so schön ist?« stammelte sie fassungslos.

»Deinem Vater ist es zu still und einsam – zu langweilig hier. Er ist an Menschen gewöhnt.«

Sie schluckte die aufsteigenden Tränen hinunter.

»Ach – er hat doch dich – und mich – was braucht er noch fremde Menschen?«

»Kind, dein Vater liebt die Geselligkeit im großen Stil. Würde es dir denn gefallen, immer in Valberg zu leben?«

Sie nickte und sah mit einem wehen Blick an ihm vorbei.

»O ja, nirgends möchte ich lieber sein als hier. Es ist so schön hier, und ich war so glücklich in Valberg, so glücklich, wie noch nie in meinem Leben.«

Sein Herz klopfte nun doch recht unruhig. Sie war so hold und süß in ihrer Angst und Not, von Valberg zu scheiden, von Valberg – und von ihm. Das fühlte er. Und warm stieg es in ihm auf.

»So bleib doch hier – bei mir, süße, kleine Rita?« flüsterte er zärtlich. Sie zuckte zusammen. Vergehend, in scheuer Unruhe blickte sie in seine Augen. Und als sie darinnen den heißen, zärtlichen Ausdruck sah, weiteten sich ihre Augen, als könnten sie nicht fassen, was sie sahen. Sie schauderte zusammen, und ihr Atem ging tief und schwer.

»Bei dir? Ohne Papa? Das geht doch nicht.«

Er zog sie näher an sich heran. Sein Blick hielt den ihren fest.

»Doch Rita, es geht, wenn du nur bei mir bleiben willst – für immer – als meine süße, kleine Frau.«

Wieder flog ein Schauer über sie hin. Bleich wurde das süße Gesicht, als wenn jeder Blutstropfen daraus gewichen wäre. Nur die roten Lippen glühten ihm entgegen. Das Weib war erwacht in ihr und strebte ihm sehnsüchtig entgegen. Aber dann ging plötzlich ein Ruck durch ihre Gestalt, als wecke sie sich selbst aus einem Traume. Sie konnte nicht fassen und glauben, was er sagte.

»Das darfst du nicht, Günter – mit solchen Dingen treibt man keinen Scherz«, sagte sie laut, wie in jäher Angst und wollte sich von ihm losreißen.

Er aber hielt sie fest, ganz fest in seinen Armen. Und er spürte Sehnsucht, ihre unberührten, zuckenden Lippen zu küssen.

»Süße Rita, wie kannst du nur glauben, daß ich scherze. Ich frage dich im Ernst, willst du meine liebe Frau werden?«

Da traten plötzlich funkelnde Tränen in ihre Augen. Hilflos schüttelte sie den Kopf, als könne sie das Wunder nicht fassen.

»Günter – ach Günter – ich kleines, dummes Ding – hast du mich denn wirklich so lieb, daß ich deine Frau werden soll?«

»Ja, mein Liebling, ich will dich nie mehr von mir lassen, an meinem Herzen sollst du für immer deine Heimat haben. Hier in Valberg wollen wir leben und glücklich sein, wenn du willst.«

Da warf sie sich zitternd an seine Brust und barg das Antlitz in hilfloser Seligkeit an seiner Schulter.

Zart hob er ihr den Kopf empor und sah ihr tief und zärtlich in die Augen.

»Süße, kleine Rita – meine Rita!« flüsterte er und preßte seinen Mund auf den ihren, fest und innig.

Und Carry war vergessen. Vor dem holden Zauber dieser reinen, jungen Liebe, die ihm jetzt entgegengebracht wurde, verblaßte ihr schönes Bild. Günter Valberg trank Heilung von Ritas roten Lippen und aus ihren frommen, gläubigen Augen, in denen jetzt die ganze jubelnde Seligkeit ihrer Seele lag. Die Verheißung eines neuen, besseren Glückes strahlte ihm aus diesen Augen entgegen. Innig umschlungen standen die beiden jungen Menschen lange Zeit, sahen sich an und küßten sich – wieder und wieder.

Endlich löste sich Rita aber aus Günters Armen und sah sich scheu, wie erwachend, um. So süß und reizend war sie in ihrer Verwirrung, daß er sich froh und glücklich bewußt wurde, daß er sie wirklich liebte mit zärtlicher Innigkeit – wenn auch nicht mit der heißen Glut, die er einst Carry entgegengebracht hatte.

Sie strich sich das Haar aus der Stirn. Und dann sagte sie leise und zaghaft: »Was wird Papa dazu sagen, Günter?«

Er lachte und küßte ihre Hände. »Ja und amen wird er sagen, mein holdes Bräutchen.«

Sie wurde nachdenklich. »Eigentlich ist es doch nicht recht von mir, Papa nun wieder allein zu lassen. Er hat mir so oft gesagt, wie sehr er sich gefreut hat, daß ich zu ihm kam, und daß er mich so liebgewonnen hat – und nun will ich ihn allein lassen.«

Ein leiser Ausdruck der Verlegenheit flog über Günters Gesicht, der ihr nicht entging und den sie sich nicht deuten konnte.

Günter legte schnell den Arm um ihre Schulter.

»Komm, Rita, du magst deinen Vater selbst fragen, wie er darüber denkt.«

Viktor saß im Bibliothekszimmer, hatte ein Buch in der Hand und gähnte eben verstohlen, als das Brautpaar bei ihm eintrat. Ein Blick in Günters Gesicht genügte ihm, zu erkennen, was geschehen war.

Er erhob sich rasch, und da flog Rita auf ihn zu und umarmte ihn erregt.

»Papa – lieber Papa – jetzt wirst du gleich erkennen, was für ein egoistisches, undankbares Geschöpf ich bin – du wirst es gleich bedauern, mir so viel Liebe geschenkt zu haben.«

Der Baron drückte ihr Köpfchen an seine Brust und sah darüber hinweg in Günters Gesicht. Der nickte stumm. Da beugte sich der Vater lächelnd und voll heiterster Liebenswürdigkeit zu seiner Tochter herab.

»Ei, ei, siehe da! Egoistisch und undankbar also? Nun, sieh mich einmal an, ich will doch sehen, ob ich es nicht erraten kann, was dieses böse Mädchen verbrochen hat.«

Liebevoll und doch zerknirscht sah sie zu ihm auf.

»Das rätst du ganz sicher nicht! Ich will es dir nur gleich eingestehen. Günter – nein ich – ich meine – ach Papa – Günter will mich zur Frau haben!«

Nun war es heraus! Sie atmete tief auf.

Der Baron zog sein Gesicht in ernste Falten.

»So so! Ei siehe da – dieser Schelm will mir so ohne weiteres mein kleines Mädchen wieder abnehmen? Ja – was machen wir denn da? Hast du ihm schon eine Antwort gegeben?«

Sie barg erglühend ihr Gesicht an seiner Brust.

»Ich hab' ihn so lieb, Papa! Aber dich habe ich auch lieb, glaube es mir. Am besten wäre es, du bliebst auch für immer in Valberg, dann brauchte ich nicht zwischen euch beiden zu wählen.«

Der Baron streichelte sanft ihr Köpfchen. Nun war ihm doch sehr warm und gerührt zumute, und ein wenig schämte er sich.

»Kleine Rita, liebe kleine Rita, das geht nicht an. Aber wenn du Günter lieb hast, dann sollst du dich auch für ihn entscheiden. Ich muß dann mein Leben fortführen, wie ich es bisher gewohnt war. Du brauchst dir wirklich nicht den kleinsten Vorwurf zu machen, was dich zu Günter zieht, ist mächtiger als alles andere. Ich werde recht oft nach Valberg kommen und mich an eurem Glücke freuen. Bei mir hättest du ohnedies keine Ruhe gefunden. Ich bin so ein ruheloser Zugvogel und hätte dich von Ort zu Ort geschleppt. Es ist recht schön, daß du an Günters Herzen eine feste Heimat findest. Eines Tages hätte ich dich doch an einen Gatten abtreten müssen – und da ist mir Günter schon am liebsten. Wir wollen uns freuen, daß alles so gekommen ist.«

Er küßte Rita herzlich, und die Augen waren ihm doch feucht, trotzdem er sich wie erlöst fühlte von einem Zwang. Das Kind war ihm wirklich lieb – sehr lieb geworden, und er freute sich, daß sie so glücklich war. Keine Sorge kam ihm, daß die schöne Carry das Glück seines Kindes gefährden konnte, trotzdem er ahnte, daß Günter noch nicht ganz fertig war mit ihr. Er hoffte, durch die Ehe mit Rita würde er völlig von seiner Leidenschaft kuriert werden.

Sanft schob er Rita Günter in die Arme.

»Gott schenke euch Glück – ein ruhiges, festes Glück, meine lieben Kinder.«

4

So war denn Rita Günters Braut geworden.

Es wurde an diesem Tage noch mancherlei beraten. Zunächst stellte nun Viktor mit innerer Befriedigung fest, daß in seiner Junggesellenwohnung nichts geändert zu werden brauchte. Gleich am nächsten Morgen wollte er in die Residenz fahren und Exzellenz Tronsfeld die Verlobung Ritas verkünden. Er wollte sie bitten, seiner Tochter noch eine kurze Zeit Aufnahme in ihrem Hause zu gewähren. In Valberg konnte Rita jetzt nicht bleiben. Die Hochzeit des jungen Paares sollte indes in Anbetracht der besonderen Umstände in allernächster Zeit stattfinden. Von einer Verlobungsfeier sollte ganz Abstand genommen werden. Die Verlobungsanzeigen sollten erst von der Residenz aus herumgeschickt werden. Viktor reiste also gleich am nächsten Morgen nach der Residenz. Er wollte schon am Abend zurück sein, und wenn Tante Exzellenz einverstanden war, wollte er dann am nächsten Tage mit Rita nach der Residenz zurückkehren, Rita bei der Generalin unterbringen und selbst seine Junggesellenwohnung wieder beziehn. Günter sollte dann auf einige Tage nach der Residenz kommen, damit die Ringe und Verlobungsanzeigen besorgt wurden.

Für alle Fälle hatte sich Valberg telegraphisch bei seiner alten Freundin angemeldet.

Sie empfing ihn in ihrer alten, liebenswürdigen Gelassenheit.

»Also das ist noch nicht geschehen, seit wir Freunde sind, lieber Baron, daß Sie mir Ihre Ankunft telegraphisch anmelden. Ich gestehe ganz offen, daß ich schrecklich neugierig bin, zu erfahren, was Sie von Valberg hierhertreibt. Da Sie Rita nicht mitbringen und, wie ich weiß, in Ihrem Hause noch keine Vorbereitungen zu ihrer Aufnahme getroffen sind, kann es sich doch noch nicht um eine Rückkehr handeln. Ich bin sehr gespannt«, sagte sie scherzend.

Er hatte sich ihr gegenübergesetzt und suchte eine leise Verlegenheit hinter einer liebenswürdigen Nonchalance zu verstecken.

»Ich bringe Ihnen eine große Neuigkeit, teuerste Exzellenz. Sie sollen die erste sein, die sie erfährt. Also – Rita hat sich gestern mit Günter Valberg verlobt«, sagte er schnell, als müsse er sich dieser Botschaft hastig entledigen.

Überrascht sah ihn die Generalin an. Ganz still und ruhig ließ sie dann ihren Blick eine Weile auf seinem Antlitz ruhen. Darauf sagte sie halblaut:

»Sie sind wirklich ein Schoßkind des Glückes, lieber Freund. Kaum droht Ihnen einmal eine ernste Pflicht – da befreit Sie das Geschick auch schon wie spielend davon. Also Günter Valberg und Rita? Nun – das könnte eine innige Harmonie geben – wenn sich die beiden jungen Leute lieben. Ich darf wohl annehmen, daß es der Fall ist – Günter Valberg hat also Carry Platen vergessen, wenn sie ihm, wie ich zu bemerken glaubte, einmal etwas war?«

Valberg hatte ihren Blick vermieden. Nun zwang er sich, sie ruhig anzusehen. »Sie haben sich wirklich beide sehr lieb, und ich bin über das Schicksal meiner Tochter ganz ruhig. Rita gefällt es in Valberg so gut, daß sie niemals fortmöchte. Sie hat Günter ihr junges Herz zu eigen gegeben, und ich weiß sie bei ihm gut geborgen. Er hat Rita herzlich lieb, und wenn zwischen ihm und Carry Platen etwas war, so ist das längst überwunden. Sie verkehren ganz nachbarlich ruhig miteinander.«

Sie reichte ihm die Hand.

»Es soll mich freuen, wenn die beiden jungen Leute glücklich miteinander werden. Das wünsche ich auch Ihnen, lieber Freund«, sagte sie ernst.

Er küßte ihre Hand und sah sie ein wenig bedrückt an.

»Sie meinen natürlich, daß mir diese Verbindung sehr gelegen kommt. Nun gut, ich gestehe das ein. Aber glauben Sie mir, Rita ist mir von Herzen lieb und teuer geworden, und ich würde meine Einwilligung nicht gegeben haben, wenn ich nicht die Überzeugung hätte, daß meiner Tochter Schicksal in Günters Händen gut aufgehoben ist. Ich werde oft und gern bei den Kindern in Valberg weilen. Trotzdem gestehe ich offen, daß ich froh bin, daß es so gekommen ist, daß ich meine persönliche Freiheit nicht aufzugeben brauche. Nicht wahr, teuerste Freundin, ich brauche nun nicht erst für die kurzen Wochen – die Hochzeit soll schon im Juli stattfinden – mein Junggesellenheim umzumodeln. In Valberg kann Rita als Günters Braut auch nicht bleiben. Ich bin deshalb so unbescheiden, Sie herzlich zu bitten, Rita noch einmal für diese Wochen bei sich aufzunehmen und ihr behilflich zu sein, ihre Aussteuer zusammenzustellen. Bin ich sehr unverschämt, dies Ansinnen an Sie zu stellen?«

Sie lachte leise.

»Furchtbar, lieber Baron.«

»Nein, im Ernst?«

»Also im Ernst. Wenn man jemand ein sehr liebes Geschenk macht, ist man doch nicht unverschämt. Ich freue mich ja so sehr, meine kleine Rita wieder einige Wochen bei mir haben zu dürfen. Ach, lieber Freund – um was für schöne Stunden bringen Sie sich selbst. Und ich soll Rita ausstatten helfen? Das ist wundervoll. Wissen Sie nicht, daß es für uns Frauen eine Glückseligkeit ist, eine Ausstattung zu besorgen? Da ich leider keine eigene Tochter habe, ist mir das Schicksal eigentlich diesen Ersatz schuldig.«

Wieder küßte er ihre Hand.

»Sie sind und bleiben die charmanteste, entzückendste Frau, die ich kenne. Und ich bin glücklich, daß ich mir Ihr Mißfallen nicht zugezogen habe. Wirklich, ich war ein musterhafter Vater in diesen Monaten in Valberg. Ich muß mich selbst ein wenig loben. Manchmal war ich über mich selbst ganz gerührt.«

Sie lachte wieder. »Ja, ja – und sicher haben Sie auch das Ihre getan, um Ihrer Tochter zu einem guten Mann zu verhelfen.«

Er machte eine zerknirschte Miene.

»Ist das sehr schlimm?«

Sie seufzte ein wenig. »Ihnen schlägt ja gottlob alles zum Guten aus. Günter ist gewiß ein Schwiegersohn, wie ihn der ängstlichste, gewissenhafteste Vater nicht besser hätte auswählen können. Wenn nur Cronersheim nicht gar so nahe bei Valberg liegen würde! Aber ich bin da gewiß zu ängstlich. Und außerdem hat es keinen Zweck, jetzt noch ›Wenn‹ und ›Aber‹ zu beleuchten. Also bringen Sie mir Rita getrost, lieber Freund. Und dann sagen Sie mir, wie hoch ich Ihr Konto belasten darf, um das Bräutchen auszustatten. Billig sollen Sie nicht davonkommen. Ich will das

Kind so recht nach Herzenslust ausstatten, mit den reizendsten, köstlichsten Dingen, wie es der Tochter des reichen Baron Valberg zukommt. Im Geiste sehe ich mich schon wohlig versinken in einem Berg von Spitzen und Bändern und all den duftigen Geweben.«

Viktor lachte froh. Ihm war nun das Herz erst richtig leicht. Die leisen Gewissensbisse, die er noch mit sich herumgetragen hatte, verstummten. Er beriet noch allerlei mit der Generalin und verabschiedete sich dann in bester Stimmung von ihr, um nach Valberg zurückzukehren.

Rita hatte am Vormittag des nächsten Tages einen Abschiedsbesuch mit ihrem Vater in Cronersheim gemacht.

»Wir verraten aber in Cronersheim noch kein Wort von deiner Verlobung, Rita, Croners sollen durch die Anzeige überrascht werden«, sagte der Vater unterwegs zu seiner Tochter. Er fürchtete, Carry könne sich in der Überraschung irgendwie verraten. Rita war damit einverstanden und völlig ahnungslos, was den Vater zu diesem Wunsche bewogen hatte.

Frau von Croner war sehr erstaunt, als sie hörte, daß der Baron mit seiner Tochter nach der Residenz zurückkehren wollte.

»Das kommt ja so überraschend, ich denke, Sie bleiben den ganzen Sommer noch in Valberg«, sagte sie, unruhig in Ritas Antlitz forschend.

»Papa wünscht es«, sagte Rita nur, ein wenig errötend.

Carrys Herz klopfte rebellisch. Sie glaubte, Günter habe dem Baron gesagt, daß er Rita nicht heiraten könne, sie glaubte es, weil sie es wünschte. Deshalb brach wohl nun der Baron seinen Aufenthalt so plötzlich ab. An eine andere Möglichkeit wollte Carry nicht denken. Es war eine heiße Freude in ihr, daß Vater und Tochter jetzt abreisten. Nun mußte es ihr gelingen, Günter allein zu sprechen – und wenn sie ihn direkt in Valberg aufsuchen sollte. Sie fieberte danach, sich mit ihm auszusprechen, seine Verzeihung zu erringen und ihm zu sagen, daß sie sich von Croner trennen wollte, um ihm angehören zu dürfen. Dann mußte er ja endlich allen Widerstand gegen sie aufgeben.

Rita sagte ihr, daß sie vorläufig wieder bei Exzellenz Tronsfeld Wohnung nehmen würde.

»Bestellen Sie bitte Exzellenz herzliche Grüße von mir.

Vielleicht besuche ich Sie in nächster Zeit einmal dort, liebste Rita. Ich will ohnedies einmal nach meinen Eltern sehen«, erwiderte Carry.

»Ich werde Ihre Grüße ausrichten und mich sehr freuen, Sie in der Residenz zu sehen, verehrte gnädige Frau«, sagte Rita ehrlich erfreut und blickte bewundernd in Carrys schönes Gesicht.

»Wann werden Sie reisen?« fragte die schöne Frau.

»Heute nachmittag, mit dem Schnellzug.«

Danach verabschiedete sich der Baron mit seiner Tochter. Herr von Croner machte noch einige geschmacklose Scherze, Carry zog Rita in überströmender Liebenswürdigkeit in ihre Arme und küßte sie, worüber die ahnungslose Rita sich harmlos freute, und Valberg tauschte noch einige liebenswürdige Phrasen mit Frau Carry, trotzdem sie sich beide im innersten Herzen feindlich gesinnt waren.

Dann fuhr Baron Viktor mit Rita wieder davon.

Frau Carry sah ihnen mit unruhig flimmernden Augen nach und grübelte über die Ursache zu dieser plötzlichen Abreise nach. Und dann kam ihr ein Gedanke – gleich heute wollte sie ein Alleinsein mit Günter erzwingen. Sie wußte schon, wie sie das erreichen konnte. Voll Ungeduld erwartete sie den Nachmittag. Gleich, als sie von der Mittagstafel aufgestanden war, kleidete sie sich um und bestellte den Wagen. Sie befahl, daß man einen Strauß der schönsten Rosen zusammenstellen und ihn bereithalten sollte.

Dann ging sie auf die Veranda. Dort lag ihr Gatte bequem in einem Lehnsessel, hatte eine Flasche seines geliebten Rotspons vor sich, den ihm doch der Arzt so streng verboten hatte, und rauchte eine schwere Importe.

Carry trat zu ihm, um sich zu verabschieden.

»Nanu, Carry, wo willst du denn hin?« fragte er, sie durch die halb zugekniffenen, weinseligen Augen mit Kennerblicken musternd.

»Nach Valberg, Franz. Ich will Rita ein paar Blumen als Abschiedsgruß bringen.«

Er lachte gemütlich.

»Und dazu hast du dich so verführerisch schön gemacht? Siehst patent aus, Carrychen, wahrhaftig. Aber wissen möcht' ich doch, was du für einen Narren gefressen an dem Gänschen.«

»Pfui, Franz, wie kannst du solche Ausdrücke gebrauchen. Jetzt bekommst du zur Strafe keinen Kuß zum Abschied.«

Er streckte sich behaglich knurrend im Sessel aus.

»Kleiner Racker – dadurch strafst du dich doch selbst am meisten. Ich weiß doch, daß du ein kußliches Mäulchen hast. Also sei gescheit, bring' dich nicht selbst um einen Genuß. Komm her.«

Sie warf den Kopf zurück. »Nein, ich will nicht.«

»Aber Carrychen, das ist doch das kleine Gänschen nicht wert, daß wir schmollen.«

Es klang schon eine leise Ungeduld in seiner Stimme, und sie wußte, daß er sich sehr leicht erhitzte und dann ausfallend wurde, wenn man ihm den Willen nicht tat. Sie zwang sich zu einem Lachen.

»Rita ist kein Gänschen – sondern nur ein kleines, weißes Lämmchen, mit dem ich gern ein wenig spiele«, sagte sie mit seltsam flimmernden Augen.

Er lachte schallend auf. »Auch gut! Also so ziemlich sind wir doch einer Ansicht über sie. Komm, gib mir einen Kuß und schmolle nicht mehr – wenn duch auch sehr reizend bist, wenn du schmollst. Das weißt du nur zu genau, deshalb schmollst du so oft.«

Sie fieberte, fortzukommen von ihm und bog sich schnell herab, um mit ihren Lippen flüchtig die seinen zu berühren. Aber er hielt sie fest und küßte sie mit fast brutaler Heftigkeit.

Sie wehrte sich dagegen, aber er faßte die sich sträubende Frau nur um so fester. Bei diesem Ringen stieg das Blut beängstigend in sein dickes Gesicht, er sah fast blaurot aus, als es Carry endlich gelang, sich loszumachen.

Ein grenzenloser Ekel schüttelte sie.

Sie mußte alle Selbstbeherrschung aufbieten, um ihn nicht ins Gesicht zu schlagen.

»Nun hast du mir meine Frisur in Unordnung gebracht«, stieß sie grollend hervor.

Er lachte, nach Atem ringend, keuchend auf.

»Warum sträubst du dich, mein Liebchen! Denkst wohl, ein wenig Wehren spornt das Begehren. Keine Angst, ich bin noch immer heftig verliebt in meine schöne Frau, brauchst dich nicht so rar zu machen mit deinen Zärtlichkeiten. Bist schon ein schlauer, kleiner Racker, sorgst klug dafür, daß sich dein Gatte nicht zu schnell abkühlt. Na ja – es muß ja auch für ein ganzes Leben aus halten. Nun geh, kleine Frau, bring' deine Frisur in Ordnung und eile dich ein wenig, sonst kommst du zu spät nach Valberg, und dein weißes Lämmchen ist schon fort.«

Carry winkte ihm nur hastig zu und verschwand. Franz von Croner lachte schallend hinter ihr her. Er glaubte, Carry sei so schnell entflohen, weil sie sich von ihm durchschaut glaubte. Vergnügt konstatierte er wieder bei sich, daß er ein ganz verfluchter Kerl sei. Und er hatte keine Ahnung, wie es im Herzen seiner Frau aussah.

Als Carry seinen Blicken entschwunden war, blieb sie einen Augenblick stehen und preßte die Hände aufs Herz. Ein Schauder rann ihr über die Glieder. Und wie eine heiße, allmächtige Flut stieg die Sehnsucht in ihr auf, sich aus diesen unwürdigen Banden zu lösen. Ach – einmal nur wieder in Günters Armen ruhen, einmal nur wieder seine Lippen auf den ihren fühlen. Dann mußte all die Qual dieser schrecklichen Ehe von ihr abfallen. Nur einen Augenblick in den Armen eines Mannes, ohne diesen furchtbaren Schauder ruhen dürfen – damit sie entsühnt war. Dann sollte sie Franz von Croner nie mehr berühren dürfen, dann würde sie Kraft haben, diese Ehe zu lösen.

Langsam schritt sie in ihr Ankleidezimmer zurück und ordnete ihr Haar, ohne ihre Zofe zu rufen. Dann ging sie zum Wagen, der bereitstand. Sie hatte keine Eile – denn sie wollte zu spät nach Valberg kommen, wollte Rita nicht mehr antreffen.

Die Blumen, die bereits im Wagen lagen, sollten ihr nur als Vorwand dienen.

Absichtlich zögerte sie, ihre langen Handschuhe schließend, bis sie einstieg.

»Fahren Sie den Weg über das Vorwerk nach Valberg«, gebot sie dem Kutscher.

Dieser Weg war schöner – aber auch länger, und darauf kam es Carry an. Mit brennenden Augen und zuckenden Lippen saß sie hochaufgerichtet im Wagen.

Wie sie beabsichtigt hatte, kam sie zu spät in Valberg an. Als sie mit dem Strauß in der Hand ausstieg und den herbeieilenden Diener nach Baroneß Rita fragte, meldete dieser, daß die Herrschaften vor zehn Minuten nach der Station gefahren seien.

Carry zeigte eine bestürzte, enttäuschte Miene.

»O – wie fatal! Ich wollte der Baronesse diese Blumen zum Abschied bringen. Es ist mir unbegreiflich – nach meiner Uhr ist es noch reichlich Zeit«, sagte sie, nach Ihrer Taschenuhr sehend.

Der Diener konstatierte, daß die Uhr der gnädigen Frau nachgehen müsse.

Carry überlegte scheinbar.

»Ist Baron Günter mit zur Station gefahren?«

»Sehr wohl, gnädige Frau.«

»Nun – dann will ich wenigstens seine Rückkehr abwarten und mich entschuldigen. Der Weg zur Station ist nicht lang, und der Herr Baron wird bald zurück sein.«

Der Diener verneigte sich und führte Frau von Croner in einen Salon. Hier warf Carry die Blumen auf den Tisch. Sie hatten ihren Zweck erfüllt und ihr Eindringen in Valberg unverfänglich erklärt.

Ruhelos ging sie im Zimmer auf und ab und lauschte angestrengt auf die Rückkehr des Wagens von der Station. Ihre Bewegungen hatten etwas eigenartig Weiches, Gleitendes. Die herrliche, schlanke Gestalt war in eine elegante, duftige Frühjahrstoilette gehüllt. Hut und Mantel hatte sie draußen abgelegt. Die Schleppe rieselte wie ein leuchtender Wasserfall hinter ihr her. Bleich war das schöne Gesicht, nur die roten Lippen glühten darin. Das üppige, goldblonde Haar umgab in einem lockigen Scheitel das Antlitz und leuchtete wie flüssiges Gold. Die wunderbaren Augen strahlten im feuchten, sehnsüchtigen Glanze. Sie war sinnbetörend schön, dies junge Weib, und gefährlich für die Herzensruhe eines Mannes, der sie einst mit allen Fasern seines Seins geliebt hatte.

Endlich hörte sie einen Wagen vorfahren. Ein Zucken lief über ihr erregtes Gesicht. Ihr Fuß stockte. Mitten im Zimmer blieb sie stehen, den Blick in atemloser Erwartung, im heißen Verlangen nach der Tür gerichtet.

Und durch diese Tür trat nach einigen Minuten Günter Valberg.

Der Diener hatte ihm gemeldet, daß Frau von Croner mit Blumen für Baroneß Rita zu spät gekommen sei und nun auf den Herrn Baron im Salon warte.

Es war Günter äußerst unangenehm, Carry anzutreffen. Er ahnte, daß sie mit Absicht dies Alleinsein herbeigeführt hatte. Und ein wenig bangte ihm doch vor diesem Alleinsein. Er wußte nicht, trotzdem er Rita herzlich liebte, ob er Carrys gefährlichem Zauber gegenüber Herr über sich bleiben würde. Aber jedes Zögern war ausgeschlossen, ebenso, als sich vor Carry verleugnen zu lassen. Sie hatte Stunde und Gelegenheit gut gewählt.

So ruhig wie möglich trat er über die Schwelle und zog die Tür hinter sich zu.

»Gnädigste Frau – ich bedaure sehr, daß Sie zu spät kamen, um Baroneß Rita Ihren Blumengruß zum Abschied zu bringen. Noch mehr bedaure ich, daß ich Sie habe warten lassen. Ich bitte sehr um Verzeihung«, sagte er förmlich.

Sie blieb reglos stehen, nur ihre Augen flammten in verzehrender Sehnsucht in die seinen.

»Ja, ich kam zu spät, die Blumen abzugeben«, sagte sie mit verhaltener Stimme. »Da liegen sie nun und welken, ohne ihren Zweck erfüllt zu haben. Aber nein – sie haben trotzdem ihren Zweck erfüllt. Ahnen Sie nicht, warum ich hier bin, Günter?«

Er war in der Nähe der Tür stehengeblieben. Wie eine leise Furcht kam es über ihn, als er sie so erregt vor sich sah. Zum ersten Male seit jenen Stunden, da er sie voll Liebe und heimlicher Glut in seinen Armen gehalten hatte, war er ganz allein mit ihr. Und sie war schöner, bezaubernder noch, als damals, und die Hochachtung vor der reinen Frau stand nicht mehr schützend zwischen ihr und ihm. Wohl hatte sein Herz nicht mehr teil an ihr, wohl meinte er, durch Ritas Liebe gegen Carrys Zauber gefeit zu sein. Aber er war auch nur ein Mensch, ein Mensch mit jungem, heißem Blut. Und er wußte – fühlte es, daß er nur die Arme auszustrecken brauchte, dann lag sie an seiner Brust und trank seine Küsse – wie damals.

Hart und schwer klopfte sein Herz. Er wehrte sich gewaltsam gegen die Macht dieser Stunde. Verlor er sich jetzt, dann war er auf immer verloren. Es durfte nicht sein – Ritas wegen.

So ruhig und kühl wie er konnte, antwortete er:

»Warum Sie hier sind? Nun – ich denke doch, um Baroneß Rita diese Blumen zu bringen.«

Sie stand noch immer reglos, sich selbst im Banne haltend.

»Nein«, stieß sie bebend hervor, »nicht darum. Das war nur ein Vorwand. Ich wollte Sie zwingen, mir endlich einmal Auge in Auge gegenüberzustehen. Sie sind mir ausgewichen, Günter – weil Sie nicht den Mut hatten, Ihrem Herzen zu folgen. Ich habe diesen Mut. Ach, Günter – Günter – warum hast du es zugelassen, daß ich diese furchtbare Ehe einging!«

Carry trat ihm zitternd einen Schritt näher und sah ihn verzweifelt an. Der ganze Jammer ihres verfehlten Lebens sprach aus ihren Zügen und beunruhigte ihn.

»Sie haben mich nicht danach gefragt – Sie waren verlobt, ehe ich es hindern konnte, und was ich damals gelitten habe, weiß nur ich allein«, sagte er rauh.

Sie hob die Hände.

»Ich wußte ja nicht, was ich tat, Günter. Seit meiner Kindheit ist es mir eingeprägt worden: Du mußt eine reiche Partie machen, um aus der Misere eines armseligen Daseins herauszukommen. Und so nahm ich Croners Bewerbungen an, weiß Gott, mit wehem Herzen. Aber ich glaubte, dich vergessen zu können, Günter, glaubte, es sei auch für dich besser, wenn ich dich freigab. Und dann – dann sagtest du mir, zu meiner Verlobungsfeier, daß dir dein Onkel Valberg übergeben hatte, daß du imstande warst, einer Frau ein sorgenloses Dasein zu bieten. Da hätte ich aufschreien mögen vor Qual. Ach, Günter, warum ließest du es dann noch zu, daß ich Croners Frau wurde? Ich zeigte es dir doch, daß ich bereit war, mich für dich frei zu machen. Du bist ein Mann, du mußtest wissen, was ich auf mich nahm mit dieser Ehe. Aber statt mich zu halten, stießest du mich in deinem Groll von dir. Und ich wurde Croners Frau, während mein Herz voll Sehnsucht nach dir rief. Ich weiß nicht mehr, wie ich jene Tage verbracht habe. Ich erkannte ja erst, wie sehr ich dich liebte, als du mir verloren warst. Durch meine Schuld – ich weiß es – ach, ich weiß es. Ach, Günter – ich leide unsäglich. Ich kann Croners Frau nicht bleiben. Das Grauen vor ihm bringt mich noch von Sinnen. Erlöse mich – erlöse mich,

Günter! Deine Liebe zu mir kann nicht gestorben sein – sie darf nicht, wenn ich nicht verzweifeln soll. Sei gut zu mir, Günter, sag', daß du mir verzeihst, daß du mich wieder aufnimmst in deinem Herzen. Ich habe keinen Stolz mehr dir gegenüber, Günter, und ich bin nichts als ein zitterndes, hilfloses Weib. Alles will ich auf mich nehmen, jede Buße, die du von mir verlangst, nur sag' mir, daß du mich noch liebst, mir verzeihst und mich retten willst aus dieser Pein. Ich kann nicht leben ohne dich – ich habe mich selbst nicht gekannt. Sei gut, Günter, erbarme dich meiner, laß mich nicht versinken im Elend dieser Ehe. Du allein kannst mich retten vor Verzweiflung.«

Erschöpft schwieg sie still. Sie hatte das alles in heißer Glut hervorgestoßen, ohne sich von ihrem Platz zu rühren. Schlaff hingen ihre Arme herab, und nur ihre Augen flehten um seine Liebe.

Günter stand wie gelähmt. Wie springende Funken tanzte es vor seinen Blicken. Er fühlte mit schmerzhafter Gewißheit, daß sie keine Komödie spielte, daß ihr Empfinden echt war. Und dies Bewußtsein machte ihn schwach. Er strich sich über die Augen.

»Gnädige Frau – kommen Sie zu sich – Sie sind krank, erregt. Solche Worte dürfen nicht gewechselt werden zwischen uns. Denken Sie daran, daß Sie den Namen Ihres Gatten in Ehren halten müssen. Eine Ehe ist nicht so schnell gelöst, wie sie geschlossen ist. Und – Sie haben es nicht anders gewollt. Zwischen uns kann und darf es keine Gemeinschaft mehr geben – es ist zu spät«, stieß er hastig hervor.

Sie strebte zitternd, mit ausgestreckten Händen zu ihm hin.

»Günter – Günter – sag' das nicht – nicht zu spät«, flüsterte sie, und ihn plötzlich, alles vergessend, umschlingend, sank sie so an ihm herab zu seinen Füßen nieder. Ihre Augen sahen mit heißem Flehen, mit sehnsüchtigem Glanz zu ihm empor.

Es war eine gefährliche Situation. Der bebende Frauenkörper zu seinen Füßen raubte ihm fast die Besinnung. Sie fühlte, daß er die starre Haltung verlor, sah, daß seine Augen nicht mehr ruhig blickten. Sein Atem ging unruhig.

Ihre Lippen glühten ihm entgegen, die Erinnerung an einstige selige Stunden überflutete ihn.

Sie faßte seine Hände und preßte sie an ihr Herz.

»Laß mich nicht versinken, Günter, hilf mir«, flehte sie zitternd und preßte seine Hände krampfhaft zwischen den ihren.

Schon war er im Begriff, sich zu ihr herabzuneigen. Da zuckte er plötzlich zusammen. Sie hatte seine Hand so stark gepreßt, daß ein schlichter, goldener Ring scharf und schmerzend in sein Fleisch schnitt. Diesen dünnen Goldreif, ein unscheinbarer Kinderring, hatte ihm Rita gestern abend in einer zärtlichen Stunde an den kleinen Finger der linken Hand gesteckt und ihm dabei gesagt: Trag' ihn, bis wir uns wiederseh'n, weil wir noch keine Verlobungsringe haben. Er soll dich schützen wie ein Talisman.

Günter war, als höre er wieder diese Worte von Ritas liebem, weichem Stimmchen.

Und da wurde ihm der kleine Ring wirklich zum Talisman. Die fieberhafte Erregung, die Carrys Worte in ihm entfacht, verließ ihn. Er wurde ruhiger, und Carrys heißes Flehen verlor die Macht über ihn.

Schnell hob er sie auf, löste ihre Hände mit sanftem, aber festem Griff von sich ab und führte sie mit zwingender Gewalt zu einem Sessel, in den er sie niedergleiten ließ.

»Gnädige Frau – kommen Sie zu sich und fassen Sie sich. Ich kann Ihnen nicht helfen, selbst wenn ich wollte. Ich würde Ihnen und mir einen schlechten Dienst tun, wenn ich dem Zauber dieser Stunde erliegen würde. Wir müssen beide zu vergessen suchen, was einst war. Es ist Ihrer und meiner unwert, wenn wir uns noch in Erinnerungen an einst verlieren. Ich will Ihnen gern verzeihen – alles. Und wenn Sie Ihre Ehe lösen wollen – so muß es geschehen, ohne eine Beziehung zu mir – denn ich bin seit vorgestern mit Baroneß Rita verlobt.«

Sie fuhr empor und starrte ihn entgeistert an. Ein fahles, verzerrtes Lächeln flog über ihr Gesicht.

»Darum also – darum – jetzt hast du dich verkauft, Günter – verkauft – jawohl, ich weiß es – du liebst sie nicht – du liebst mich – mich allein. Sie darf dich mir nicht nehmen – du bist mein – mein!« stieß sie jammernd, verzweifelt hervor.

Er trat von ihr zurück. »Sie dürfen nicht mehr hierbleiben – wir sind zu Ende miteinander. Ich bitte, fassen Sie sich. Ich lasse Sie jetzt einige Augenblicke allein. In einigen Minuten komme ich mit einem Diener zurück, der Ihnen Ihre Sachen bringt, und begleite Sie zu Ihrem Wagen.«

Mit diesen Worten verließ er schnell das Zimmer, ehe sie noch etwas entgegnen konnte.

Sie sprang auf, als wollte sie ihn halten. Aber dann fiel sie kraftlos in ihren Sessel und preßte die Hände vor ihr Antlitz.

»Er flieht, weil er mich dennoch liebt, weil er dieser Rita sein Wort nicht brechen will. Wie ich sie hasse, dies nichtssagende unbedeutende Geschöpf, das kein Recht an ihn hat, das der eigene Vater an ihn verkaufte. Sie soll nicht glücklich werden an seiner Seite – ich dulde es nicht – ich dulde es nicht!«

So dachte sie, die Zähne im wilden Schmerz aufeinanderbeißend. Langsam ließ sie dann die Hände vom Gesicht gleiten. Und die oft geübte Gewohnheit, sich beherrschen zu müssen, half ihr, die Haltung wiederzugewinnen. Sie erhob sich und trat an den Tisch heran, wo die Blumen lagen. Starr sah sie darauf nieder.

Gleich darauf öffnete sich die Tür. Günter trat ein, ließ aber die Tür hinter sich offen stehen, und als er sah, daß sie sich beruhigt hatte, winkte er einem ihm folgenden Diener.

»Der Diener bringt Ihnen Hut und Mantel, wie Sie befohlen haben, gnädige Frau«, sagte er laut.

Sie wandte ihm das blasse Gesicht zu und neigte konventionell das Haupt. Er nahm dem Diener den Mantel ab und legte ihn ihr um. Mit einer Verbeugung bot er ihr den Arm.

»Also lassen Sie die Blumen ins Wasser stellen, Herr Baron, und gönnen Sie ihnen ein Plätzchen in Valberg, bis sie verwelkt sind«, sagte sie höflichkühl, des Dieners wegen.

»Das wird geschehen, gnädige Frau«, antwortete er ebenso.

Der Diener nahm auf einen Wink des Barons die Blumen auf, und Günter führte Carry hinaus. Draußen half er ihr artig in den Wagen. Einen Augenblick sahen sie sich beide in die bleichen Gesichter. Hastig neigte sie sich noch einmal vor.

»Auf meinen Glückwunsch müssen Sie verzichten – ich will nicht, daß Sie glücklich werden – mit einer anderen«, flüsterte sie tonlos mit zuckenden Lippen und einem Blick, der ihm ihren ganzen Jammer enthüllte. Dann fuhr der Wagen davon.

Günter sah ihm nach.

»Sie tut mir leid, trotz allem, was sie mir getan. Aber ich liebe sie nicht mehr, ihre Leidenschaftlichkeit stößt mich ab. Nur mein Blut konnte vorhin einen Moment aufwallen – mein Herz weiß nichts mehr von ihr. Aber ich werde ihr ausweichen, wo ich kann.«

Und als er dann in seinem Zimmer stand, küßte er den dünnen, schlichten Goldreif.

»Kleine Rita – holde, kleine Rita, es war doch gut, daß du mir diesen Talisman gabst. So schwach sind wir Männer, wenn uns nicht der Zauber einer reinen Liebe beschützt.«

Rita saß mit Tante Exzellenz über einen Stoß von Modejournalen und Geschäftskatalogen gebeugt. Sie waren beide eifrig beschäftigt, denn Ritas Aussteuer mußte schnell fertiggestellt werden.

»Siehst du, Rita, dies entzückende Teekleid, das ist etwas für dich. Spitzen sind immer kleidsam. Eine Frau kann gar nicht genug Spitzen tragen. Also dieses wählen wir. Und hier – was sagst du zu dieser Robe für kleine Festlichkeiten? Ihr werdet ja doch ein Haus machen. Wir müssen auch noch große Toiletten aussuchen. Dinertoiletten mußt du auch haben. Wir wollen gleich heute nachmittag uns Verschiedenes vorführen lassen.«

Exzellenz war ganz Eifer und freudige Erregung.

Rita lachte. »Ach, Tantchen, du bist mit so viel Eifer dabei, mich schönzumachen, als gälte es dir selbst.«

Die Generalin küßte sie lächelnd auf die Wange. »Vielleicht wäre ich dann weniger eifrig, so wie du, mein Kleinchen. Dir scheint dies alles gar nicht so wichtig, und doch – du glaubst nicht, wie sehr es das ist. Das Schicksal einer Frau hängt oft von einem einzigen Kleide ab. Ihr Glück kann durch eine einzige kleidsame Robe gemacht werden, und ihr Unglück kann eine unkleidsame besiegeln.«

»Es mag wohl so sein, Tantchen. Und ich bin dir so dankbar, daß du mir hilfst. Wer weiß, ob mich Günter so liebgewonnen hätte, wenn du mir nicht für Valberg so reizende Kleider ausgesucht und meiner Zofe so genau vorgeschrieben hättest, wie sie mich schönmachen soll. Aber – ich glaube doch, Günter hat nicht viel Sinn für schöne Kleider. Frau von Croner ist doch so wunderschön, und du solltest einmal sehen, was für wundervolle Toiletten sie hat und wie sie die zur Geltung bringt. Günter sieht das aber einfach nicht. Neulich hat er direkt neben ihr gesessen bei Tisch, und da trug sie ein märchenhaft schönes Kleid. Als ich Günter fragte, wie ihm das gefallen hat, wußte er gar nicht, wie es ausgesehen hatte.«

Die Generalin sah Rita forschend an. »Ihr verkehrtet wohl viel mit Croners?«

»O ja, Tantchen, sehr viel – fast täglich. Frau von Croner ist eine reizende Dame und sehr gut und liebenswürdig zu mir. Sie sagt, wir müßten gute Freundinnen werden und recht zusammenhalten. Wie sie staunen wird, wenn sie unsere Verlobungsanzeige erhält. Papa wollte nicht, daß ich ihr davon sprach. Sie wird übrigens nächstens in die Residenz kommen, um nach ihren Eltern zu sehen. Dann will sie auch uns besuchen, und ich soll dir Grüße von ihr bestellen.«

Der klugen, erfahrenen Frau wollte das gar nicht sehr gefallen. Wenn Carry Croner Rita so auffallend liebenswürdig entgegenkam, hatte sie gewiß eine Absicht dabei. Aber sie sprach das nicht aus, es hätte Rita nur beunruhigt.

Gleich darauf wurde Besuch gemeldet – Baron Günter Valberg.

Rita sprang auf, und jähe Röte schlug ihr ins Gesicht.

»Günter!« rief sie, mit jubelndem Klang in der Stimme.

Schon stand er auf der Schwelle. Artig küßte er die Hand der Generalin und begrüßte Rita mit großer Innigkeit.

»Ach, Günter, welch eine frohe Überraschung, ich habe dich erst morgen erwartet.«

»Papa hat dich mir so schnell entführt, daß ich kaum zum Bewußtsein meines Glückes gekommen bin. In diesen zwei Tagen, die du von Valberg fort bist, hast du mir so sehr gefehlt, daß ich lieber heute schon kam. Ich habe mich ohne weiteres bei deinem Vater einlogiert. Er wird mir bald folgen.«

Exzellenz entschuldigte sich – sie müsse unbedingt einmal nachsehen, ob man einen Auftrag von ihr ausgeführt habe.

Kaum war sie hinaus, da zog Günter Rita in seine Arme und küßte sie innig. »Exzellenz ist eine kluge, reizende Frau. Sie wußte gleich, daß sie momentan hier überflüssig war«, sagte er lächelnd.

Rita sah ihn glücklich an.

»Ach, Günter, wie gut, daß du gekommen bist. Mir war in diesen zwei Tagen oft, als habe ich mein Glück nur geträumt. Ich fürchtete immer, ich würde aufwachen als die arme Rita, die im Hause ihres Stiefvaters allen Menschen lästig war und die niemand liebhatte.«

Er faßte ihre Hand und steckte ihr den Verlobungsring an.

»So, mein Liebling – unsere Verlobungsanzeigen sind, wie mir Papa sagte, schon gestern abgeschickt worden, und heute bringe ich dir erst den Ring. Wenn du nun noch einmal zu träumen fürchtest, soll er dir immer sagen, daß du nun niemals mehr ungeliebt durchs Leben gehen mußt.«

Sie küßte den Ring, andächtig und innig, und dann hielt er ihr den anderen Verlobungsring hin und bat sie, ihm denselben überzustreifen.

Sie tat es mit bebenden Fingern, und da sah sie den schlichten, dünnen Goldreifen wieder, den sie ihm vor ihrer Abreise von Valberg gegeben.

»Nun kann ich dir diesen wieder fortnehmen, Günter. Er hat seine Dienste getan«, sagte sie lächelnd.

Er aber schüttelte den Kopf, und sein Gesicht wurde ernst.

»Nein, Liebling – laß ihn mir. Er hat, glaube ich, wundertätige Kraft und soll mir immer ein Talisman sein.«

Und innig umarmte und küßte er sie und war im tiefsten Herzen froh, daß er ihrer reinen Liebe würdig geblieben war.

Nun kam die Generalin zurück, und gleich darauf wurde Baron Viktor gemeldet. Er begrüßte die Damen.

Rita fragte ihren Verlobten: »Wann reist du wieder nach Valberg zurück, Günter?«

»Ich bleibe bis Ende der Woche. Eigentlich habe ich ja hier gar nichts mehr zu suchen, aber Papa war so liebenswürdig, mir mit seinem Zorne zu drohen, wenn ich nicht bis Sonnabend bleibe.«

Ihr Gesichtchen strahlte.

»Das war lieb von Papa. Wir sehen uns ja dann lange Wochen nicht wieder.«

»Ja, mein Liebling, genau heute in acht Wochen wirst du meine liebe, kleine Frau.«

»Nun, teuerste Freundin«, sagte inzwischen Viktor, »ich stehe hier zwischen einem Berg von Modejournalen. Über Langeweile brauchen Sie wohl in den nächsten Wochen nicht zu klagen?«

»Nein, wir haben viel, viel zu tun, Rita und ich. Aber das ist schön. Ich möchte gar nichts weiter zu tun haben als junge, glückliche Bräute auszustatten.«

»Nun – über Geschmack läßt sich nicht streiten. Aber jetzt bin ich eigentlich gekommen, um Sie und Rita, samt Günter, in meinem Auto zu entführen. Wir wollen eine Ausfahrt machen. Das Wetter ist so schön, und wenn ich Sie und Rita nicht zuweilen entführe, vergessen Sie sicher über diesen wichtigen Ausstattungsfragen, sich in frischer Luft zu erholen. Meine kleine Rita soll ihre blühenden Wangen nicht wieder verlieren.«

Rita hatte das gehört und umarmte den Vater zärtlich.

»O du einzig guter, himmlicher Papa!« rief sie innig.

Ein wenig verlegen sah er auf Günter. Er war sich bewußt, dies Lob nicht zu verdienen. Die neugeschenkte Freiheit war ihm wie ein Rausch zu Kopfe gestiegen. Er war so glücklich, daß er nun wieder ungestört sein Junggesellendasein führen konnte.

Die Damen kleideten sich nun schnell für die Fahrt um, und kurze Zeit darauf ging es im schnellsten Tempo durch die Straßen der Residenz ins Freie.

»Na, sieh mal an, Carry«, sagte Herr von Croner am Frühstückstisch zu seiner Gattin, während er die Post durchsah. Carry sah mit müden Augen zu ihm hinüber. Seit ihrer Unterredung mit Günter war sie wie unter einem lähmenden Bann. Einen ganzen Tag hatte sie sich, Unwohlsein vorschützend, in ihr Zimmer eingeschlossen und hatte, in dumpfe Verzweiflung versunken, vor sich hingestarrt. Sie wußte nicht, was sie nun mit sich und ihrem Leben beginnen sollte. Müde und abgespannt war sie dann endlich wieder zum Vorschein gekommen und suchte nun die Gewohnheiten des Lebens wieder aufzunehmen. Von ihrem Vorsatz, sich von Croner scheiden zu lassen, war sie wieder abgekommen. Es hatte jetzt keinen Zweck mehr, wenn sie sich von ihm löste. Günter war ja nun gebunden – und er würde sich nicht wieder lösen, sie kannte ihn zu gut, um das für möglich zu halten. Ach – wenn sie geahnt hätte, wie schnell der Handel abgeschlossen wurde zwischen Viktor und Günter – dann hätte sie diese Verlobung doch wohl hintertreiben können.

Aber konnte sie da nicht auch jetzt noch? Dieser Gedanke hatte sie aufgerüttelt aus ihrer Verzweiflung. Sie fühlte aber nicht mehr die Kraft in sich, einen Entschluß zu fassen. Ja, wenn sie frei gewesen wäre, hätte sie wohl den Kampf fortgesetzt. Aber sie war gebunden, wie mit Ketten. So leicht würde sie die Fesseln ihrer Ehe nicht abstreifen können, sie hatte keinen Grund zur Scheidung, und wenn sie ihrem Gatten einfach davonlief, dann war es noch fraglich, ob er sich scheiden ließ. Und bis dahin würde es längst zu spät sein – dann war Rita wohl längst Günters Frau.

Seine Frau!

Ein glühender Haß gegen Rita stieg in ihr auf, obwohl sie dazu keinen Grund hatte und obwohl sie nicht glaubte, daß Günter Rita jemals lieben würde. Noch immer war sie überzeugt, daß Günter nur sie liebte. Sie hatte ja gefühlt, wie er mit sich im Kampfe lag, und wenn er sich inzwischen nicht an Rita gebunden hätte, dann wäre alles gut gewesen.

Und darum haßte sie Rita. Und das eine stand fest bei ihr – glücklich sollte sie nicht mit Günter werden, sie wollte ihr Günters Liebe streitig machen, solange noch Leben in ihr war.

»Was ist denn, Franz, hast du eine besonders interessante Nachricht?« fragte sie nun ihren Gatten.

Er reichte ihr eine große, elegante Doppelkarte.

»Da sieh mal an, was dir dein kleines, weißes Lämmchen für eine Überraschung bereitet hat.«

Sie faßte lässig nach der Karte.

»Ich glaube nicht, daß ich sehr überrascht sein werde. Wahrscheinlich kündet uns diese Karte die Verlobung der Baroneß mit Baron Günter Valberg«, erwiderte sie, sich zu einem Lächeln zwingend.

»Donnerwetter, kleine Frau – das hast du schon vorausgeahnt? Aha – das weiße Lämmchen hat dir das süße Geheimnis schon anvertraut, ehe die Sache zum Klappen kam?«

»Nimm an, daß es so ist. Vielleicht habe ich's auch nur erraten.«

»Hm! Weißt du, Carry, du solltest ein Glas Rotwein trinken, du siehst so blaß aus seit einigen Tagen.«

»Du weißt doch, daß ich Migräne habe, dagegen hilft Rotwein nicht.«

»Na ja, wie du denkst. Daß du Migräne haben könntest, hab' ich auch nicht gedacht. Ihr Frauen seid doch wirklich das schwache Geschlecht. Und um noch mal auf diese Verlobung zu kommen – verdammt früh bindet sich Baron Günter Valberg mit Ehefesseln. Er ist doch nicht viel über dreißig. Und so ein patenter Kerl – da ist Schneid drin. Aber ein Schaf – jawohl. In dem Alter soll man noch nicht heiraten, soll sich seines Lebens freuen. Zum Heiraten käme er in zehn Jahren auch noch früh genug.«

Ein Gefühl, das an Haß grenzte, stieg in Carry gegen ihren Mann empor. Er hatte stets eine so nichtachtende Art, von der Frau und der Ehe zu sprechen, die ihr das Blut ins Gesicht trieb, trotzdem auch sie die Ehe nicht gerade heilig hielt.

»Baron Günter Valberg ist darüber wahrscheinlich anderer Ansicht wie du, lieber Franz«, sagte sie.

»Hm! Scheint so. Na, jedem für sein Geld, was ihm schmeckt. Übrigens liegt ja die Chose bei ihm auch anders. Diese kleine Baronesse ist ein fetter Bissen für ihn. Aus Liebe heiratet er das spindeldürre Dingelchen sicher nicht.«

»Das glaube ich auch nicht«, erwiderte Carry aufatmend.

Und sie glaubte es wirklich nicht.

Nach dem Frühstück ritt sie aus. Und die Sehnsucht trieb sie nach dem Valberger Fort hinüber. Wenn Rita noch in Valberg gewesen wäre, hätte sie nichts abgehalten, dort einen Besuch zu machen, um nur Günter sehen zu dürfen.

Und in der Verzweiflung ihres Herzens klammerte sie sich an eine Hoffnung. Wenn Günter erst das Elend einer liebeleeren Ehe kennenlernte, würde er leiden, wie sie, und dann würde er sich nach Befreiung sehnen, wie sie, und den Weg zu ihr zurückfinden. Was dann werden sollte, daran dachte sie nicht. Es war jetzt nur noch der brennende Wunsch in ihr, sich von ihm geliebt zu wissen.

In tiefe, bittere Gedanken versunken, war sie bis an das Valberger Parktor geritten. Vor dem Gärtnerhäuschen stand die Frau des Gärtners. Carry ritt langsam heran. Die Gärtnersfrau knixte untertänig – Frau von Croner hatte ihr schon manch schönes Trinkgeld gegeben und war immer so gütig. Auch heute nickte sie der einfachen Frau freundlich zu.

»Guten Morgen.«

»Guten Morgen, gnädigste Frau. Wenn gnädige Frau die Herrschaften besuchen wollen, können sich gnädige Frau den Weg sparen. Es ist niemand zu Hause. Der gnädige Herr und das gnädige Fräulein sind schon vor einigen Tagen abgereist, und unser junger Herr ist heute morgen auch nach der Residenz gefahren.«

Carry lauschte interessiert.

»So, so – der junge Herr Baron ist auch abgereist? Auf längere Zeit?«

»Wohl nur auf einige Tage.«

Carry ritt grüßend davon.

Also Günter war nach der Residenz – zu seiner Braut.

Eine wütende Eifersucht erfaßte sie. Ihr war, als müsse sie Günter schleunigst folgen und zwischen ihn und Rita treten. Das letztere konnte sie freilich nicht – aber wer sollte sie hindern, auch nach der Residenz zu reisen? Sie hatte doch ohnedies ihre Eltern besuchen wollen. Und außerdem hatte sie Rita versprochen, sie demnächst zu besuchen. So würde ihr Auftauchen nicht auffallen. Und sie konnte Günter wiedersehen. In der Residenz konnte er nicht so leicht ausweichen, da fanden sich überall Berührungspunkte.

Schnell ritt sie nach Hause. Bei Tisch erklärte sie ihrem Gatten, daß sie nach der Residenz reisen wollte.

»Ich will endlich meine Eltern einmal wieder besuchen und habe auch Einkäufe im Sinn. Außerdem will ich Baroneß Rita einen Gratulationsbesuch machen«, sagte sie leichthin.

»Du verlangst doch hoffentlich nicht, daß ich dich begleite, Carry?« fragte Herr von Croner.

Nein, das verlangte Carry nicht, im Gegenteil. Aber sie tat doch, als ob sie es erwartet hätte.

»Du sagtest doch neulich, daß du mal wieder unter Menschen wolltest, Franz?« fragte sie.

Er lachte.

»Na ja, kleine Frau – aber eigentlich war das anders gemeint.

Weißt du was, mein Schätzchen – reise du allein. Es liegt mir so absolut nicht, bei Schwiegermama im Salon zu sitzen und mich von deinen neiderfüllten Freundinnen anstaunen zu lassen. Es gönnt dir doch keine, daß du Frau von Croner geworden bist. Na, na – kein Mäulchen ziehen. Ich stifte dir für deine Einkäufe ein paar braune Lappen mehr. Und dann mache ich inzwischen eine Spritztour nach Berlin.«

»Nach Berlin?« fragte sie, im innersten Herzen froh, daß er sie nicht begleitete. Er lachte.

»Ja, nach Berlin. Muß mich mal ein bißchen auffrischen. Brauchst aber nicht eifersüchtig zu werden; hast mich ja fest am Seil, und schöner als du ist so leicht keine.«

Sie hätte ihm irgend etwas Fürchterliches in sein sattes, selbstgefälliges Gesicht hineinschreien mögen, das seine unausstehliche Eitelkeit auf den Tod verwundet hätte – aber sie preßte die Lippen fest aufeinander – und schwieg. Sogar ein Lächeln zwang sie in ihr Gesicht, und dann sagte sie:

»Eigentlich müßte ich böse sein, Franz, daß du lieber nach Berlin reist als mit mir.«

Er tätschelte ihre Hand.

»Versuch's nur gar nicht erst, Carrychen. Bist doch sonst eine ganz vernünftige kleine Frau und läßt mich nach meiner Fasson selig werden. Allein mag ich nicht zu Hause bleiben, wenn du fort bist – also – entweder du verzichtest auf deine Reise nach der Residenz oder du gibst mir während der Dauer deiner Abwesenheit Urlaub nach Berlin.«

Carry gab diesen Urlaub nur zu gern. Es schien ihr eine Wohltat, einige Tage frei zu sein von dem fast unerträglichen Zwang des Zusammenlebens mit ihrem Manne.

Und doch dachte sie nicht mehr an eine Scheidung. Günter konnte sie sich doch nicht durch eine solche zurückgewinnen, und zurück in die ärmlichen Verhältnisse ihres Vaterhauses – gar noch als geschiedene Frau –, davor graute ihr. Sie hatte sich schon zu sehr daran gewöhnt, eine reiche Frau zu sein und das Geld mit vollen Händen auszugeben. So kamen die Gatten überein, auf vierzehn Tage einander Urlaub zu geben.

Rita hatte energisch gestreikt. Solange Günter in der Residenz war, wollte sie nichts von Einkäufen, Bestellungen und Kostümproben wissen. Günter erhielt zwar Urlaub von ihr, des Abends mit seinen Regimentskameraden zusammenzutreffen, aber am Tage war das Brautpaar viel zusammen. Tante Exzellenz hatte sich lächelnd gefügt, und wenn sie sah, wie liebevoll und zärtlich Günter zu Rita war, hatte sie gar keine Sorge mehr, daß die nahe Nachbarschaft von Cronersheim Rita gefährlich werden könnte.

Es war am Mittwochvormittag zur Besuchsstunde. Das Brautpaar saß mit der Generalin in dem hübschen, behaglichen Salon, als Frau von Croner gemeldet wurde.

Tante Exzellenz sah zu Günter hinüber. Dessen Stirn hatte sich jäh gerötet, und seine Augen blitzten wie im Unwillen auf. Der alten Dame entging das nicht. Sie merkte, daß Günter unruhig war und es verbergen wollte.

Rita sprang aber erfreut auf. »Ach, wie lieb!« rief sie, sah aber in demselben Augenblick in Günters finsteres Gesicht und fragte erschrocken: »Ist es dir nicht lieb, daß Frau von Croner kommt?«

Er rückte sich zusammen und zwang sich zu einem Lächeln.

»Natürlich wäre es mir lieber gewesen, wenn Frau von Croner dich in meiner Abwesenheit besucht hätte. So kürzt sie uns die wenigen Stunden unseres Beisammenseins.«

Sanft strich sie über seine Stirn. »Sie wird nicht lange bleiben, Günter. Es ist doch sehr nett von ihr, daß sie uns besucht. So bald hatte ich sie nicht erwartet. Sicher will sie uns ihren Glückwunsch persönlich bringen.«

Forschend sah die Generalin Günter an.

»Soll ich sie abweisen lassen? Sie kann ja ein andermal wiederkommen.«

Rita hob bittend die Hände.

»Ach nein – ach nein, Tantchen. Wie unfreundlich würde das aussehen! Sie hat doch gehört, daß wir zu Hause sind. Sie würde sehr böse werden – und mit Recht.«

»Das würde auch nicht schaden – im Gegenteil«, hätte die Exzellenz am liebsten gesagt. Irgend etwas gefiel ihr nicht an diesem Besuch Carrys, der ausgerechnet mit dem Günters zusammenfiel. Daß dieser nicht entzückt war, Frau von Croner hier zu treffen, entging ihren klugen Augen nicht. Aber auf Ritas Wunsch gab sie doch das Zeichen, Frau von Croner einzulassen.

Liebenswürdig und schön wie der junge Tag rauschte Frau von Croner in einer wundervollen Besuchstoilette aus lichtgrauem Chiffon-Velours mit kostbaren Spitzeninkrustationen herein. Sie trug einen Strauß köstlicher dunkelroter Rosen in der Hand, und nachdem sie die Exzellenz artig begrüßt hatte, wandte sie sich an Rita.

»Ich habe meinen Besuch in der Residenz eigens zu dem Zwecke schon jetzt vorgenommen, um Ihnen, liebste Baroneß, persönlich meinen Glückwunsch zu Ihrer Verlobung zu überbringen. Und diese Rosen sollen meine Wünsche illustrieren. Wie haben Sie uns überrascht mit Ihrer Verlobung«, sagte sie liebenswürdig.

»Wie gütig von Ihnen, gnädige Frau. Ich danke Ihnen herzlich. Sie sind, wie immer, so lieb und gut zu mir.«

Carry umarmte sie und küßte sie auf die Wangen. Rita war sehr gerührt, aber der Exzellenz entging es nicht, daß Carrys Wesen etwas Gezwungenes hatte und ihre Augen unruhig flimmerten.

Und jetzt gab sich Carry den Anschein, als bemerke sie erst in diesem Augenblick Günters Anwesenheit.

»Ah – Sie auch hier, Herr Baron? Das ist ein freundliches Zusammentreffen. Ich wußte gar nicht, daß auch Sie sich in der Residenz befinden und glaubte Sie in Valberg. Wir haben uns lange nicht gesehen – ich glaube, nicht, seit der kleinen Festlichkeit in Cronersheim. So kann ich auch Ihnen gleich meinen Glückwunsch bringen«, sagte sie, Günter die Hand reichend.

Er mußte ihre Hand erfassen und an die Lippen ziehen. Sie umkrampfte seine Finger mit fast schmerzhaftem Druck und sah ihn einen Moment mit einem jammervollen Blick an. Er war froh, daß sie dabei den beiden Damen den Rücken zukehrte. Es war ihm ein peinigendes Gefühl, vor Ritas unschuldigen Augen eine Art Komödie aufführen zu müssen.

»Ich bin erst seit vorgestern hier, gnädige Frau. Vielen Dank für Ihren Glückwunsch«, sagte er ziemlich kurz.

Sie wandte sich lächelnd an Rita. »Da freuen Sie sich gewiß, liebste Baroneß. Brautleute trennen sich nicht gern.«

»Oh, Günter reist leider schon Sonnabend nach Valberg

zurück«, erwiderte Rita harmlos.

Die Unterhaltung wurde nun allgemein. Günter merkte, daß sich Carry anscheinend zu einem längeren Besuch niederließ.

Da erhob er sich hastig.

»Die Damen wollen gewiß Toilettenfragen erörtern. Da will ich nicht stören.«

»Du willst fortgehen, Günter?« fragte Rita sichtlich betrübt.

»Ich hole nur Papa ab und komme mit ihm zurück, er erwartet mich.«

Sofort erhob sich auch Frau von Croner.

»Da können wir zusammen gehen, Herr Baron. Ich wollte mich nicht länger aufhalten. Mama geizt natürlich mit jeder Stunde meiner Anwesenheit. Aber meinen Glückwunsch wollte ich Ihnen doch gleich am ersten Tage abstatten.«

Sie verabschiedete sich hastig. Günter biß sich auf die Lippen. Die Exzellenz sah es wohl. Nur Rita blieb harmlos.

Günter wäre nun am liebsten zurückgeblieben. Das konnte er jedoch nicht, ohne direkt unartig zu sein.

Er blieb ein wenig zurück, als Carry das Zimmer verließ.

»Ich komme schnell wieder, Liebling. Wenn ich gewußt hätte, daß Frau von Croner so bald wieder geht, wäre ich überhaupt nicht fortgegangen. Nun darf ich aber nicht unhöflich sein«, flüsterte er Rita zu.

Sie faltete die Hände um seinen Arm. »Ja, komme bald wieder. Du magst wohl Frau von Croner nicht leiden, Günter?«

Er sah sie unsicher an. »Mir wäre es jedenfalls lieber, wenn du dich nicht so innig mit ihr befreundetest.«

Erschrocken sah sie ihn an. »Ach – ich wußte nicht, daß es dir unangenehm war. Ich verstehe das nicht.«

Da fürchtete er, schon zuviel gesagt zu haben. Ihre Unbefangenheit durfte nicht getrübt werden.

Er zwang sich zu einem Lächeln. »Ich bin ein Egoist, Liebling – und gönne niemand, von dir geliebt zu werden.«

Ein strahlendes Leuchten glitt über ihr Gesicht. »Ach, Günter – wie glücklich macht mich dieser Egoismus. Also, komm schnell wieder!«

»Ja, ja. Adieu einstweilen, Liebling.«

Eiligst folgte er Frau von Croner, die sich inzwischen von der Generalin verabschiedet hatte.

Stumm und mit unbewegtem, ernstem Gesicht geleitete Günter die schöne Frau die Treppe herab. Er vermied, sie anzusehen, fühlte aber, daß ihre Augen an seinem Gesicht hingen. Und dann sagte sie leise: »Wenn du mich auch nicht ansiehst, Günter, ich weiß es doch, daß dein Herz noch mir gehört, und nicht der, die du deine Braut nennst. Du hast dich verkauft, wie ich es getan – und unsere Seelen werden einander suchen in tausend Qualen. Diese Gewißheit allein läßt mich das Leben weiterschleppen – ich weiß – du bist mein.«

Er fuhr auf und wollte antworten. Aber er fürchtete eine Szene – und schwieg. Mochte sie glauben, was sie wollte, es durfte ihn nicht mehr interessieren.

Stumm öffnete er die Tür und ließ sie hinaustreten auf die Straße. Zu seiner großen Erleichterung fuhr in demselben Augenblick das Auto Viktors vor, und dieser sprang heraus.

»Gnädige Frau – da ist mein Onkel bereits, den ich abholen wollte. Ich werde mir das Vergnügen versagen müssen, Sie weiterzubegleiten«, sagte er kühl und höflich.

Viktor hörte das. Er trat heran mit einem sarkastischen Lächeln, verneigte sich tief vor Carry und küßte ihre Hand.

»Verehrte gnädige Frau – da ich Sie um die Begleitung meines Neffen bringe, bin ich Ihnen einen Ersatz schuldig. Darf ich Ihnen mein Auto und meine Person zur Verfügung stellen?«

Carrys Augen funkelten ihn an.

»Ihr Auto nehme ich mit Dank an – auf Ihre Begleitung verzichte ich. Ihre Tochter erwartet Sie, und man soll einen so liebevollen Vater nicht von seinem Kinde zurückhalten.«

Das klang entschieden sarkastisch, und Viktor machte ein etwas sonderbares Gesicht. Er half ihr galant beim Einsteigen und fragte beiläufig:

»Bleiben Sie längere Zeit in der Residenz, gnädige Frau?«

»Nein, nur einige Tage.«

»Hoffentlich habe ich noch das Vergnügen, Sie wiederzusehen. Ist Ihr Herr Gemahl auch hier?«

»Nein, er ist in Berlin. Adieu.«

»Auf Wiedersehen, gnädige Frau, ich hoffe bestimmt auf ein Wiedersehen.«

Sie neigte das Haupt, grüßte Günter noch einmal mit den Augen und fuhr davon.

Viktor wandte sich an Günter.

»Die schöne Frau war entschieden ungnädig. Den liebevollen Vater warf sie mir mit Aplomb an den Kopf, sie unterstrich ihn entschieden spöttisch. Scheinbar kam ich ihr weniger gelegen als dir.«

Günter nickte.

»Ich wollte mich entfernen, weil ich annahm, Frau von Croner wollte länger bei Rita bleiben. Sobald ich aber aufbrach, tat sie das gleiche. Ich hatte als Vorwand gebraucht, daß ich dich abholen wollte.«

Viktor legte seine Hand auf Günters Arm.

»Sie sah wieder blendend schön aus – schön wie die Sünde. Und in ihren Augen flackert jetzt immer ein heißes Feuer. Sie scheint an deiner Kälte von neuem Feuer zu fangen. Das kommt bei dieser Art Frauen zuweilen vor – und dann wird leicht eine Feuersbrunst daraus. Halte sie dir soviel wie möglich fern, mein Junge.«

»Das brauchst du mir wahrlich nicht erst zu sagen, aber – sie ist wie eine Klette «, stieß Günter wider Willen heraus.

Valberg sah ihn von der Seite an.

»Nun, nun – da hilft dann freilich nur ein probates Mittel – abschütteln, ganz energisch. Du bist zu gut, dich von so einer Frau als Spielball benutzen zu lassen. Heute wirft sie dich weg, morgen will sie dich wieder einfangen. Da hilft nur eisige Abwehr, zur Not deutlicher, als es sonst einer Dame gegenüber zulässig ist.«

»Nach diesem Rezept handle ich schon. Aber bei alledem tut sie mir leid. Wenn sie nicht gerade an Croner geraten wäre! Rita hat recht – das ist eine Dissonanz.«

»Die wir aber nicht in Harmonien auflösen können!«

Am Sonnabend fuhr Günter nach innigem Abschied von seiner Braut mit Viktor zum Bahnhof, um abzureisen.

Auf dem Wege zum Bahnhof überholte das Auto einen Wagen, in dem Frau von Croner mit ihrer Mutter saß. Ein brauner, eleganter Reisekoffer, der neben dem Kutscher stand, verriet, daß die Damen ebenfalls zum Bahnhof fuhren. Das Auto war geschlossen und fuhr so schnell vorbei, daß die Herren nicht grüßen konnten, aber sie hatten Mutter und Tochter und auch den Reisekoffer erblickt.

Einen Moment sahen sich die Herren verblüfft an. Dann sagte Viktor ironisch:

»Siehe da – Frau von Croner scheint denselben Zug wie du zur Heimkehr benutzen zu wollen. Hat sie etwas in Erfahrung gebracht, daß du heute reisest?«

Günters Stirn hatte sich zusammengezogen.

»Rita hat es ihr neulich in ihrer Harmlosigkeit verraten, daß ich Sonnabend abreise, und natürlich hat sie angenommen, daß ich diesen günstigen Zug benutze. Tue mir den Gefallen und laß uns auf einem anderen Weg zurückfahren. Ich reise dann lieber erst am Nachmittag, sonst muß ich entweder während der ganzen Eisenbahnfahrt in einem Abteil mit ihr sitzen oder unhöflich werden. Beides möchte ich vermeiden.«

»Mit Vergnügen«, antwortete der Baron, öffnete das kleine Fenster und rief dem Chauffeur zu:

»Fahren Sie die Lindenallee zurück und über die Kaiserbrücke nach Hause – nicht zum Bahnhof.«

Dann schloß er das Fensterchen mit befriedigter Miene.

»So, mein Junge – das wäre besorgt. Nun möchte ich nur das Gesicht der schönen Frau Carry sehen, wenn du ausbleibst. Sicher hat sie mein Auto vorüberfahren sehen und wähnt dich schon auf dem Bahnhof. Das hätte ihr wohl gefallen können – so zwei Stunden mit dir allein im Coupé. Da läßt sich für eine so schöne Frau viel Nutzen herausschlagen, und sie will dich, scheint mir, à tout prix zurückerobern, trotzdem du verlobt bist. Ihr Gatte scheint ihr reichlich über zu sein.«

Günter hätte am liebsten seinem Schwiegervater offen gebeichtet, was ihm Carry in Valberg für eine Szene gemacht hatte. Aber sein ritterliches Empfinden sträubte sich dagegen, eine Dame bloßzustellen. Carry tat es schon selbst mehr, als gut war. Helfen konnte ihm der Onkel auch nicht. Und einmal würde Carry doch vernünftig werden und einsehen, daß ihr Spiel verloren war.

Die Herren fuhren nun nach der Wohnung Valbergs und suchten dann Rita nochmals auf.

»Kindchen – da bringe ich dir Günter noch auf einige Stunden – wir haben den Zug versäumt. Diese Gnadenfrist wollen wir gut ausnützen. Wir fahren nach Sonnenberg hinaus und dinieren dort zusammen«, sagte Viktor vergnügt.

Rita war glücklich über diese Überraschung. Die Verlobten verbrachten in Gesellschaft des Barons und der Generalin noch einige gemeinsame frohe Stunden in einem idyllisch gelegenen Pavillon des großen Gartenetablissements Sonnenberg, das viel von der guten Gesellschaft frequentiert wurde.

Frau von Croner hatte ihre Mutter gleich am Eingang des Bahnhofes verabschiedet.

»Du bleibst gleich im Wagen sitzen, Mama, damit du dich nicht auf dem zugigen Perron erkältest«, hatte sie gesagt. Ihren scharfen Augen war das Auto Valbergs, auf dem auch ein Reisekoffer stand, nicht entgangen, und sie war nun ganz sicher gewesen, daß Günter diesen Zug benützen würde. Daß das Auto kurz vor dem Bahnhof in die Lindenallee einschwenkte, hatte sie nicht bemerkt. Die Oberstin ließ sich also nach Hause schicken, und der Diener trug Carry die Handtasche nach.

Schnell und erwartungs voll begab sich Carry zu dem Zuge, aber so weit ihr Auge spähte, sah sie weder den älteren noch den jüngeren Baron Valberg. Sie durchschritt den ganzen D-Zug und spähte in jedes Abteil – aber Günter war nicht zu finden.

Bitter enttäuscht nahm sie schließlich in einem Abteil erster Klasse Platz und schickte den Diener fort. Noch hatte sie Hoffnung, daß die beiden Herren vielleicht noch im Bahnhofsrestaurant säßen, und daß Günter erst in der letzten Minute kommen würde. Sie spähte unruhig den Perron entlang und wartete.

Der Zug hatte nur einen einzigen Wagen 1. Klasse. Wenn Günter kam, mußte er hier einsteigen. Sie wartete und wartete. Und als die Bahnhofsuhr die Zeit zur Abfahrt des Zuges ankündigte, beugte sie sich aus dem Fenster, um noch einmal Ausschau zu halten nach Günter. Aber nichts war von ihm zu sehen.

In demselben Augenblick setzte sich der Zug in Bewegung.

Carry wäre am liebsten wieder herausgesprungen. Sie kam sich genarrt und verhöhnt vor und sank, vor Zorn und Enttäuschung weinend, in die Kissen zurück.

Viel früher, als sie die Absicht gehabt hatte, war sie wieder abgereist, nur, um mit Günter zusammen die Heimfahrt zurücklegen zu können. Und nun war er nicht gekommen, trotzdem sie ganz sicher war, ihn auf dem Wege zum Bahnhof gesehen zu haben. Eine Ahnung sagte ihr, daß er sie bemerkt und deshalb noch im letzten Augenblick seine Reise verschoben hatte.

Und dieser Gedanke söhnte sie dann doch wieder aus mit ihrem Fiasko. Wie wenig sicher mußte er seiner sein, daß er es nicht wagte, zwei Stunden mit ihr allein zu sein. Eigentlich mußte sie darüber frohlocken, denn es bewies ihr wieder, daß sie noch von ihm geliebt wurde.

Als sie an der heimatlichen Station ankam, sah sie neben ihrem Wagen auch den Valberger halten. Der Diener stand daneben. Das war ein neuer Beweis, daß Günter die Absicht gehabt hatte, mit diesem Zuge zu kommen.

Von den widerstreitendsten Empfindungen beseelt, fuhr sie nach Hause. Und still und stumm rannen große Tränen über ihr Gesicht. Sie weinte um das Glück, das sie sich selbst verscherzt hatte. Statt dessen – sie dachte an ihren Mann, und das Grauen schüttelte sie.

So fuhr sie nach Hause, in der eleganten Equipage, in kostbare Kleider gehüllt – und war doch so arm – so bettelarm. Den einzigen Trost hatte sie jetzt, daß ihr Mann nicht zu Hause war, daß sie ihn noch über eine ganze Woche nicht zu sehen brauchte.

Gegen Abend fuhr sie wieder aus und dirigierte den Wagen so, daß er zur Ankunft des anderen Schnellzuges in der Nähe der Station war. Und so mußte Günter an ihr vorüberfahren, als er ankam.

Einem schnellen Impuls folgend, ließ sie ihren Wagen halten und gab auch Günters Kutsche ein Haltezeichen.

»Guten Tag, Herr Baron. Auch schon zurück aus der Residenz?« sagte sie scheinbar unbefangen, ihm die Hand entgegenstreckend.

Der Leute wegen mußte er mit guter Miene standhalten. Flüchtig berührte er ihre Hand mit seinen Lippen, und als er in ihr blasses, zuckendes Gesicht sah, in ihre großen traurigen Augen, fühlte er wieder großes Mitleid mit ihr.

»Ich bin soeben angekommen, gnädige Frau.«

Wie hungernd und bettelnd sah sie ihn an.

»Ich bin schon heute morgen zurückgekehrt. Die Residenz war mir so langweilig. Jetzt im Sommer ist nichts los. Für Sie gilt das natürlich nicht – als glücklicher Bräutigam gefällt Ihnen die Welt überall, wo Ihre Braut ist. Ich bin leider noch Strohwitwe. Mein Mann bleibt noch eine Woche in Berlin. Ich hoffe, sie lassen sich zur Besuchsstunde einmal in dieser Zeit in Cronersheim sehen.«

So sagte sie in konventioneller Liebenswürdigkeit, aber in ihren Augen brannte die Sehnsucht.

»Wenn ich es möglich machen kann, gewiß, gnädige Frau. Ich bin jedoch jetzt sehr stark beschäftigt, und muß nachholen, was ich in diesen Tagen versäumte. Valberg muß instand gesetzt werden bis zu unserer Hochzeit, die bereits im Juli stattfindet«, erwiderte er ebenso. Carrys Gesicht wurde noch einen Schein bleicher. Sie biß die Zähne zusammen, um nicht aufschreien zu müssen in bitterer Qual. Und nur mühsam rang es sich tonlos über ihre Lippen:

»Trotzdem – für gute Freunde hat man immer ein Stündchen übrig – ich werde warten.«

Damit reichte sie ihm die Hand und preßte die seine wie im Krampf.

»Ich warte«, klang es nochmals leise, wie in höchster Not an sein Ohr. Dann fuhren die beiden Wagen in entgegengesetzter Richtung auseinander.

Günter warf sich aufatmend in den Fond zurück und schloß die Augen. So sehr er sich wehrte – immer sah er den hungrigen, flehenden Blick Carrys vor sich. Seine Verachtung wollte nicht standhalten. Er hatte sie doch einst geliebt mit aller Glut und Innigkeit seines Herzens – und er sah nun, wie sie litt unter ihrer eigenen Untreue. Er konnte nicht anders, als sie bemitleiden.

So vergingen Tage und Wochen, und Carrys Sehnsucht nach einem Alleinsein mit Günter erfüllte sich nicht. Was sie von einem solchen Alleinsein hoffte, wußte sie selbst nicht, sie wußte nur, daß die Sehnsucht danach wie ein Feuer in ihr brannte, wußte nur, daß sie für einen einzigen Kuß, für eine Minute in seinen Armen die ganze Seligkeit dahingegeben hätte.

Ihr Gatte war in einer gereizten, verdrießlichen Stimmung von Berlin zurückgekehrt. Entweder hatte er sich zu gut oder gar nicht amüsiert. Jedenfalls hatte er aber wieder unglaublich gegen die Vorschriften seines Arztes gesündigt, war gierig jedem Genuß nachgejagt, hatte die schwersten Weine und Delikatessen genossen und fühlte sich nun nicht wohl. Das ließ er in wenig liebenswürdiger Art seine Frau entgelten, die in ihrer jetzigen Stimmung alle Selbstbeherrschung nötig hatte, um ihm ihren Abscheu nicht in das dicke, dunkelgerötete Gesicht zu schreien.

Ihr Leben war erfüllt von namenloser Pein.

So war der Termin zu Ritas Hochzeit herbeigekommen.

Das Brautpaar hatte sich nicht wiedergesehen in dieser Zeit.

Nun waren alle Vorbereitungen beendet. Die Hochzeit sollte in Valberg gefeiert werden. Es war jedoch nur eine beschränkte Anzahl von Gästen geladen worden, die nächsten Nachbarn von Valberg, Günters Kameraden aus seinem früheren Regiment, einige, Viktor nahe befreundete Familien und natürlich auch Croners.

Günter hatte alles für die Aufnahme und Bewirtung der Gäste vorgesorgt. Sie trafen zum großen Teil schon am Vorabend der Hochzeit ein, soweit sie nicht in der Nachbarschaft wohnten. Am Morgen desselben Tages traf Rita in Begleitung ihres Vaters und der Tante Exzellenz ein. Sie wurde feierlich eingeholt von dem Bräutigam, und die ganze Straße von der Station bis zum Schloß war festlich geschmückt.

Als Abgesandter des Hofes traf Prinz Herbert ein. Der Prinz kam an diesem Abend zum erstenmal näher mit Carry von Croner in Berührung. Er durfte sie zu Tisch führen und widmete sich ihr mit besonderer Aufmerksamkeit. Franz von Croner war sehr eitel und stolz auf diese Auszeichnung seiner Gemahlin. Er sah sehr wohl, daß Prinz Herbert seine Augen kaum von der bezaubernd schönen Frau lassen konnte, aber das war ihm gerade recht. Von einem Prinzen beneidet zu sein um seine schöne Frau – das war so recht nach seinem Geschmack.

In all dem Festtrubel gab es kaum eine ruhige, stille Stunde für das Brautpaar. Rita kam kaum zur Besinnung. Aber sie war eine rührend liebliche Braut. Darüber waren sich alle einig, als sie am Hochzeitsmorgen an der Seite ihres Verlobten erschien, in einer herrlichen Brauttoilette, von duftigen Spitzen überrieselt.

Carrys Augen brannten heiß beim Anblick ihrer holdseligen Erscheinung. Und doch war sie selbst so viel schöner als Rita, trotz ihres etwas bleichen Gesichts.

Sie trug eine märchenhaft kostbare Toilette, und Franz von Croner konnte befriedigt konstatieren, daß seine Frau die schönste und eleganteste von allen war. Sonst war er jedoch nicht sehr zufrieden. Seit seiner Rückkehr von Berlin litt er oft an Übelkeit und Schwindelanfällen, und erst heute morgen, kurz vor der Abfahrt von zu Hause, hatte er wieder einen solchen Anfall gehabt, stärker als zuvor. Er hatte es jedoch seiner Gattin verheimlicht, weil er fürchtete, sie würde dann der Hochzeitsfeier mit ihm fernbleiben wollen. Da er sich von dieser Hochzeitsfeier verschiedene Genüsse versprach, hätte ihm das nicht gepaßt. Nachdem der Anfall vorüber war, fühlte er sich auch wieder leidlich wohl.

Carry hörte kaum auf das, was ihr Prinz Herbert sagte, der sich sofort wieder zu ihr gesellt hatte und sie voll heißer Bewunderung betrachtete. Auch heute sah sie sehr bleich aus – aber schöner denn je mit den sehnsüchtigen Augen, die immer wieder Günters Blicke suchten. Prinz Herbert verfiel rettungslos ihrem Zauber – er konnte von diesem Tage an Carry nicht wieder vergessen.

Dann fand die Trauung statt. Prinz Herbert führte Frau von Croner und saß während der Trauungszeremonie neben ihr. Und als am Altar das bindende Wort zwischen dem Brautpaar gewechselt wurde, da vernahm er einen Seufzer neben sich, nur wie ein Hauch tönte er an sein Ohr. Aber zugleich fühlte er, daß sich seine Nachbarin wie in einem Schauer schüttelte und sah, daß sie ihre Zähne wie im Krampf aufeinanderbiß.

Besorgt sah er sie an. Und er legte instinktiv, wie schützend, einen Moment seine Hand auf die ihre, die ihre Sessellehne umklammert hatte. Da traf ihn ein Blick aus Carrys Augen, der ihn seltsam erschütterte. Das Elend und der Jammer eines verfehlten Lebens lag in diesem Blick.

Gleich senkten sich ihre Augen wieder, und ihr Gesicht zeigte eine starre Ruhe.

Da blickte Prinz Herbert zu Herrn von Croner hinüber, der stier und stumpf auf seinem Platze saß. Prinz Herbert glaubte Carry zu verstehen. Angesichts dieser Liebesehe, die vor ihren Augen geschlossen wurde, kam ihr wohl zum Bewußtsein, was ihr fehlte. Unmöglich konnte diese Frau einen Mann wie Croner lieben.

Dann kam die Gratulationscour.

Carry vermochte es über sich, Rita zu umarmen und zu küssen, während ihre Augen über deren Kopf hinweg mit einem jammervollen Blick in die Günters trafen. Auch während der folgenden Feier drängte sich Carry, die eine krampfhafte Heiterkeit zur Schau trug, wieder und wieder in die Nähe des Brautpaares, und sie überschüttete Rita mit Zärtlichkeiten und versicherte immer wieder, sie müßten Freundinnen sein und recht innig zusammenhalten. Und dabei blickte sie Günter immer wieder mit den hungrigen, flehenden Augen an.

Er fürchtete jeden Augenblick eine Entgleisung Carrys und sehnte die Stunde herbei, da er mit Rita aufbrechen konnte zur Hochzeitsreise. Er konnte sich nicht glücklich fühlen unter Carrys Augen.

Auch Rita fühlte sich unter Carrys Liebkosungen seltsam beklommen. Trotz ihrer Harmlosigkeit entging ihr dennoch nicht Carrys Erregung und Unruhe, und die von ihr zur Schau getragene Liebenswürdigkeit erschien ihr doch etwas zu stark betont, um echt zu sein. Sie wurde von allen Seiten zu stark in Anspruch genommen, als daß sie lange hätte darüber nachdenken können.

Carry fühlte die warme Teilnahme des Prinzen wohl, und in all ihrem Jammer und ihrem Elend war ihr sein zart fühlendes Bemühen um ihre Person wie ein ganz leiser Trost, der es ihr möglich machte, Haltung zu bewahren.

So kam endlich die Stunde heran, da das Brautpaar aufbrechen mußte. Die Generalin führte Rita verstohlen hinauf in ihre Zimmer und wartete im Vorzimmer wie eine treue Schildwache, bis Rita umgekleidet war. Sie wußte selbst nicht, was sie fürchtete, aber jedenfalls wollte sie verhüten, daß sich Carry Croner noch einmal an Rita herandrängte.

Günter hatte sich gleichfalls umgekleidet. Als er nun im Reiseanzug durch die große Halle ging, um Rita in ihrem Zimmer abzuholen, stand plötzlich Carry vor ihm und sperrte ihm den Weg.

Mit fieberhaft glänzenden Augen sah sie ihn an.

»Günter – Günter!« stieß sie mit versagender Stimme hervor.

»Gnädige Frau – ich bitte Sie, seien Sie ruhig und gehen Sie zur Gesellschaft zurück. Man darf Sie hier nicht so fassungslos sehen.«

Sie preßte die Hände aufs Herz. Ein Schauer rann über sie hin.

»So sage mir nur eins – damit ich die Marter dieses Tages ertragen kann – sage mir, daß du mich noch liebst, daß dein Herz der anderen nicht gehört – daß du an mich denken wirst – wie ich an dich – nur an mich denken.«

Günter sah in diesem Augenblick aufatmend seinen Schwiegervater erscheinen.

»Papa!«

Er rief es heiser und unruhig. Das fassungslose, leidende Weib tat ihm furchtbar leid. Und doch konnte und durfte er ihr nicht sagen, was sie sich zu hören sehnte.

Schnell kam Valberg herbei.

»Lieber Papa – die gnädige Frau ist unwohl. Bitte, nimm dich ihrer an. Ich muß fort.«

Mit einer Verbeugung reichte Baron Viktor Carry seinen Arm. Es flog nun doch wie Mitleid über sein Gesicht, als sie ihm mit einem halbirren Blick ins Gesicht starrte.

»Meine gnädige Frau, gestatten Sie, daß ich Sie ein wenig hinaus in den Park führe. An der frischen Luft werden Sie sich bald erholen.«

Ruhig nahm er ihre Hand und legte sie auf seinen Arm.

»Adieu Günter – glückliche Reise – grüße Rita noch einmal!« rief er Günter zu und gab ihm einen Wink, sich zu entfernen.

Günter verneigte sich und sprang die Treppe empor. Carry sah ihm nach, und ein Stöhnen brach aus ihrer Brust.

Fast gewaltsam führte sie Valberg in den Park bis zu dem See hinüber. Auf derselben Bank, wo damals die beiden Herren zuerst von einer Verbindung zwischen Rita und Günter gesprochen hatten, sank Carry in sich zusammen.

Viktor hatte den Wagen mit dem jungen Paar fortfahren hören

und atmete auf. Er war vor Carry stehengeblieben und sah nicht ohne Mitleid auf sie herab.

»Ist Ihnen nun etwas wohler, gnädige Frau?«

Sie bezwang sich mit aller Kraft und hob das Haupt. Ein Blick traf ihn, in dem es wie Haß flackerte, wie Haß und doch wie tiefer Jammer. Sie sah sich um, wie aus einem Traum erwachend und erkannte den Platz, wo sie sich befand. Ein bitteres, höhnisches Lächeln glitt über ihr Gesicht.

»Glauben Sie, daß die Ehen im Himmel geschlossen werden, Herr Baron?« fragte sie höhnisch.

»Darüber kann ich Ihnen leider keine Auskunft geben, meine Gnädigste.«

Sie lachte grell auf. »Manchmal werden sie auch woanders geschlossen – zum Beispiel auf so einer harmlosen Bank, wie diese hier, zuweilen auch auf der Geldbank. Es ist lustig, wenn man sich das überlegt.«

Er glaubte, sie rede irre in ihrer Erregung. Keine Ahnung hatte er, worauf sie anspielte. Er verneigte sich nur und sah sie besorgt an.

Sie sprang plötzlich auf.

»Mir ist wieder ganz wohl – führen Sie mich ins Schloß zurück, Herr Baron, ich glaube, es wird jetzt getanzt – und ich will tanzen – tanzen.«

Langsam führte er sie zurück. Die Generalin kam ihnen vor dem Schloß entgegen. Sie wollte dem Baron die letzten Grüße seiner Tochter überbringen. Als sie in Carrys Gesicht sah, überkam sie ein tiefes Mitleid mit ihr. Sie fühlte instinktiv, daß diese Frau ihre eigene Seligkeit verspielt hatte und nun elend war.

Zwischen den beiden ging Carry in den Saal zurück. Prinz Herbert hatte Carry vermißt und kam ihr entgegen.

Und sie tanzte mit ihm – tanzte ohne Unterlaß. Sie hätte sich zu Tode tanzen mögen. Sie vermochte es auch, zu scherzen und zu lachen, sie sprühte nur so von geistreichen, lustigen Einfällen. Alle Anwesenden waren entzückt, Franz von Croner sonnte sich in dem Bewußtsein, eine so schöne, charmante Frau zu besitzen.

Prinz Herbert aber tat Carrys Heiterkeit weh. Er fühlte, daß sich Schmerzen darunter bargen.

Das Fest war bis zum Schluß glänzend verlaufen.

Als einer der ersten drängte Franz von Croner zum Aufbruch. Er hatte wieder sehr unmäßig gegessen und getrunken und fühlte sich unbehaglicher, je später es wurde.

Carry wollte noch nichts von einem Aufbruch hören. Ihr graute vor einem Alleinsein – vor allem vor einem Alleinsein mit ihrem Gatten.

Aber endlich wurde dieser so ungeduldig, daß sie einen Ausbruch seiner brutalen Heftigkeit fürchtete. Prinz Herbert fing ihren angstvollen Blick auf, und er hätte sich am liebsten trennend und schützend zwischen sie und ihren Gatten gestellt.

Mit ehrerbietigen Handkuß verabschiedete er sich von ihr.

»Ich hoffe, Sie recht bald in unserer Residenz begrüßen zu dürfen, gnädige Frau«, sagte er artig.

»Vor dem Winter kaum, Hoheit«, erwiderte sie mit einem Lächeln, das ihm wehe tat.

Bewundernd sah er ihr nach, als sie an dem Arm ihres Gatten dahinschritt.

Und Prinz Herbert hatte seine Herzensruhe auf diesem Feste verloren.

In ihren Mantel gehüllt, stieg Carry in ihren Wagen und sank wie tot in die Wagenkissen zurück. Ihr Gatte stieg schwer und wuchtig zu ihr, und kaum setzte sich der Wagen in Bewegung, da riß er seine Frau mit brutaler Heftigkeit in seine Arme und küßte sie, bis ihr der Atem verging.

»Wie das Prinzlein sich in dich vergafft hat, mein Schätzchen, das hat mir Spaß gemacht, alle haben Franz Croner um seine schöne Frau beneidet«, stieß er keuchend hervor. Und wieder riß er sie an sich.

Der Weindunst, der seinem Munde entströmte, sein ganzes zügelloses Benehmen erfüllte sie mit Abscheu. Sie rang mit ihm, um sich frei zu machen.

»Du bist betrunken, laß mich los!« rief sie außer sich.

Er lachte schallend auf. »Sei nicht so zimperlich, Närrchen. Betrunken – ich bin nicht betrunken, kann mir gar nicht passieren. Ich freue mich nur, daß ich eine so schöne Frau habe, nach der sich selbst dieser stolze Prinz die Augen ausschaut. Du bist sündhaft schön, meine reizende Carry, sonst wärst du auch nicht Frau von Croner auf Cronersheim.«

Wieder wollte er sie an sich reißen und sie küssen. Da übermannte sie der Abscheu. Unfähig, sich länger zu beherrschen, schlug sie ihn mitten ins Gesicht.

Einen Moment wurde es totenstill in dem dunklen Wagen. Dann lachte er zornig auf.

»Warte, du Krabbe!« stieß er hervor und wollte sie fassen. Wie von Sinnen schlug sie um sich. Er hielt das wohl für einen Scherz und suchte ihre Arme zu haschen. Und endlich hielt er sie fest und wollte sie wieder an sich ziehen. Das dicke Blut war ihm zu Kopfe gestiegen. Plötzlich fühlte er, stärker als je, den Schwindel aufsteigen, der ihn schon oft befallen hatte.

Mit einem gurgelnden Schrei ließ er sie los und sank dumpf und schwer in die Kissen zurück. Ein unheimliches Röcheln drang über seine Lippen. Das klang so fürchterlich, daß Carry das Grauen packte. Es wurde ihr klar, daß ihm etwas geschehen sein mußte. Sie klopfte angstvoll an die Scheiben des Wagens. Der Kutscher hielt sofort an, und der neben ihm sitzende Diener sprang herab und öffnete den Wagenschlag.

»Bringen Sie schnell Licht, Friedrich, der Herr ist von einem Unwohlsein befallen«, stieß Carry zitternd hervor.

Der Diener brachte die Wagenlaterne und leuchtete Herrn von Croner ins Gesicht. Er war blaurot und starr. Der röchelnde Atem kam mühsam aus der Brust.

Carry starrte dem Diener ins Gesicht wie von Sinnen.

»Was ist das?« fragte sie erschrocken.

»Der gnädige Herr scheint ernsthaft erkrankt, gnädige Frau.«

»Ja, ja – wir müssen schnell nach Hause, haben wir noch weit?«

»In fünf Minuten können wir es schaffen, gnädige Frau!« rief der Kutscher.

»Dann vorwärts, schnell. Friedrich – steigen Sie mit ein«, gebot Carry.

Die Zähne schlugen ihr wie im Frost aufeinander. Um keinen Preis wäre sie mit dem röchelnden, bewußtlosen Mann allein geblieben.

In eiliger Fahrt ging es weiter. Der Weg bis Cronersheim dünkte

Carry eine Ewigkeit. Endlich hielt der Wagen vor dem erleuchteten Portal. Sie sprang heraus, wie auf der Flucht vor etwas Gräßlichem.

Diener kamen herbei. Sie trugen ihren bewußtlosen Herrn ins Haus.

»Fahren Sie sofort zum Arzt«, gebot Carry mit zitternder Stimme, »bringen Sie ihn sofort mit.«

Dann folgte sie ihrem Mann ins Haus. Achtlos schleifte sie die Schleppe des kostbaren Kleides hinter sich her.

Das ganze Haus geriet in Aufruhr.

Man hatte den großen, schweren Mann in sein Zimmer getragen und auf den Diwan gelegt.

Die alte Haushälterin hatte ihm sofort kalte Kompressen auf den Kopf gelegt und Fußpackungen gemacht. Sie war erfahren in der Krankenpflege und ahnte, daß ihr Herr von einem Schlaganfall betroffen war. Der Arzt hatte das längst vorausgesagt.

Carry hatte sich schnell von ihrer Jungfer ein bequemes Hauskleid überwerfen lassen und ging wieder an das Lager ihres Mannes zurück, so sehr sie sich auch vor seinem Anblick fürchtete.

Endlich kam der Arzt. Da atmete sie auf.

Nachdem der Arzt den Kranken untersucht und seine Verordnungen getroffen hatte, bat er Carry, ihm ins Nebenzimmer zu folgen.

»Sie haben oft gehört, gnädige Frau, daß ich Ihren Herrn Gemahl vor jedem Diätfehler gewarnt habe. Ich weiß, er hat sich nicht nach meinen Verordnungen gerichtet, und ich habe längst vorausgesehen, was heute geschehen ist. Ich muß einen schweren Schlaganfall konstatieren. Sicher hat Ihr Herr Gemahl heute wieder schwere Weine getrunken.«

»Und ist sein Zustand lebensgefährlich?« fragte Carry mit bleichen Lippen.

»Es ist nötig, daß Sie sich auf alles gefaßt machen, gnädige Frau. Jedenfalls steht Ihrem Herrn Gemahl ein schweres Siechtum bevor, wenn wir ihn überhaupt am Leben erhalten.«

Carry saß die ganze Nacht am Lager ihres Mannes, trotz ihres heimlichen Grauens bei seinem furchtbaren Anblick. Sie hatte gleich nach der Unterredung mit dem Arzt eine Depesche an ihre Eltern abgeschickt und bat um den Besuch ihrer Mutter, weil sie fürchtete, wahnsinnig zu werden, wenn sie niemand hatte, mit dem sie sich aussprechen konnte. Zuviel war heute auf sie eingestürmt, und sie verlangte nach einer Seele, die zu ihr gehörte.

5

Inzwischen hatten Günter und Rita ihre Hochzeitsreise angetreten. Günter war wie erlöst, daß er nicht mehr in Carrys Nähe zu weilen brauchte. Gewiß tat sie ihm leid, trotzdem sie selbst an ihrem Unglück schuld war, aber er konnte ihr nicht helfen. Er hoffte, sie würde nun endlich, während seiner Abwesenheit, zur Vernunft kommen und sich ins Unvermeidliche fügen lernen. Nun er mit seiner jungen Frau davonfuhr, wehrte er die Gedanken an Carry wie etwas Lästiges von sich ab.

Mit großer Zartheit umgab und umsorgte er Rita, die ihn in ihrer holdseligen, glücklichen Scheu entzückte.

Sie reisten zunächst in ein holländisches Seebad, wo sie sehr zurückgezogen ihrem Glück lebten und fast nur auf die eigene Gesellschaft angewiesen waren. Ihr Glück war so rein und wolkenlos, wie es nur das zweier junger Menschen sein kann, die sich innig zugetan sind und sich gegenseitig die größte Hochachtung entgegenbringen.

Rita blühte herrlich auf in dieser sonnigen, glücklichen Zeit. Nach einigen Wochen gingen sie nach Baden-Baden, wo Rita das Leben und Treiben der eleganten Welt während der großen Badener Woche kennenlernen sollte.

Ihre großen, staunenden Kinderaugen nahmen das alles auf, als sei dies ganze Treiben wie auf einer großen Bühne für sie aufgeführt. Hier trafen sie mit mehreren Bekannten zusammen. Einige Kameraden Günters, die auch ihre Hochzeit mitgefeiert hatten, waren anwesend. Und eines Abends, als die Herren mit ihren Damen in einem der eleganten Hotels zusammen soupierten, erfuhr das junge Paar zum ersten Male etwas von dem Unfall, der Herr von Croner betroffen hatte.

Einer der Offiziere sagte zu Günter: »Mit Herrn von Croner scheint es seit seinem Unfall sehr schlimm zu stehen. Weißt du etwas Näheres, Günter?«

Dieser blickte betroffen auf.

»Herr von Croner? Einen Unfall? Davon haben wir überhaupt noch nichts gehört. Was ist denn geschehen?«

»Herrschaften! Nun ja – Hochzeitsreisende leben auf seligen Inseln und wissen nicht, was auf der Welt vorgeht. Also Sie wissen nicht, daß Herr von Croner auf der Heimfahrt von Ihrem Hochzeitsfest einen Schlaganfall erlitten hat?«

Rita sah ihn mit großen, ängstlichen Augen an.

»O wie schrecklich!«

»Weißt du, wie es ihm geht?« fragte Günter den Kameraden.

»Er ist vollständig gelähmt und der Sprache beraubt. Seine schöne Gattin soll ihn, von ihrer Mutter unterstützt, aufopfernd pflegen. Es soll wenig Hoffnung auf eine Genesung vorhanden sein.«

»Ach, die arme Frau von Croner«, sagte Rita mitleidig. Und es tat ihr im stillen leid, daß sie sich Carry gegenüber so zurückhaltend gezeigt hatte an ihrem Hochzeitstage. Am nächsten Morgen, nachdem das junge Paar das Frühstück eingenommen hatte, sagte Rita:

»Du mußt mich jetzt ein halbes Stündchen entschuldigen, Günter. Ich will ins Schreibzimmer gehen.«

Er küßte zärtlich ihre kleine, schlanke Hand.

»An wen willst du schreiben? An Papa oder an Tante Exzellenz?«

Sie schüttelte lächelnd das Haupt.

»An keinen von beiden, sondern an Frau von Croner. Es tut mir so schrecklich leid, daß sie solch ein Unglück betroffen hat. Wenn ich auch Herrn von Croner wenig leiden mochte, nun er so schwer krank ist, bin ich doch sehr betrübt. Ich will Frau Carry ein paar liebe Worte schreiben.«

Ein leiser Schatten war über sein Gesicht geflogen. Sie merkte es und schmiegte sich zärtlich an ihn.

»Das darfst du mir nicht wehren, Günter, wenn du auch Frau

von Croner nicht leiden magst. Sie ist jetzt unglücklich und bedarf der Teilnahme.«

Er streichelte ihr Köpfchen. Wie schon oft, so stieg auch jetzt der Wunsch in ihm auf, Rita alles zu sagen, was zwischen ihm und Carry gewesen war. Aber er fürchtete immer wieder, ihre junge, reine Seele mit diesen trüben Bildern zu belasten. Ihre Unbefangenheit war wirklich der beste Schutz. Und außerdem widerstrebte es ihm, Carry anzuklagen und bloßzustellen. So schwieg er auch jetzt.

»Ich will es dir gewiß nicht wehren, meine süße, kleine Frau. Was könnte ich dir überhaupt wehren, wenn du mich so ansiehst.«

Sie umfaßte seinen Hals und legte ihre Wange an die seine.

»Ach, Günter – mir tut oft das Herz weh vor Glück darüber, daß du mich so lieb hast. Wenn ich jetzt an die Vergangenheit denke, dann kann ich es kaum glauben, daß ich dieselbe Rita bin, die sich oft so verzweifelt und trostlos nach ein wenig Liebe sehnte. Jetzt bin ich so reich. Die Gegenwart hebt sich im goldenen Licht von dem grauen Hintergrund der Vergangenheit ab. Müßte ich jetzt wieder aus der warmen Atmosphäre von Liebe und Zärtlichkeit in das alte, liebeleere Leben zurück – das ertrüge ich nicht – da wollte ich viel lieber sterben – ich müßte sterben.«

»Aber Liebling, wie kannst du so törichte Gedanken hegen«, schalt er zärtlich.

Sie lächelte zu ihm auf – das reizende, glückliche Lächeln, in dem es immer wie heimliche Rührung zitterte. Dies Lächeln verfehlte nie seine Wirkung auf Günter. Es ließ ihm Rita schön und lieblich erscheinen und weckte in seiner Seele ein stärkeres, innigeres Gefühl für sie. Daß ihm Rita lieb und teuer war, wußte er, schon seit er um sie geworben hatte. Aber er empfand doch nicht das für sie, was er einst für Carry empfunden hatte, als er noch an sie glaubte. Und manchmal sehnte er sich heimlich nach diesem starken, heißen Gefühl, das ihn wie auf Flügeln über alles Alltägliche hinweggetragen hatte. Warum konnte Rita nicht dieses Gefühl in ihm erwecken?

Er mußte sich sagen, daß es nicht die echte, alles bezwingende Liebe sei, die er für Rita empfand. Er glaubte, diese Liebe könne er nie mehr empfinden. Rita war ihm teuer – gewiß – aber er bildete sich ein, daß er in ihr immer nur das Bäschen gesehen haben würde, daß er sie nie zur Frau begehrt hätte, wenn ihr Vater ihm das nicht nahegelegt hätte. Das bedrückte ihn und machte ihn Rita gegenüber zuweilen unfrei, trotzdem er alles tat, sie glücklich zu machen und trotzdem es ihn rührte und entzückte, ihre Glückseligkeit zu sehen. Dazu kam noch, daß ihn der Gedanke an Carry quälte. Immer wieder sah er ihre hungrigen, bettelnden Augen vor sich, wie er sie zuletzt gesehen. Er fürchtete sich fast, ihr wieder zu begegnen, und er meinte, nur dann ganz frei von ihr werden zu können, wenn sie nie mehr seinen Weg kreuzte. Das war aber nicht möglich bei der nahen Nachbarschaft zwischen Cronersheim und Valberg.

Rita wußte zu ihrem Glücke nicht, was in ihm vorging.

»Sind es törichte Gedanken, Liebster? Ich weiß es nicht. Ich weiß nur, daß ich jetzt so namenlos glücklich bin, daß ich den Verlust dieses Glückes nicht ertragen könnte. Dann lieber sterben – ehe es entweicht. Aber ich halte es ja fest in meinen Händen. Du hast doch recht – es sind törichte Gedanken. Und jetzt will ich schnell an Carry Croner schreiben und mich dann zum Ausgehen fertig machen. Weißt du, das Leben hier in Baden-Baden ist wundervoll, aber ich möchte es doch nur für kurze Zeit genießen, nicht für immer. Ich freue mich auf unser geliebtes Valberg. Heute in vierzehn Tagen sind wir daheim. Freust du dich auch?«

Er lachte. Sie hatte in solchen Momenten noch etwas unbedingt Kindliches.

»Ja, ich freue mich sehr. Aber nun geh. Ich warte hier auf dich.«

Sie küßten sich, und Rita eilte davon.

Er warf sich in einen Sessel und sah vor sich hin. Ein weiches Lächeln flog um seinen Mund. Ja – Rita war wirklich noch viel mehr Kind als bewußtes Weib. Und erst dann würde sie seinem Herzen alles geben, was er ersehnte, wenn sie reifer, weiblicher geworden sein würde, wenn ihre Seele ihm in alle Höhen und Tiefen des Lebens folgen konnte.

Das junge Paar war nach Valberg zurückgekehrt. Auf der Durchreise durch die Residenz hatten sie Tante Exzellenz begrüßt, die eben aus einem Seebad zurückgekehrt war.

Valberg war herrlich in der üppigen Spätsommerpracht. Es lag wie ein Märchenschloß im Grünen.

Carry Croner hatte einige Zeilen auf Ritas Brief geantwortet. Sie hatte ihr gedankt für ihre Teilnahme und bemerkte, daß sie sehr in Anspruch genommen sei durch die Pflege ihres Mannes, sich aber sehr auf Ritas Heimkehr freue. Günter hatte Carry mit keinem Wort erwähnt in diesem Brief. Er fühlte etwas wie Erleichterung darüber. Vielleicht hatte Carry das Unglück ihres Mannes abgelenkt und ruhiger gemacht.

Sobald Rita eine freie Stunde hatte, fuhr sie hinüber nach Cronersheim, um Carry zu besuchen und sich nach Herrn von Croners Befinden zu erkundigen.

Carry empfing Rita in ihrem kleinen entzückenden Salon, der, in Hellblau und Gold gehalten, für ihre blonde Schönheit eine wirksame Folie abgab.

Sie zog Rita mit fast krankhaftem Druck in die Arme und sah ihr mit einem langen, seltsam forschenden Blick ins Gesicht.

»Also endlich zurück von der Hochzeitsreise, kleines Frauchen! Wie ich mich freue, Sie wiederzusehen. Sie sind glücklich – o ja – Sie sind es – man braucht nicht zu fragen«, sagte sie hastig.

Aber ihre Augen fragten doch mit unruhigem Forschen und mit heißer Sehnsucht, daß Rita diese Frage verneinen möge.

Diese aber streichelte voll Mitleid ihre Hände. Keine Spur von Argwohn trübte ihre junge Seele, warum sich Carry so sehr für ihr Glück interessiere.

»Auch Sie werden wieder glücklich sein, liebe Frau Carry, Ihr Herr Gemahl wird wieder gesund werden. Darf ich fragen, wie es ihm geht«, antwortete sie.

Carry strich sich hastig über die Augen.

»Es ist immer dasselbe. Meine Mutter und ich teilen uns in seine Pflege, natürlich von einigen Wärtern unterstützt, da wir seinen schweren Körper nicht allein heben können. Mein armer Mann ist völlig gelähmt.«

Rita wurde bleich vor Mitgefühl.

»Wie schwer ist das für Sie. Aber er wird doch hoffentlich wieder gesund werden?«

Carry schüttelte den Kopf.

»Nein – der Arzt gibt gar keine Hoffnung – im Gegenteil – wir müssen täglich, stündlich auf das Schlimmste gefaßt sein.«

Rita faltete die Hände zusammen. Und sie mußte denken, daß Frau von Croner unmöglich ihren Gatten lieben konnte. Sonst hätte sie unmöglich so ruhig und gefaßt einer solchen Möglichkeit ins Auge gesehen.

»Wie gut, daß Sie wenigstens Ihre Frau Mutter bei sich haben«, sagte sie leise.

Carry seufzte tief auf.

»Lange wird Mama auch nicht mehr bleiben. Wenn Papa aus dem Manöver zurückkommt, muß sie nach Hause. Papa wird sonst ungeduldig. Papa wird Mama hier abholen und will selbst einmal nach meinem Gatten sehen.«

Es lag ein trostloser Ausdruck in diesen Worten. Ritas Herz zitterte vor Mitleid.

»Oh, dann will ich Sie recht oft besuchen, damit Sie nicht gar zu einsam sind.«

Ein seltsames, starres Lächeln erschien in Carrys Gesicht.

»Das ist sehr freundlich von Ihnen. Aber Ihr Herr Gemahl wird kaum damit einverstanden sein – ich meine, daß Sie ihn oft allein lassen.«

»Oh, er hat jetzt so viel zu tun, hat so viel Arbeit nachzuholen. Da habe ich manche freie Stunde«, erwiderte Rita harmlos.

Bald verabschiedete sie sich, mit dem Versprechen, recht oft wiederzukommen.

Carry ging, als sie allein war, noch eine Weile ruhelos auf und ab. Nicht ohne Schauder hatte sie in diesen schrecklichen Wochen in das Antlitz ihres Gatten sehen können, dies entsetzlich starre Antlitz, das sie geschlagen hatte auf jener Heimkehr von Günters Hochzeit. Zuerst war etwas wie Schuldbewußtsein in ihr gewesen, als er, gleich nach diesem Schlag, bewußtlos zusammengesunken war. Aber der Arzt hatte sie von diesem quälenden Gefühl befreit. Sie wußte nun, daß die Katastrophe auch ohnedies hereingebrochen wäre.

Anstelle des Abscheus gegen ihren Gatten war dann ein echt weibliches Mitleid getreten mit dem kranken, hilflosen Manne. Sie fühlte auch etwas wie Befreiung, daß sie jetzt weder Zärtlichkeiten noch brutale Ausbrüche von ihm erdulden mußte.

Gewissenhaft pflegte sie ihn, und voll Mitleid mit seiner Hilflosigkeit streichelte sie zuweilen sanft über sein Gesicht. Dann lag es wie wortlose Abbitte in seinen Augen.

Er hatte das Bewußtsein wiedererlangt, wenn er auch weder reden noch sich viel bewegen konnte. Mühsam schrieb er zuweilen einige Worte mit der nicht ganz gelähmten rechten Hand auf ein Täfelchen. Und eines Tages hatte er darauf geschrieben:

»Nicht böse sein, Carry.«

Da strich sie ihm sanft das Haar aus der Stirn und schüttelte mit blassem Lächeln den Kopf.

»Nein, Franz – ich bin nicht böse. Sei du es auch nicht«, antwortete sie.

Da tastete er nach ihrer Hand und hielt sie mit schwachem Druck einen Moment fest.

Ein Testament hatte Franz von Croner kurz nach seiner Hochzeit gemacht. Darin hatte er Carry zu seiner Universalerbin eingesetzt. Nur einige Legate hatte er für andere bestimmt. Carry wußte das, und wenn sie daran dachte, war etwas wie Befriedigung in ihr. Wenn jetzt ihr Gatte wirklich sterben sollte, wurde sie wenigstens nicht um den Kaufpreis betrogen für ihre Person. Reichtum erschien ihr noch immer als etwas Erstrebenswertes.

Wenn sie frei wurde – –

Sie entsetzte sich nicht vor diesem Gedanken. Der Arzt hatte ihr gesagt, eine Heilung ihres Gatten sei ausgeschlossen. Sie hätte auch, wenn sie Croner liebte, nur wünschen können, daß er von seinen Leiden erlöst wurde. Dieses Schattendasein mußte eine Qual ohnegleichen sein für ihn, der stets nur im vollen Lebensgenuß Genüge gefunden hatte.

Oft hatte Carry schon erwogen, was geschehen würde, wenn ihr Gatte stürbe. Und dann packte sie immer ein wahnsinniger Schmerz, daß nun Rita zwischen ihr und Günter stehen würde. Sie haßte Viktor Valberg mit Inbrunst, weil er Günter veranlaßt hatte, Rita zu heiraten, sie haßte Rita, weil diese Günters Werbung angenommen hatte. Sie glaubte nicht, daß Rita Günter sehr liebte, hielt Rita überhaupt keines großen Gefühls fähig und glaubte, diese wäre mit irgendeinem andern jungen Mann, der hübsch und unbedeutend war, wie sie selbst, mindestens ebenso glücklich geworden, wie mit Günter. Warum mußte sie ihr gerade Günter nehmen?

Der Oberst holte bald darauf seine Gattin ab und bat Günter bei dieser Gelegenheit harmlos, er möge sich seiner Tochter ein wenig annehmen, falls diese Rat und Hilfe brauche.

Günter versprach es.

So vergingen einige Wochen. Günter kam zuweilen mit Rita nach Cronersheim, manchmal fuhr auch Rita allein.

Eines Tages kam Günter aus der nahen Stadt. Der Weg führte ihn an Cronersheim vorüber, und da er wußte, daß Rita Carry einen längeren Besuch abstatten wollte, sprach er in Cronersheim vor und wollte Rita abholen.

Diese war indes schon wieder zurückgefahren.

Carry empfing Günter allein, und zu seiner heimlichen Erleichterung blieb sie auch während dieses kurzen Alleinseins völlig ruhig und beherrscht, trotzdem es in ihr stürmte und sie sich am liebsten in seine Arme geworfen hätte.

Mit keinem Wort rührte sie an das, was zwischen ihnen gewesen war, dankte ihm nur ruhig, daß er ihrem Vater versprochen hatte, sich ihrer ein wenig anzunehmen, und legte ihm einige geschäftliche Fragen vor, die freilich jeder andere auch hätte beantworten können.

Bereitwillig und froh, ihr in dieser ruhigen Art dienen zu können, gab er ihr Auskunft und verabschiedete sich dann mit einem Handkuß.

Ihre Hand bebte nicht, sie lag nur seltsam kalt und still in der seinen.

Erleichtert trat er den Heimweg an. Dieses erste Alleinsein mit Carry hatte ihn von aller Sorge befreit. Sie war wirklich ruhig und vernünftig geworden.

Und bei dieser Erkenntnis fühlte er plötzlich etwas wie eine Leere in sich. Es war ihm mit einem Male zumute, als fehle ihm etwas. Fast hatte er ein Empfinden, als sei er unzufrieden, daß sie ihre Sehnsucht nach ihm bezwungen hatte. Wohl meinte er, daß er nun einer Gefahr entronnen sei, aber die heimliche Erregung, in die ihn diese Gefahr zuvor versetzt hatte, fehlte ihm nun wie etwas, an das er sich gewöhnt hatte. Mehr als sonst dachte er auf diesem Nachhauseweg an Carry – und an das, was einst zwischen ihnen gewesen war.

Als er nach Hause kam und Rita ihm entgegeneilte, verlor sich dieses Gefühl jedoch sofort. Er zog sie zärtlich an sich und sah in ihr strahlendes Gesicht.

»Wir haben uns verfehlt, Rita. Ich wollte dich in Cronersheim abholen.«

»O wie schade, daß ich das nicht wußte.«

Günter war heute besonders lieb und zärtlich zu Rita. Ihm war, als habe er ein Unrecht an ihr gutzumachen.

Zwei Tage später kam am Vormittag ein reitender Bote von Cronersheim und brachte die Meldung, daß Herr von Croner am frühen Morgen nach einem zweiten Schlaganfall verschieden sei. Carry Croner war Witwe.

Günter und Rita fuhren sofort nach Cronersheim, um Carry ihre Hilfe anzubieten. Sie fanden Carry ruhig und gefaßt. Eine elegante schwarze Robe, die sie bereits trug, hob ihre blonde Schönheit besonders.

Sie dankte Günter und Rita für ihre Teilnahme und sagte ihnen, daß schon ein Telegramm an ihre Eltern unterwegs sei. Sie hoffe, diese würden sofort zu ihr kommen und ihr beistehen. Günters Hilfe wolle sie deshalb nicht in Anspruch nehmen.

Dieser war sehr hilfsbereit herbeigeeilt, und es verstimmte ihn ein wenig, daß Carry seine Hilfe so ohne weiteres zurückwies.

Der Oberst kam mit seiner Gattin noch an dem nämlichen Abend an, um seiner Tochter alles Schwere abzunehmen. So sah Günter Carry erst bei der Beisetzung ihres Gatten wieder.

Ein großes Trauergefolge hatte sich versammelt – in Vertretung des Hofes war Prinz Herbert erschienen, der, wie viele andere, seinen Blick nicht lassen konnte von der wundervollen Erscheinung der jungen Witwe.

Carry begegnete Günter nicht anders als allen anderen Herren. Es geschah das heute ohne jede Nebenabsicht Carrys. Aber Günter war dabei wieder so seltsam zumute, als fehle ihm etwas.

Was alle Aufdringlichkeit Carrys nicht erreicht hatte, das bewirkte jetzt ihre kluge Reserve. Die männliche Eitelkeit wurde in Günter geweckt. Eine gewisse Neugier war in ihm, ob Carry wirklich ruhiger geworden war oder ob sie sich nur besser beherrschen gelernt hatte.

Heute fiel ihm auch auf, daß sich Prinz Herbert fast ausschließlich an Carrys Seite hielt, und er sah immer wieder forschend zu ihr hinüber. Während der Beisetzung stand Rita neben ihrem Gatten, Carry und Prinz Herbert gegenüber. Günter achtete gar nicht auf seine Frau. Als die Zeremonie zu Ende war, fragte Rita ihren Gatten etwas. Er hörte sie nicht und gab ihr keine Antwort. Da blickte sie zu ihm auf und sah, daß er mit einem seltsamen, weltvergessenen Blick zu Carry Croner hinüberblickte. Rita folgte seinem Blick und gewahrte, daß Carry diesen Blick ihres Gatten mit einem heißen, intensiven Aufleuchten erwiderte.

Es war plötzlich ein ängstliches, unsicheres Gefühl in der jungen Frau. Sie legte impulsiv ihre Hand auf ihres Mannes Arm.

»Günter – Günter!«

Fast angstvoll rief sie seinen Namen. Er zuckte leise zusammen und sah in ihr erblaßtes Gesicht.

Sofort beugte er sich liebevoll besorgt zu ihr herab und führte sie fort. »Was willst du, Rita?«

»Ich fragte dich etwas, Günter, und du hörtest mich nicht.«

Er drückte ihren Arm zärtlich an sich und war ärgerlich über sich selbst, daß er sich so in Carrys Anblick vertieft hatte. Ein jäher Schreck hatte ihn durchzuckt, als er in Ritas angstvolles Gesicht sah. Nur um Gottes willen ihren Seelenfrieden nicht stören! Er fühlte in diesem Augenblick mit schmerzhafter Klarheit, daß ihm Ritas Glück mehr galt als das seine.

»Man hat so seine eigenen Gedanken am Grabe eines Menschen. Siehst auch ganz bleich aus, Liebling«, sagte er liebevoll.

Und dabei fragte er sich unruhig, ob sie Carrys heißen, aufflammenden Blick gesehen hatte, mit dem ihn diese plötzlich angesehen, als er zu ihr hinüberblickte. Daß er selbst Carry auch mit einem nichts weniger als gleichgültigen Blick angesehen hatte, wußte er gar nicht.

Rita schalt sich aber schon selbst aus wegen der dummen Angst, die sie plötzlich befallen hatte. Sie lächelte unsicher zu ihm auf und holte tief Atem.

»Ganz angst wird einem zumute«, sagte sie leise.

Dann wurde dem Trauergefolge eine Erfrischung gereicht. Carry war umringt von einer Menge Menschen, die ihr einige teilnehmende Worte sagen wollten, ehe sie sich entfernten.

Rita sprach im Nebenzimmer mit Carrys Mutter, und Günter wartete in einer Fensternische, bis auch er der jungen Witwe einige Worte sagen konnte.

Der Oberst war von Prinz Herbert in eine Unterhaltung gezogen worden. So stand Carry denn ganz allein, als sich das übrige Trauergefolge entfernt hatte. Da trat Günter zu ihr.

»Gestatten Sie auch mir nochmals, Ihnen meine Teilnahme auszusprechen, gnädige Frau«, sagte er artig.

Sie wandte ihm langsam das Gesicht zu. Kein Zug darin änderte sich. Nur ihre Augen weiteten sich und senkten sich in die seinen.

»Wozu die Lüge, Herr Baron? Sie wissen ja doch – müssen es wissen – daß ich als Befreiung empfinde, was die Menschen einen Verlust nennen. Mein Mann hatte vom Leben nichts mehr zu erwarten als Schmerzen und Qualen, ihm ist die Ruhe zu gönnen – aber mir auch. So oder so – ich hätte mich eines Tages frei machen müssen von ihm – es ging so nicht weiter. Was ich gelitten in dieser Ehe – es war furchtbar. Das soll kein Vorwurf sein für den Verstorbenen. Er hat mir ehrlich gegeben, was er zu geben hatte, und hat nicht mehr versprochen, als er halten konnte. Ich allein trug die Schuld, daß ich bitter enttäuscht war. Man versündigt sich nicht ungestraft am Sakrilegium der Ehe – glauben Sie mir das. Und das habe ich getan.«

Sie hatte das alles ganz ruhig, fast monoton gesagt. Um so mehr wirkte es auf Günter. Sie tat ihm namenlos leid, und er hätte ihr gern ein gutes Wort gesagt. Er wußte aber nicht, ob er es ungestraft tun konnte, trotzdem sie so ruhig und gefaßt schien. Aber sagen mußte er doch etwas.

»Das Leben wird auch für Sie wieder freundliche Tage haben, gnädige Frau. Sie sind noch so jung.«

Sie lächelte seltsam. »Jung? Ich habe das Gefühl, als sei ich uralt geworden in diesem halben Jahr meiner Ehe.«

»Wer weiß, wie schnell Sie sich wieder jung fühlen lernen. Irgendwo in der Welt wird ein besseres Glück auf Sie warten. Es ist heute nicht die rechte Zeit, davon zu sprechen. Aber ich wünsche Ihnen eine glückliche Zukunft.«

Sie sah ihn einen Moment an, daß er betroffen zusammenzuckte. Dann senkte sie schnell die Augen.

»Wer in die Zukunft blicken könnte – nur einen einzigen Augenblick«, sagte sie leise.

In demselben Moment trat Rita in das Zimmer und schritt an Günters Seite heran.

»Wir wollen nun auch heimfahren, Günter«, sagte sie. Und als sie ihn ansah, merkte sie, daß seine Stirn gerötet war. Sie wandte sich wie fragend zu Carry. Aus deren Augen aber traf sie ein feindlicher Blick, der scharf wie ein Messer in ihre Seele schnitt. Sie fühlte in diesem Moment mit peinlicher Gewißheit, daß Tante Exzellenz recht gehabt hatte, sie vor Carry zu warnen. Aber warum ihr Carry feindlich gesinnt war, wußte sie nicht.

Ehe sie sich überhaupt klarwerden konnte über ihr eigenes Empfinden, hatte Carry auch schon ihren Arm um sie gelegt und sagte sehr sanft und liebevoll zu ihr:

»Soeben habe ich Ihrem Gatten gesagt, daß ich vorläufig mit meinen Eltern einige Wochen nach Hause gehe, bis ich die letzten Aufregungen ein wenig verwunden habe. Wenn ich wiederkomme, dann gönnen Sie mir wohl hin und wieder ein warmes Plätzchen in Valberg, liebe Frau Rita.«

Rita war wenig geübt, konventionelle Phrasen zu tauschen, und jeder hätte merken können, daß es ihr nicht aus dem Herzen kam, als sie erwiderte:

»Gewiß, liebe Frau Carry, ich werde mich immer freuen, Sie bei uns zu sehen.«

Und als Carry sie scheinbar zärtlich küßte zum Abschied, schauerte sie wie fröstelnd zusammen.

Als Günter dann auf der Heimfahrt wie sonst liebevoll seinen Arm um seine junge Frau legte und zärtliche Worte zu ihr sprach, verlor sich der beklemmende Druck von Ritas Herzen. Sie schalt sich selbst eine Törin, die Gespenster am hellen Tage sah. Offenherzig, wie sie war, sagte sie aufatmend:

»Ach Günter, ich wollte, Tante Exzellenz, du und Papa, ihr hättet mich nicht so vor Frau Carry gewarnt. Da setzt sich einem, ehe man sich's versieht, das häßliche Mißtrauen ins Herz. Denke dir, eben, als ich zu dir und ihr trat, glaubte sich zu sehen, daß mich ihre Augen feindlich anfunkelten, als ob sie mich haßte. Und das ist doch Unsinn, nicht wahr? Warum sollte sie mich hassen? Ich habe ihr doch nie etwas zuleide getan. Ich könnte mir selbst zürnen, daß ich so töricht bin.«

Er zog sie fest an sich, als wollte er sie vor allen trüben Gedanken schützen.

»Hast recht, Liebling, man sollte dich gar nicht mit solchen Warnungen beunruhigen. Es wäre ja zu schade, wenn dein goldenes Vertrauen zu dem Guten im Menschen verlorenginge. Das darf nicht sein, meine kleine Rita.«

Sie sah gläubig und vertrauend zu ihm auf, so daß er voll Andacht ihre Augen küßte.

»Ach, es ist zu schrecklich, wenn man mißtrauisch ist. Ich muß dir gleich etwas beichten«, stieß sie hastig hervor.

»Nun?« fragte er besorgt.

»Mußt aber nicht böse sein.«

»Gewiß nicht.«

Sie holte tief Atem. »Also denke dir, ich sah heute bei der Beerdigung, daß du Frau von Croner ganz seltsam ansahst – ganz anders als sonst – ich weiß nicht, wie ich ihn dir beschreiben soll. Und da wurde mir so – so –, ich hätte vor Angst weinen mögen. Und ich sprach mit dir, und du hörtest mich nicht. Ich kann dir nicht sagen, wie schrecklich mir einige Minuten zumute war, bis du wieder lieb und gut mit mir sprachst. Bin ich nicht eine rechte Törin?«

Er drückte ihren Kopf sanft an seine Brust, so daß sie nicht sah, wie seine Stirn sich rötete. Eine heiße Angst war in ihm, daß sein junges Weib leiden könnte unter dem Zwiespalt seines Empfindens. Er war sich plötzlich bewußt, daß er ein wenig mit dem Feuer gespielt hatte, daß in seiner Seele der leise Hauch eines Unrechts saß. Und da wehrte er alle Gedanken an Carry energisch von sich ab. Es wurde wieder klar in seiner Seele. Ritas Glück durfte und sollte nicht getrübt werden. Was galt ihm Carry noch –

Carry, die ihn betrogen und sich um Geld an den Mann verkauft hatte, über dessen Gruft ihn heute ihre Augen wieder so sehnsüchtig angesehen und ihn beunruhigt hatten – ihn und auch sein junges Weib. Fort mit allen Gedanken an Carry, die ihn wie einen Spielball benutzen wollte. Hier neben ihm saß seine junge Frau und zeigte ihm gläubig und vertrauensvoll, was in ihrem Herzen vorging. Ihr gehörte jetzt sein ganzes Leben, sein ganzes Herz, und seine Pflicht war es, sie vor jedem Ungemach zu schützen. Zart und innig küßte er ihre Augen.

»Mein süßes, kleines Herz, ich danke dir für dein Vertrauen. Mußt mir immer gleich alles sagen, was dich drückt, damit ich dir gleich allen Kummer verscheuchen kann. Du bist wirklich eine törichte kleine Frau gewesen. Wer weiß, wo ich in Gedanken war, als ich Frau von Croner angesehen habe. Und nun denken wir gar nicht mehr daran. Diesen traurigen Tag streichen wir ganz aus unserem Gedächtnis. Er paßt gar nicht in unser junges Glück. Wir wollen wieder froh und heiter sein, daß mein Liebling wieder lachen kann.«

Sie schmiegte sich an seine Brust. »Ach, mir ist nun wieder ganz leicht und frei. Wie gut, daß ich gleich zu dir kam mit meinen dummen, ängstlichen Gedanken.«

»Ja, das war sehr gut, sehr gut, mein Liebling.«

Innig aneinandergeschmiegt fuhren sie heim. Der erste leise Schatten auf Ritas Glück war gebannt.

Wochen vergingen nun für Günter und Rita in friedlichstem Glück. Sie kamen wenig in Gesellschaft. Der Verkehr mit der Nachbarschaft beschränkte sich auf kurze Besuche, die gemacht und empfangen wurden. Carry Croner war gleich nach der Beerdigung ihres Gatten mit ihren Eltern nach der Residenz gereist.

Tagsüber war Günter von seinen Pflichten stark in Anspruch genommen, und Rita versuchte, sich mehr und mehr in ihre Hausfrauenpflichten einzuarbeiten. Die gemeinsamen Mahlzeiten führten das junge Paar zusammen, und die Teestunde wurde meist etwas länger ausgedehnt. Gemeinsame Ritte wurden fast täglich bei gutem Wetter unternommen. Abends aber las Günter seiner jungen Frau vor. Mit Bedacht wählte er solche Werke, die ihre junge Seele leicht aufnehmen konnte, und die ihr doch einen weiteren Blick ins Leben verschafften.

Unmerklich streifte Rita bei diesem innigen Zusammenleben mehr und mehr das Kindliche ab und überraschte Günter oft durch tiefe Gedanken und Betrachtungen, die sich über ihre Lippen drängten.

Günter war selbst ein Mensch, der nach Vertiefung trachtete. Als Soldat hatte er wenig Gelegenheit gehabt, mit geistig hochstehenden Menschen zu verkehren. Unter den Kameraden hatte ein leichter Ton geherrscht, man interessierte sich da hauptsächlich für schöne Frauen, Pferde, den Beruf und höchstens noch für die leichte Muse.

Nun hoffte er, sich Rita als einen Lebensgefährten heranbilden zu können, der mit ihm durch alle Höhen und Tiefen des Lebens ging. Und Rita ging so ganz auf in der Liebe zu ihrem Gatten, daß sie instinktiv den rechten Weg fand, ihm zu gefallen.

So verging der größte Teil des Herbstes. Günter ging mit Rita für einige Tage nach der Residenz, um Theater und einige Gesellschaften zu besuchen. Natürlich waren sie viel mit Tante Exzellenz zusammen, hauptsächlich Rita, die auch dann glücklich plaudernd bei der alten Dame saß, wenn Günter sich mit seinen alten Regimentskameraden verabredet hatte.

Exzellenz Tronsfeld konnte sich befriedigt von dem wolkenlosen Glück des jungen Paares überzeugen.

Von Carry sprachen die beiden Damen auch. Exzellenz erzählte, daß die junge Witwe sehr zurückgezogen bei ihren Eltern lebe und doch wohl den ganzen Winter in der Residenz zubringen würde.

Rita verschwieg jedoch der alten Dame, welche Beobachtungen sie am Begräbnistag des Herrn von Croner gemacht hatte. Erstens wußte sie selbst kaum noch, was sie eigentlich gesehen hatte, und zweitens wollte sie nicht darüber sprechen.

Günter und Rita hatten im Hotel Wohnung genommen. Die Tage vergingen ihnen sehr schnell. Eines Tages sagte dann Rita: »Müssen wir nicht Frau von Croner einen Besuch machen, Günter? Sie könnte von unserer Anwesenheit in der Residenz hören und es unfreundlich finden, wenn wir uns nicht nach ihrem Befinden erkundigten.«

Günter war sofort einverstanden. Er hatte schon selbst daran gedacht, daß man Carry aufsuchen müsse, hatte aber die Anregung dazu nicht geben wollen, weil er heimlich in Sorge war, Rita könne sich darüber beunruhigen.

So fuhr das junge Paar noch an demselben Tage bei Oberst von Platen vor.

Als sich das junge Paar melden ließ, saß Carry mit ihrer Mutter zusammen im Wohnzimmer, das zwar behaglich, aber sehr einfach ausgestattet war. In der Wohnung des Obersten waren nur die Empfangsräume elegant möbliert. Die anderen Räume zeigten noch die schlichten Möbel aus jener Zeit, da der Oberst mit seiner Gattin einen sehr bescheidenen Haushalt gegründet hatte, auf eine mühselig zusammengebrachte Kaution gestützt.

Die Oberstin sah ihre Tochter fragend an. »Willst du die Herrschaften empfangen, Carry?«

»Gewiß, Mama – warum sollte ich nicht?« fragte Carry scheinbar ganz ruhig. Sie hatte ihrer Mutter nichts anvertraut von ihren Herzenskämpfen, aber diese war doch nicht so ganz sicher, ob Carry ganz verwunden hatte, daß sie einst einen sehr ernsten Flirt mit Günter Valberg gehabt hatte.

Als ihr Carry nun mit großen, ruhigen Augen diese Frage vorlegte, fühlte sich die Mutter ein wenig irritiert.

»Nun – ich meine nur, Carry. Es hätte dir doch unangenehm sein können.«

»Keineswegs, Mama. Du weißt doch, daß ich mit Baron Valberg und seiner jungen Frau viel zusammengekommen bin. Warum soll ich sie also nicht auch hier empfangen?«

»Ja, ja, freilich – ich meinte ja nur.«

Sie »meinte« immer sehr viel, die gute Frau Oberst. Das war bei ihr zur stereotypen Redensart geworden, die ihre Angehörigen zur Genüge kannten.

»Also bitte, Mama, geh hinüber in den Salon und begrüße einstweilen die Herrschaften, ich komme gleich nach«, sagte Carry.

Die Oberstin tat, wie ihr geheißen wurde.

Carry ging in ihr Zimmer und betrachtete sich aufmerksam im Spiegel. Das langnachschleppende Witwenkleid schmiegte sich elegant und weich um ihre herrlichen Glieder. Leuchtend hob sich das üppige, goldblonde Haar von dem tiefen Schwarz des Kleides ab. Der breite, schwere Saum des Kleides, aus Trauerkrepp, zog den feinen Stoff herab, so daß er sich fast faltenlos um den schönen Körper legte. Ihr Antlitz war etwas bleicher als sonst, aber die roten Lippen leuchteten rot und verlangend aus diesem blassen Gesicht, als wollten sie die trauernde Resignation Lüge strafen. Auch in den Augen lag ein Glanz, der nichts von Entsagung wußte.

Mit sanfter Liebenswürdigkeit begrüßte sie Rita, zog sie an sich und küßte sie auf die Wangen. Dabei flog über Ritas Köpfchen hinweg ihr Blick einen Moment, in heißer Sehnsucht aufleuchtend, zu Günter hinüber.

Günter wandte sich schnell ab und sprach mit der Oberstin, damit Rita nicht sehen konnte, daß ihm das Blut in die Stirn trieb. Er zürnte sich selbst, daß er noch immer nicht ruhig sein konnte bei Carrys Anblick.

Diese sah die gerötete Stirn und war zufrieden. Sie zeigte sich nun ganz ruhig, begrüßte Günter höflich und freundlich – aber nicht mehr.

Rita blieb ganz harmlos und unbefangen. Der damals in ihr aufgetauchte, halb unbewußte Argwohn hatte sich längst in dem ruhigen Glück der vergangenen Wochen verloren. Sie dachte gar nicht mehr daran. Freundlich fragte sie die junge Witwe:

»Werden Sie bald nach Cronersheim zurückkommen, Frau Carry, oder bleiben Sie den Winter über in der Residenz?«

Carry sah auf ihre weißen Hände herab. Dann blickte sie lächelnd auf.

»Ich habe mich schon so sehr an das Landleben gewöhnt, daß es mir in der Residenz gar nicht mehr auf die Dauer gefallen wird. Weihnachten will ich noch bei meinen Eltern verleben, aber dann kehre ich nach Cronersheim zurück.«

Günter mußte sich zu seinem eigenen Ärger gestehen, daß er noch immer nicht ganz ruhig bleiben konnte in Carrys Gesellschaft. Ihre Persönlichkeit übte noch immer etwas wie einen magnetischen Einfluß auf ihn aus. Solange er sie nicht sah, war er froh und frei, stand er ihr jedoch gegenüber, so war ein Gefühl in ihm, als ob sie sich hineindränge in seine Gedanken und Empfindungen.

Die Oberstin erzählte eifrig und stolz, daß der ganze Hof lebhaften Anteil genommen hätte an Carrys Verlust. Prinz Herbert habe schon wiederholt seine Aufwartung gemacht, um sich nach Carrys Befinden zu erkundigen.

Günter hatte bereits von seinen Kameraden gehört, daß Prinz Herbert anscheinend Feuer gefangen habe und sich für die schöne Frau von Croner lebhaft interessiere. Das stimmte mit den Worten der Oberstin zusammen. Unwillkürlich sah Günter Carry forschend an. Sie merkte diesen Blick und glaubte, er sei von Eifersucht diktiert. Sie hätte aufjubeln mögen. Aber es huschte nur ein seltsames Lächeln um ihren schönen Mund.

»Der gute Prinz! Er hilft mir zuweilen einige langweilige Stunden ertragen und ist außerordentlich aufmerksam.«

Rita blickte bewundernd in Carrys Gesicht. Wie schön sie war – wie wunderschön.

Nachdem sie sich mit Günter von den beiden Damen verabschiedet hatten und wieder im Wagen saßen, sagte Rita in ehrlicher Bewunderung:

»Frau Carry ist die schönste Frau, die ich je gesehen habe. Ich kann mir sehr gut denken, daß sie auch von einem Prinzen verehrt wird. Was meinst du, Günter, dürfte Prinz Herbert, wenn er wollte, Frau Carry zu seiner Gemahlin machen?«

»Aber Rita – wie kommst du auf solchen Unsinn?« stieß Günter ärgerlich hervor.

Dieser Ton war ihr fremd. Sie erschrak und sah ihn hilflos an.

»Ach Günter – es kam mir nur so in den Sinn. Ist denn das ein Unrecht? Warum bist du so heftig?«

Er war über sich selbst erschrocken. Nun lachte er – ein wenig gezwungen freilich und faßte ihre Hand.

»Kleines törichtes Frauchen! Siehst mich gleich an wie Rotkäppchen den bösen Wolf, der sie fressen wollte.«

Sie seufzte lächelnd.

»Ich bin so gar nicht gewöhnt, daß du mich in einem rauhen Ton anläßt.«

»Das habe ich doch auch jetzt nicht getan.«

»Es schien mir so, aber vielleicht habe ich mich getäuscht.«

»Ganz sicher, Rita. Also du möchtest wissen, ob Prinz Herbert Frau Carry heiraten dürfte?«

»Ja.«

Er zuckte die Achseln.

»Ich glaube es nicht. Trotzdem er bei der Erbfolge nicht in Betracht kommt, da unser Herzog selbst mehrere Söhne hat, so würde doch der Herzog seinem Neffen kaum die Genehmigung zu einer solchen, nicht standesgemäßen Ehe erteilen. Hier käme wohl höchstens eine morganatische Ehe in Betracht, und eine solche einzugehen wäre sicher wiederum Frau von Croner zu stolz.«

Rita seufzte lächelnd.

»Ich möchte weder Prinz noch Prinzessin sein. Aber nun laß uns gleich noch bei Tante Exzellenz vorfahren, ehe wir ins Hotel zurückkehren.«

»Haben wir noch Zeit? Du weißt, wir wollen heute mit einigen Kameraden und ihren Damen zusammen dinieren.«

Er sah nach der Uhr.

»Noch ein halbes Stündchen bleibt uns für Exzellenz.«

So war Rita von dem gefährlichen Thema abgelenkt. Günter aber mußte sich selbst fragen, ob er es ruhig ertragen könnte, wenn Carry sich mit Prinz Herbert verbinden würde.

Er sagte sich entschieden »ja« und wußte doch nicht, ob es die Wahrheit sei. Durch das Wiedersehen mit Carry war er wieder aus seinem seelischen Gleichgewicht gekommen.

Einige Kameraden Günters hatten seine Einladung zur Jagd angenommen. Und nun meldete sich auch Ritas Vater für einige Wochen in Valberg an. So wurde es bald nach der Rückkehr des jungen Paares aus der Residenz sehr lebhaft in Schloß Valberg.

Rita machte in reizender, graziöser Art die Honneurs als Hausfrau. Die leise Unsicherheit, die diesem ersten Debüt anhaftete, ließ sie nur noch anmutiger erscheinen. Günters Kameraden priesen ihn als einen Glückspilz und huldigten der reizenden Hausfrau samt und sonders. Rita nahm diese Huldigungen mit einem köstlichen Gemisch von Freude und Verwirrung entgegen und sah mit reizendem Lächeln in ihres Gatten Gesicht.

Günter fühlte sich wieder sehr glücklich. Der Gedanke an Carry verblaßte bald wieder. Er konnte sogar ruhig mit anhören, wenn die Kameraden darüber debattierten, ob die Bemühungen Prinz Herberts um die schöne junge Witwe ernsthafter Natur seien.

Sobald Carrys Persönlichkeit nicht magnetisch auf ihn einwirkte, war er auch innerlich frei von ihr, und er hoffte, in Zukunft auch in ihrer Gegenwart seine Ruhe behalten zu können.

Viktor fühlte sich die ersten Wochen in Valberg über Erwarten glücklich und behaglich. Er ließ sich mit Wonne von Rita sorglich umhegen, freute sich herzlich an ihrem jungen Glück, konstatierte befriedigt, daß sie immer hübscher wurde und jetzt eine sehr eigenartige liebliche Erscheinung war, und interessierte sich lebhaft für ihre Toiletten. Er verschrieb ihr selbst dies und das, was er für besonders wirkungsvoll hielt, und gab ihr mit seinem ästhetischen Feingefühl mancherlei Direktiven und Anregungen, so daß sie selbst Interesse an ihrer eigenen Person gewann und sich mit eigenem Geschmack zu kleiden begann. So lernte sie spielend die für eine Frau so wichtige Kunst, sich auch äußerlich zur Geltung zu bringen.

Der Vater lehrte sie, ihre feinen Reize gewissermaßen zu unterstreichen. Der gewiegte Frauenkenner und Ästhet betrachtete seine Tochter jetzt gewissermaßen als ein Kunstwerk, das er geschaffen hatte und dem er nun durch allerlei Verbesserungen noch allerlei Feinheiten gab.

Günter war jetzt oft ganz frappiert von Ritas Aussehen. Sie wurde ihm gewissermaßen interessant. Da Rita den Kostenpunkt nicht zu berücksichtigen brauchte, konnte sie sich alles leisten, was ihr begehrenswert erschien.

Viktor wunderte sich selbst, daß ihm seine Tochter so viel Interesse einflößte, und sie wurde ihm immer lieber, je schöner sie aufblühte. Seine Vatereitelkeit vertiefte seine Liebe.

Er hatte mit Günter über Frau von Croner gesprochen, und dieser hatte ihm gesagt, sie scheine vernünftig geworden zu sein seit dem Tode ihres Mannes. So glaubte Viktor das Glück seiner Tochter von keiner Seite mehr bedroht.

Nachdem Günters Kameraden wieder abgereist waren, wurde es stiller in Valberg, und es dauerte nicht lange, bis die Wandervogeltriebe des Barons aufs neue erwachten. Er behauptete, nach der Residenz zurückkehren zu müssen, um in seinem Heim einmal wieder nach dem Rechten zu sehen.

Rita hatte gehofft, daß der Vater bis nach dem Weihnachtsfest in Valberg bleiben würde. Sie hatte auch Tante Exzellenz eingeladen und es sich sehr schön gedacht, dies Weihnachtsfest im Verein mit all ihren lieben Menschen zu feiern. Gerade am Weihnachtsfest war ihr früher immer ihre Verlassenheit und der Mangel an Liebe zum Bewußtsein gekommen, und sie meinte, daß sie nun an diesem Feste auch doppelt den Reichtum an Liebe empfinden müsse, der ihr jetzt zuteil geworden war.

Betrübt sagte sie das dem Vater.

Er streichelte lächelnd ihre Wangen.

»Natürlich verleben wir Weihnachten gemeinsam, Töchterchen, das habe ich als ganz selbstverständlich angesehen. Bis zum Fest ist ja fast noch drei Wochen Zeit. Da kann ich vorher bequem mein Haus in der Residenz in Ordnung bringen, kann einige Besuche machen und mich für die kommende Festsaison anmelden. Vor allem aber kann ich mich in der Residenz nach hübschen Weihnachtsgeschenken für meine kleine Maus umsehen. Dann stelle ich mich kurz vor dem Feste Tante Exzellenz als Reisemarschall zur Verfügung und komme mit ihr für die Festtage nach Valberg, um mich hier in den schönsten Weihnachtszauber einspinnen zu lassen. Ist es recht so, Töchterchen?«

Rita küßte ihn aufjubelnd.

»Ja, so ist es schön und gut. Oh, es sollen herrliche Weihnachten werden. Ich werde selbst die schönsten Tannen im Walde aussuchen.«

»Und die schmücken wir gemeinsam, Tante Exzellenz und ich wollen auch dabei helfen.«

»Dann müßt ihr aber einen Tag früher kommen.«

»Schön, das wollen wir tun.«

So reiste der Baron vergnügt und froh nach der Residenz.

Es gab nun für Rita ein geschäftiges Treiben. Sie ließ es sich nicht nehmen, auch für die Domestiken eine stimmungsvolle Feier zu rüsten. Schon lange Zeit vorher hatte sie mit der Haushälterin eifrig beraten, was zur Bescherung für die Leute nötig war. Sie kümmerte sich sogar in hausfraulicher Geschäftigkeit um die Weihnachtsbäckerei und konnte staunend zusehen, was in der schönen großen Backküche unter den Händen des Küchenpersonals an köstlichen Leckereien entstand. Als dann der Vater mit Tante Exzellenz eintraf, duftete schon das ganze Haus weihnachtlich nach Tannenbäumen, Kuchen und Marzipan.

Es wurde wirklich ein herrliches, wunderschönes Weihnachtsfest, wie es sich Rita so innig gewünscht hatte. Von allen Seiten wurde sie reich beschenkt und mit so viel Liebe umgeben, daß sie aufschluchzend vor Glückseligkeit ihrem Gatten in die Arme fiel und ausrief:

»Mir tut das Herz weh vor lauter Glück und Freude. Es kann auf der ganzen Welt kein glücklicheres Menschenkind geben als mich!«

Tante Exzellenz legte ihr die Hand auf den Mund.

»Nicht doch, Kind. Man soll den Neid der Götter nicht erwecken.«

Viktor sah seine alte Freundin neckend an.

»Teuerste Exzellenz – jetzt entdecke ich die erste Untugend an Ihnen. Sie sind abergläubisch?«

Sie lächelte. »In manchen Dingen ja.«

»Aber, aber! Eine so kluge, geistvolle Frau.«

Mit feinem ironichem Lächeln sah sie ihn an. »Ich behaupte, jeder Mensch hat in seinem Empfinden ein dunkles Winkelchen, wo dieser mittelalterliche Gast noch haust.«

»Oh, davon müssen Sie zum mindestens mich ausnehmen, ich kenne keinen Aberglauben«, versicherte Viktor lachend. Er saß behaglich in seinem Sessel und sah die Generalin mit mokantem Ausdruck so recht selbstsicher an.

Da trat Rita hinter ihn, legte ihm die Arme schmeichelnd um den Hals und fragte schelmisch: »Wer war es denn, der neulich beim Aufbruch zur Jagd sich auf Schleichpfaden aus der Hintertür entfernte, um der alten Berger-Christel nicht zu begegnen, die vor dem Schlosse den Schnee aus den Wegen schaufelte?«

Verblüfft sah der Baron zu seiner Tochter empor und dann zur Exzellenz hinüber, die vergnügt auflachte.

»Hm! Allerdings – aber das sind nur Jägergewohnheiten.«

»Nennen Sie es, wie Sie wollen, lieber Freund – es ist doch Aberglauben.«

Mit komischer Zerknirschung sah er in ihr Gesicht.

»Müssen Sie mir immer überlegen sein? Und mein Töchterchen hilft Ihnen auch noch, mich hereinzulegen.«

Rita lachte: »Wir Frauen müssen doch zusammenhalten, Papa.«

Man ging dann zu Tisch. Die Bescherung der Leute hatte bereits vorher stattgefunden. In ihrem weißen Kleide war Rita wie ein Weihnachtsengel zu ihnen getreten, hatte selbst die Gaben ausgeteilt und für jeden, auch für die niedrigste Magd, ein gutes, freundliches Wort gehabt. Ihr Herz war so voll Liebe, daß sie abgeben mußte. Und sie hatte sich die Herzen ihrer Untergebenen heute vollends gewonnen. Behaglich saß man nun an der weihnachtlich geschmückten Tafel, in innigster Harmonie verbunden.

Und als Rita sich an diesem Abend mit ihrem Gatten zurückzog, warf sie sich noch einmal an seine Brust.

»Laß mich dir danken, mein geliebter Mann, daß du mich so reich gemacht hast. Mein Herz ist so voll Liebe, daß ich immer nur mit vollen Händen austeilen muß, um nicht zu ersticken. Sollte ich das alles noch wie früher in mich verschließen, wenn ich keinen Menschen hatte, dem ich davon austeilen konnte – dann müßte mir das Herz brechen.«

Er streichelte liebevoll das schöne dunkle Haar, und es war wie ein stilles Gelübde in ihm, alles zu tun, was in seiner Kraft stand, ihr Glück zu bewahren und zu hüten. Es erschütterte ihn immer, wenn sie ihm davon sprach, wie arm an Liebe sie früher gewesen war. Es lag jetzt zuweilen etwas verhalten Leidenschaftliches in ihrem Wesen, eine scheue, stille Glut, die ihn beglückte. Er fühlte dann, daß sie eines großen tiefen Gefühls fähig war. Fast kam er sich dann arm vor mit dem, was er ihr zu bieten hatte, und zuweilen meinte er, daß er nur selbst den Ton anzugeben brauchte, um aus ihrer Seele das heiße, volle Gefühl des reifen Weibes hervorzurufen, das er bisher an ihr vermißt hatte. In ihren großen, dunklen Augen lag jetzt zuweilen eine scheue Glut, die, ihr selbst unbewußt, auf Erlösung zu harren schien und die ihm wie die Ahnung eines großen, tiefen Glücks erschien, das ihm bisher noch gefehlt hatte.

Nach dem Weihnachtsfeste waren der Vater und die Exzellenz wieder abgereist. Viktor fand es jetzt weder schrecklich noch lächerlich, sich in der Gesellschaft mit einer erwachsenen Tochter zu zeigen. Im Gegenteil, er freute sich darauf und hatte sich mit Eifer an den Beratungen beteiligt, was für Toiletten seine Tochter tragen sollte. So reiste das junge Paar bald nach dem Baron in die Residenz, für drei Wochen diesmal.

Rita feierte zum ersten Male während dieser Festlichkeiten gesellschaftliche Triumphe, und Günter war stolz und glücklich im Besitz seiner reizenden Frau, während Viktor vor Vatereitelkeit strahlte. Es ging von einem Fest zum anderen, und Rita hatte kaum Zeit, Carry einen flüchtigen Besuch abzustatten. Günter begleitete sie diesmal nicht, er schützte eine Abhaltung vor. Im Grunde wollte er sich durch eine neue Begegnung mit Carry nicht wieder seinen Seelenfrieden stören lassen. Aber auch Rita traf Frau Carry nicht mehr an, die Oberstin sagte ihr, sie sei nach Cronersheim zurückgekehrt. Ihrer Mutter hatte Carry als Grund zu ihrer Rückkehr nach Cronersheim angegeben, daß ihr die vielen Besuche Prinz Herberts unangenehm seien. Dieser hatte allerdings der schönen, jungen Witwe in sehr ausdrücklicher, wenn auch zarter Weise den Hof gemacht.

Carry zog aber ein anderer Grund nach Cronersheim – die Sehnsucht nach Günter, die ihr keine Ruhe ließ.

Kaum war dann das junge Paar nach Valberg zurückgekehrt, als sich auch schon Carry zu einem Besuch einfand. Sie kam Rita mit so auffallender Liebenswürdigkeit entgegen, daß diese, trotz einer halb unbewußten inneren Abwehr Gleiches mit Gleichem erwidern mußte.

Und trotz dieser Abwehr kam wieder ein sehr lebhafter Verkehr zwischen Cronersheim und Valberg zustande.

Carry war mit dem festen Vorsatz nach Cronersheim zurückgekehrt, eine Trennung zwischen Günter und Rita herbeizuführen – um jeden Preis. Jedes Mittel zu diesem Zweck war ihr recht. Sie war in diesen Monaten der Zurückgezogenheit mit sich zu Rate gegangen, wie sie Günter für sich frei machen konnte. Ein fester Plan war in ihrer Seele fertig. Sie mußte nur noch sondieren, wie sie ihn ausführen konnte.

In ihrem Plan sollte das eine große Rolle spielen, was sie damals erlauscht hatte hinter dem Gebüsch am Parksee.

Verlor Günter mit einer Trennung von Rita Valberg – wenigstens zu Lebzeiten des Barons, so war das auch nicht schlimm. Sie war ja jetzt selbst reich, und Cronersheim würde Günter entschädigen. Rita konnte dann mit ihrer Person und ihrem Gelde einen andern glücklich machen. Es würde ihr nicht an Ersatz fehlen. Und für dies kleine dumme Lämmchen würde ein anderer auch genügen, es brauchte ja nicht gerade der Mann zu sein, nach dem sich Carry Croner mit allen Fasern ihres Seins sehnte. Was galt ihr überhaupt Rita? Sie sollte und durfte ihr nicht länger ein Hindernis sein, sich mit dem geliebten Manne zu vereinigen. Und sie hatte den Mut, Ungewöhnliches für ihr ersehntes Glück zu wagen.

Rita hatte keine Ahnung, welche drohende Wolke über ihrem Glücke aufzog, und Günter fühlte sich im Innern sehr froh, als er merkte, daß ihn jetzt Carrys Gegenwart ruhig ließ und ihn nicht mehr erregte. Seine Liebe zu Rita hatte sich vertieft und machte ihn stark gegen alle Versuchungen.

Zunächst beobachtete Carry eine gewisse Reserve Günter gegenüber, in der Absicht ihn zu reizen. Sie hatte nur zu wohl bemerkt, daß ihre kühle Ruhe ihn erregt hatte.

Ganz sicher wurde sie, daß Günter sie noch immer liebte, als er sich eines Tages bei ihr sehr angelegentlich nach Prinz Herbert erkundigte. Sie glaubte, einen eifersüchtigen Ausdruck in seinen Augen zu bemerken und hätte aufjauchzen mögen.

Mit einem seltsamen Blick in sein Gesicht sagte sie leise:

»Ich habe die Residenz hauptsächlich deshalb verlassen, weil mir die unentwegten Aufmerksamkeiten des Prinzen Herbert lästig wurden.«

Als sie das gesagt hatte, schien es ihr, als ob seine Augen aufleuchteten. Sie hatte aber nicht bemerkt, daß Rita hinter ihr stand und daß dieser aufleuchtende Blick Günters Rita galt, weil diese ihm verstohlen ein Zeichen gab, als wollte sie sagen: »Siehst du wohl, Prinz Herbert interessiert sich doch für Frau Carry!«

Für Carry hätte es dieses Aufleuchtens, das sie falsch deutete, gar nicht bedurft, um sie zu überzeugen, daß Günter sie noch liebte.

Und nun begann sie langsam wieder ihre Fühler nach ihm auszustrecken. Fast täglich kam sie nach Valberg, immer mit einem bittenden, liebenswürdigen Lächeln.

»Bei Ihnen ist es so traut und behaglich, liebste Frau Rita. In Cronersheim ist alles leer und öde – mich friert dort so allein. Lassen Sie mich ein wenig bei Ihnen rasten.«

Und Rita machte sich Vorwürfe, daß sie Carry nicht freudiger willkommen heißen konnte.

Trotz Carrys stark betonter Freundschaft konnte Rita kein Herz mehr zu ihr fassen, und manchmal fragte sie sich unter Carrys seltsam flimmernden Blicken: »Was will diese Frau von dir?«

Günter hatte jetzt viel zu tun. Der alte Administrator verließ seinen Posten, und der neu eingestellte hatte sich zwar unter seiner Leitung schon ein wenig eingearbeitet, aber immerhin blieb für Günter mehr zu tun als sonst.

Wenn er aber auch noch so beschäftigt war, die Teestunde widmete er stets seiner Frau und saß behaglich plaudernd bei ihr. Das hatte Carry bald herausgefunden, und sie stellte sich nun immer zur Teestunde ein, worüber Rita gar nicht erfreut war, denn diese kurze Stunde war ihr die liebste des ganzen Tages, und sie wäre viel lieber mit ihrem Gatten allein geblieben.

6

Es war an einem klaren, schönen Märztag. Rita hatte am Vormittag in Günters Begleitung den ersten Ritt wieder unternommen seit dem Herbst. Er hatte draußen auf den Feldern zu tun gehabt, und sie hatte ihn begleitet.

Es war ein herrlicher Ritt gewesen. Froh und heiter kamen sie nach Hause. Als Günter seine Frau vom Pferde hob, hielt er sie fest an seinem Herzen und sah ihr strahlend in die aufleuchtenden dunklen Augen. Langsam gab er sie frei, als der Reitknecht herbeieilte. Und jauchzend hätte er es der Welt verkünden mögen, daß er sein junges Weib liebte. Er war sich jetzt seiner Liebe erst so recht bewußt geworden.

Gemeinsam nahmen sie dann das Mittagsmahl ein.

Nach demselben mußte sich Günter zu einer längeren Konferenz mit dem neuen Administrator in sein Arbeitszimmer zurückziehen.

»Und was tut mein kleines Frauchen jetzt?« fragte er, als er sich von Rita verabschiedete.

Sie sah ihn lächelnd an.

»Oh, ich habe allerlei zu tun. Frst will ich an Papa schreiben, dann habe ich mit der Haushälterin allerlei zu beraten, und wenn mein gestrenger Herr dann noch keine Zeit für mich hat, werde ich in der Gärtnerwohnung einmal nachschauen, wie es der kranken Frau des Gärtners geht. Zum Tee bin ich aber sicher zurück, dann sehen wir uns wieder.«

»Ja, mein liebes Herz – die Teestunde lassen wir uns nicht nehmen.«

Rita seufzte leise. Er sah sie forschend an.

»Was sollte dieser Seufzer, kleine Frau?«

Sie zog unsicher die Schultern empor: »Ach – eigentlich ist es ja recht ungastlich und unfreundlich – aber ich wünschte doch, wir hätten unsere Teestunde wieder öfter für uns allein. Jetzt, wo du den ganzen Tag so wenig Zeit für mich hast, wäre es mir wirklich lieber, Frau Carry käme nicht so oft gerade um diese Zeit nach Valberg. Oder ist es dir lieb, daß sie da ist?«

Unter dem dringlich fragenden Blick ihrer Augen wurde er, ohne recht zu wissen, warum, sehr rot und sah an ihr vorbei.

Rita sah diese verräterische Röte und bemerkte seine Verlegenheit. Und plötzlich schnürte ihr eine törichte, unbestimmte Angst die Brust zusammen, trotzdem sie sich selbst darum schalt. Das war wieder dies schreckliche beklemmende Gefühl, wie damals am Tage der Beisetzung Franz von Croners.

Günter zwang seine Verlegenheit nieder, und er hätte es jetzt direkt als eine Erlösung empfunden, Rita alles sagen zu dürfen, was je zwischen ihm und Carry gewesen war. Er wußte genau, daß er dann von allem frei sein würde, was ihn je gequält hatte. Er nahm sich vor, daß Rita alles erfahren sollte, wenn sie ein wenig älter und reifer geworden war, wenn er ihr erst das volle Verständnis für menschliche Irrungen und Schwächen zutrauen konnte.

Jetzt hätte er ruhig über alles sprechen können, denn jetzt fühlte er, daß er alles überwunden hatte und daß er nur Rita allein liebte.

»Nein, Rita, es ist mir so wenig lieb wie dir. Frau von Croner ist auch für meinen Geschmack zu viel in Valberg. Aber es ist ja verständlich, daß sie sich in Cronersheim sehr einsam fühlt, und wir können sie doch nicht fortschicken. Gastfreundschaft über alles, nicht wahr?«

Sie nickte nur stumm. Er merkte, sie war bedrückt. Aber er fühlte sich nicht unbefangen genug, sie zu trösten und aufzuheitern und verschob es auf später. So verabschiedete er sich mit einem Kuß von ihr und ging schnell hinaus.

Rita suchte sich selbst auszuschelten und zur Ordnung zu rufen wegen des törichten, quälenden Gefühls. Aber es gelang ihr nicht recht. Am liebsten wäre sie Günter nun nachgeeilt und hätte ihm ihre Unruhe gebeichtet, aber erstens wußte sie, daß er nicht allein war, und dann schämte sie sich auch dieses Gefühls wegen, das doch entschieden einen Schein des Mißtrauens an sich hatte.

Sie suchte sich abzulenken, schrieb an ihren Vater und Tante Exzellenz, beriet mit der Haushälterin den Küchenzettel und ging im Hause umher. Etwas ruhiger war sie geworden und suchte sich selbst auszulachen. Und sie nahm sich nun doch vor, Günter alles zu beichten, damit er sie in seiner lieben – ach so lieben Art beruhigte. Wenn nur Carry Croner wenigstens heute nicht kommen wollte. Sie sah nach der Uhr. Die zeigte erst die vierte Stunde. So beschloß sie, noch nach der kranken Gärtnersfrau zu sehen.

Günter stand neben dem Administrator am Fenster seines Arbeitszimmers und sah sie über den breiten Weg vor der Veranda gehen. Sie schritt zu dem Laubengang hinüber, der mitten über den weiten freien Platz vor dem Schlosse bis zum Park hinüber führte. Er freute sich über die graziöse Haltung der jetzt voll erblühten Gestalt, und die anmutige Art, wie sie das Kleid raffte und wie sie den feinen Kopf auf den Schultern trug. Warm und zärtlich stieg es in ihm auf. Er wünschte sehnlichst, daß auch der letzte kleine Schatten zwischen ihnen beseitigt würde.

Als Rita in dem Laubengang verschwunden war, wandte er sich wieder mit Aufmerksamkeit seinem Administrator zu. Er mußte diesem dann noch in den Büchern verschiedene Eintragungen zeigen. Endlich war alles Nötige für heute erledigt, und der Administrator entfernte sich.

Günter sah nach der Uhr. Es fehlten noch fünfzehn Minuten auf fünf. Vielleicht wartete Rita schon auf ihn am Teetisch – vielleicht blieb ihnen ein ungestörtes Viertelstündchen, ehe Frau von Croner kam. Er wünschte sehnlicher noch als Rita, sie möge überhaupt nicht kommen.

Er eilte in das Zimmer, in dem sie immer den Tee zu nehmen pflegten. Rita hatte schon manchmal hier auf ihn gewartet. Schnell trat er ein. Aber die freudige Erregung in seinem Gesicht erlosch schnell wieder – statt Rita fand er Carry Croner hier.

Sie stand in lässig graziöser Haltung am Fenster und sah hinaus. Bei seinem schnellen Eintritt wandte sie sich um.

»Sie hier, gnädige Frau? Ich wußte gar nicht, daß Sie anwesend seien. Ist meine Frau nicht hier?«

Sie sah mit großen feuchtglänzenden Augen in sein Gesicht, und es wollte ihm scheinen, als brenne wieder der sehnsüchtige unbeherrschte Ausdruck wie früher darinnen.

»Ich wollte nicht, daß man Sie störte, man sagte mir, Sie seinen beschäftigt. Als ich mich Ihrer Frau Gemahlin melden lassen wollte, sagte man mir, sie sei ins Gärtnerhaus gegangen. Da nahm ich mir das Recht, die fehlende Viertelstunde hier zu warten. Ihre Frau Gemahlin ist noch nicht zurück – so müssen Sie einstweilen mit meiner Gesellschaft fürliebnehmen.«

Er merkte sehr wohl, daß sie sehr erregt war. Ihr Atem ging schnell, und die roten Lippen bebten. Vor allem aber verrieten ihm ihre sehnsüchtig schimmernden Augen, daß sie sich heute nicht wie sonst beherrschte.

Seit langer Zeit waren sie zum ersten Male wieder allein.

Eine starke Unruhe und Verlegenheit befiel ihn, eine Angst, sie könne sich in Ritas Gegenwart irgendwie verraten.

Sie merkte frohlockend seine Unsicherheit, seine Erregung, die sie ganz falsch deutete.

»Wollen Sie nicht Platz nehmen, gnädige Frau?« fragte er, ihr einen Sessel zuschiebend.

Sie schüttelte den Kopf, ohne den Blick von seinem Gesicht zu lassen.

»Nein, nein – ich danke, ich mag jetzt nicht sitzen – ich bin so unruhig, so erregt.«

»Sie haben hoffentlich nichts Unangenehmes erfahren?« fragte er höflich, konventionell.

Sie blickte ihn an mit heiß hervorbrechender Glut.

»Wie artig wir Konversation machen! Es könnte lächerlich sein – wenn es nicht so traurig wäre. Mir scheint, wir hätten uns anderes zu sagen.«

»Gnädige Frau!«

Sie trat einen Schritt näher zu ihm heran und machte eine hastig abwehrende Bewegung.

»Gnädige Frau – gnädige Frau! Wenn ich dies schrecklich förmliche Wort nur nicht mehr von Ihnen hören müßte. Einst fanden Sie so viel süßere Namen für mich. Ach Günter – Günter – wann wirst du endlich diese furchtbare kalte Maske fallenlassen. Ich habe gewartet und gewartet – ganz krank bin ich geworden vor sehnsuchtsvoller Ungeduld. Günter – ich weiß doch, daß du mich liebst, mich allein, weiß, daß du dich in Sehnsucht nach mir verzehrst, wie ich mich nach dir. Ich kann so nicht weiterleben. Nur einmal nimm mich wieder in deine Arme wie einst, nur einmal küsse mich wieder. Ich sterbe vor Sehnsucht nach deinen Küssen, Günter!«

Er konnte ihren Worten nicht Einhalt tun, und ehe er es hindern konnte, warf sie sich mit leidenschaftlicher Erregung in seine Arme, umschlang seinen Hals, zog seinen Kopf zu sich herab und preßte ihren Mund auf den seinen, als wollte sie sich nie mehr von ihm lösen.

Sie hatten beide nicht bemerkt, daß bei Carrys letzten Worten ein leichter Fuß durch das Nebenzimmer geschritten kam und daß die Portiere an der Tür zum Nebenzimmer zur Seite geschoben wurde, in demselben Moment, als Carry ihre Lippen auf die Günters preßte.

Rita stand auf der Schwelle. Sie hatte gehört, daß Carry sagte: »Ich sterbe vor Sehnsucht nach deinen Küssen, Günter.« Und nun sah sie, wie Günter und Carry eng umschlungen beisammen standen und sich küßten.

Daß ihr Gatte selbst fassungslos erschrocken war und eine steife, abwehrende Haltung bewahrte, sah sie nicht. Vor ihren Augen wurde es Nacht. Sie seufzte auf wie zu Tode getroffen und taumelte mit ausgestreckten Händen vorwärts, als müsse sie ein furchtbares, schreckliches Bild abwehren.

Da erst gewahrte Günter seine Frau. Dieser Anblick riß ihn aus seiner Erstarrung. Er stieß Carry fast brutal zur Seite und wollte auf Rita zueilen, war aber so fassungslos, daß er kein Wort hervorbringen konnte. Nur seine Arme streckte er nach Rita aus, als wollte er sie schützen.

Da kam Leben in ihre Gestalt. Mit einem gewaltsamen Ruck richtete sie sich hoch auf und wich ihm aus. Und dann richtete sie das versteinerte, qualverzerrte Gesicht auf Carry, die viel weniger erschrocken als Günter, zur Seite stand und sich Haltung zu geben suchte. An Carry vorbei schritt Rita schnell zur Tür und klingelte nach dem Diener.

»Sie werden Valberg sofort verlassen, ich wünsche Sie nie mehr hier zu sehen«, sagte sie tonlos, aber fest.

Und da der Diener in diesem Augenblick eintrat, sagte sie hart und schroff zu diesem:

»Begleiten Sie die gnädige Frau zu ihrem Wagen, sie wünscht nach Hause zu fahren.«

Damit glitt sie an dem Diener vorbei aus dem Zimmer, ehe es Günter hindern konnte, und lief wie verfolgt in ihre Gemächer, wo sie sich einschloß und halb ohnmächtig auf den Diwan warf.

Carry sah sich nach Günter um.

»Ich erwarte Sie in Cronersheim«, sagte sie hastig.

Er machte eine unwillig abwehrende Bewegung. Aus Rücksicht auf den Diener konnte er ihr die schroffe Antwort, die ihm auf den Lippen schwebte, nicht zurufen. Ohne sich weiter um Carry zu kümmern, die der Diener hinausbegleitete, folgte er seiner Frau, um ihr alles zu erklären. Er fand jedoch ihre Tür verschlossen. Leise klopfte er an, aber nichts rührte sich drinnen.

»Rita, bitte öffne mir und höre mich an«, bat er, den Schall seiner Worte mit den Händen dämpfend wegen der Domestiken.

Rita hörte diese Worte, trotz ihrer halb bewußtlosen Erstarrung. Aber sie rührte sich nicht und antwortete auch nicht. Niemand hätte sie geglaubt, der ihr gesagt hätte, Günter sei treulos, aber ihren eigenen Augen, ihren eigenen Ohren mußte sie glauben. Sie hatte ihn gesehen in zärtlicher Umarmung mit Carry, hatte gesehen, daß sie sich küßten und hatte gehört, daß Carry ihren Gatten »du« und »Günter« nannte und ihm gesagt hatte, daß sie nach seinen Küssen Sehnsucht habe – also hatte er sie schon früher geküßt. Dazu kam die Beobachtung an Croners Begräbnistag und manches andere noch. Diese Zeichen konnten nicht trügen. In dem Moment, da sie sah, daß Carry und ihr Gatte sich küßten, war ihr Vertrauen und ihr Glück gestorben.

Starr und reglos lag sie auf dem Diwan und reagierte weder auf sein Klopfen noch auf seine bittenden Worte. Sie hörte dann noch eine Weile wie in einem dumpfen, schweren Traume, daß er sich langsam und zögernd entfernte.

Und so lag sie lange wie gelähmt, wie versteinert in Schmerz und Qual. Hundert quälende Kleinigkeiten, die sie vorher nicht beachtet hatte, kamen ihr nun ins Gedächtnis. Carrys aufdringliche und doch unechte Liebenswürdigkeit, ihre feindlich funkelnden Blicke, Günters Erröten, seine rauhen Worte, als sie fragte, ob Prinz Herbert Carry heiraten dürfe, jede Unsicherheit ihres Mannes – alles bekam jetzt ein anderes Gesicht und bewies Rita, daß sie betrogen worden war, vielleicht schon seit langer Zeit. Und sie stöhnte auf in tiefster Qual, daß sie den Mann falsch und treulos finden mußte, den sie so namenlos geliebt und vertraut hatte.

Ach, sie konnte ja verstehen, daß die soviel schönere Carry mehr geliebt wurde als sie – aber sie konnte nicht verstehen, daß Günter so falsch war und ihr eine so grausame Komödie vorgespielt hatte. Was sollte sie nun tun? Wie sollte sie diese Erkenntnis – wie das Leben überhaupt ertragen nach dieser furchtbaren Erfahrung? Sie meinte, Günter nie mehr ins Gesicht sehen zu können und glaubte, auf der Stelle sterben zu müssen vor Scham und Not, wenn er versuchen würde, sich und diese Frau zu entschuldigen. Nein – nein – das durfte nicht sein – sie konnte ihm nie wieder in die Augen sehen – nie wieder.

Aber was tun – was tun? Sie war unfähig, einen klaren Gedanken, einen Entschluß zu fassen.

Günter kam nochmals an ihre Tür und bat um Einlaß. Sie preßte die Lippen zusammen und sah angstvoll nach der Tür. Sie hätte ja nur laut und qualvoll aufschreien müssen, wenn sie die Lippen geöffnet hätte.

Er entfernte sich wieder – sie hörte ihn tief aufseufzen. Da preßte sie die Hände an die Ohren und wimmerte leise vor sich hin.

So lag sie lange, eine qualvolle Ewigkeit, und wußte doch nicht, ob Stunden oder Minuten vergangen waren, seit sie hier lag.

Dann klopfte es wieder an die Tür. Diesmal war es nicht Günter, sondern die Zofe.

»Gnädige Frau wollen die Güte haben zu öffnen. Ich habe einen wichtigen Brief abzugeben!« rief diese.

Rita erhob sich mühsam, sie fühlte sich wie zerschlagen.

»Sind Sie allein draußen, Rosa?« fragte sie heiser mit einer fremden Stimme.

»Gewiß, gnädige Frau, ganz allein.«

Da öffnete Rita die Tür, ließ die Zofe eintreten und schloß hinter ihr hastig wieder zu.

Es war ganz dunkel geworden. Gewohnheitsmäßig stellte Rosa das elektrische Licht an. Sie erschrak, als sie in Ritas bleiches, verstörtes Gesicht blickte.

»Da ist ein Brief von Frau von Croner abgegeben worden. Ein reitender Bote hat ihn gebracht. Er ist über den Wirtschaftshof gekommen und hat mich selbst im Souterrain aufgesucht. Ich soll der gnädigen Frau den Brief abgeben, sofort und ohne daß es jemand merkt. Es wäre wegen einer Geburtstagsüberraschung für den gnädigen Herrn.«

Rita taumelte und hielt sich den Kopf.

»Legen Sie den Brief hin, Rosa«, sagte sie apathisch und sah nach der Uhr. Sie hatte seit Stunden hier auf dem Diwan gelegen.

Die Zofe sah sie besorgt an.

»Gnädige Frau befinden sich nicht wohl?«

»Ich habe Kopfweh, Rosa.«

»Darf ich der gnädigen Frau eine Tablette geben oder die Stirn mit Eau de Cologne reiben?«

»Nein nein – nur Ruhe muß ich haben. Gehen Sie, Rosa – sorgen Sie, daß ich nicht gestört werde.«

»Sehr wohl, gnädige Frau.«

Rosa entfernte sich und ging wieder in die Domestikenstube

zurück, wo man sich schon allerlei zugeflüstert hatte.

Rita hatte hinter Rosa sofort wieder die Tür geschlossen. Nun starrte sie mit erloschenen Augen auf Carrys Brief herab. Eine Geburtstagsüberraschung für den Herrn Baron? Unter dieser Devise war der Brief bei ihr eingeschmuggelt worden.

Einem ersten Impuls folgend, wollte Rita den Brief verbrennen, ohne ihn zu lesen. Aber dann besann sie sich. Nein – es war besser, sie las ihn.

Vielleicht enthielt er eine Erklärung der ganzen Angelegenheit. Dann brauchte sie wenigstens eine solche nicht von ihrem Gatten entgegenzunehmen. So faßte sie erschauernd nach dem Brief und riß ihn auf. In einen Sessel gleitend nahm sie die eng beschriebenen Bogen aus dem eleganten Enveloppe, das versiegelt war.

Erst tanzten die Buchstaben in wilder Hast vor ihren Augen, so daß sie den Sinn nicht begreifen konnte, aber endlich faßte sie sich mühsam und zwang sich zur Ruhe, so daß sie lesen konnte, was Carry schrieb.

Sehr geehrte Frau Baronin! Sie haben mich aus Ihrem Hause gewiesen wie eine Verbrecherin. Das enthebt auch mich aller Umstände. Gestatten Sie mir, daß ich Ihnen die Sachlage klarstelle, ohne Umschweife; es muß klar werden zwischen uns.

Baron Günter Valberg war heimlich mit mir verlobt. Unsere beiderseitige Armut hinderte uns an einer Verbindung. Ich folgte endlich, schweren Herzens, dem Rat meiner Eltern und nahm die Bewerbung Franz von Croners an. Günter zürnte mir deshalb – aber seine Liebe zu mir war zu stark, um sich unterdrücken zu lassen. Ich wußte nicht, was ich tat, als ich Frau von Croner wurde. Es hat keinen Zweck, Ihnen zu sagen, wie furchtbar und namenlos ich gelitten habe in dieser Ehe. Nur das lassen Sie mich noch bemerken, daß ich dem Wahnsinn nahe war, als ich hörte, daß Günter inzwischen in die Lage gekommen war, durch den Verzicht Ihres Vaters auf das Majorat Valberg eine arme Frau heiraten zu können.

Ich ließ mich fassungslos von den Ereignissen treiben und litt Qualen, die unerträglich schienen. Ich konnte Günter so wenig vergessen, wie er mich vergessen konnte. Und so kam ich endlich zu dem Entschluß, mich von Croner scheiden zu lassen, um Günter angehören zu können. Das wollte ich Günter sagen. Da ich ihn nie allein traf, lauerte ich ihm auf im Park. Eines Tages kam er auch – aber in Gesellschaft Ihres Vaters. Ich verbarg mich deshalb im Gebüsch, und zufällig nahmen die beiden Herren vor diesem Gebüsch auf einer Bank Platz. Ich hörte ihr ganzes Gespräch, hörte zu meiner Qual, daß Ihr Vater, Baron Viktor Valberg, Günter seine Tochter zur Frau anbot, weil ihm das Zusammenleben mit Ihnen lästig war, weil er seine Freiheit Ihretwegen nicht aufgeben wollte. Günter versicherte ihm zwar, daß er Sie nur wie ein Bruder liebe und daß er nie mehr eine Frau so lieben könne, wie er mich geliebt, aber ihr Vater redete ihm zu – und verkaufte Sie an Günter, dem er dafür die andere Hälfte der Revenuen von Valberg als Ihr Nadelgeld zusicherte. Günter nahm das Anerbieten an, weil er mich doch gefesselt wußte an Croner und weil er sich Ihrem Vater für Valberg dankbar erweisen wollte. Und ehe ich Günter nur noch ein Mal allein sprechen konnte, hatte er sich mit Ihnen verlobt.

Ich wußte nicht, daß dies so schnell geschehen war. An dem Tag, da Sie mit Ihrem Vater nach der Residenz reisten, suchte ich Günter in Valberg auf, um ihm zu sagen, daß ich mich für ihn freimachen wollte. Da sagte er mir, daß es zu spät sei, er habe sich soeben mit Ihnen verlobt und fühle sich an Sie gebunden.

In tiefster Verzweiflung kehrte ich nach Cronersheim zurück. Ich habe dann die Dinge gehenlassen müssen. Wir haben ehrlich gerungen mit unserer Liebe, Günter sowohl als auch ich.

Was ich dann empfand, als ich durch meines Gatten Tod frei wurde, erlassen Sie mir zu schildern. Ich floh in die Residenz, um Günter nicht mehr zu sehen. Aber die Sehnsucht zog mich nach Cronersheim zurück, ich wollte ihn wenigstens sehen dürfen. Daß ich Sie gehaßt habe, können Sie vielleicht verstehen, ich gestehe es offen ein. Sie standen ja als Hindernis zwischen mir und meinem Glück. Wir haben beide gekämpft, um uns nicht zu verlieren, haben jedes Alleinsein vermieden und nicht mehr mit einem Wort gerührt an dem, was gewesen war. Aber heute, da wir kurze Zeit allein waren, da ist die Sehnsucht so mächtig geworden, die Minute gewann Macht über uns – und in diesem Moment traten Sie ein. Nun verurteilen Sie uns, wenn Sie können. Aber ich halte

Sie für gut und edel, und ich flehe Sie an, geben Sie Günter frei, seien Sie großherzig. Günter hat wohl nicht den Mut, Sie darum zu bitten, er fürchtet, Ihnen wehe zu tun. Ich aber habe heute den Mut. So, wie die Sache jetzt steht, sind wir alle drei unglücklich. Sie haben es in der Hand, Günter und mich glücklich zu machen und sich selbst zu befreien von einer Verbindung, die Ihrer nicht würdig ist. Sie haben ein besseres Glück verdient. Das sage ich Ihnen, trotzdem ich Sie gehaßt habe. Jetzt, da Sie alles wissen, tue ich es nicht mehr. Sie konnten ja nichts dafür, daß Ihr Vater Sie verkaufte, weil Sie ihm lästig waren. Ich bitte Sie um Verzeihung und erwarte von Ihrer Großherzigkeit eine baldige Entscheidung.

Carry Croner.

Zweimal las Rita diesen Brief durch, weil sie das erstemal nicht alles fassen konnte. Nun lehnte sie wie gebrochen in ihrem Sessel und starrte mit großen, erloschenen Augen vor sich hin. Nun wußte sie alles, alles, wußte, daß sie wie eine Ware verkauft worden war an den Mann, den sie liebte und an dessen Liebe sie geglaubt hatte, wie an das Evangelium. Er war weniger schuldig, als sie geglaubt hatte, aber ihr Elend war darum nicht geringer geworden. Verkauft – vom eigenen Vater verkauft, weil sie ihm lästig war. Auch er liebte sie nicht – niemand liebte sie – sie war wieder bettelarm – ärmer als je.

Und als sie sich das klargemacht hatte, erhob sie sich langsam wie ein Automat. Es war etwas zerbrochen in ihr. Wie eine Nachtwandlerin trat sie an ihren Schreibtisch, und ohne sich zu setzen, schrieb sie hastig mit einer Bleifeder auf ein Blatt Papier:

Lieber Günter! Ich weiß nun alles und kann nicht mehr leben in dem Bewußtsein, daß ich dir und meinem Vater eine Last war. Du sollst glücklich werden mit der Frau, die du liebst. Wenn ich nicht für dein Glück leben konnte, so kann ich doch dafür sterben. Mich liebt kein Mensch – es wird keinem wehe tun, wenn ich sterbe. Verzeihe, daß ich dich hinderte, glücklich zu sein – ich wußte es nicht. Leb wohl und gönne mir die Ruhe, die ich auf Erden nie finden würde. Ich segne dich – ich habe dich namenlos geliebt.

Rita.

Mechanisch schloß sie diese Zeilen mit Carrys Brief zusammen in ein Kuvert und schrieb ihres Mannes Namen darauf. Sie legte den Brief mitten auf den Schreibtisch. Dann sah sie sich mit toten, leeren Augen noch einmal in dem Zimmer um, wie abschiednehmend, und verließ es lautlos.

Einen Augenblick lauschte sie hinaus, aber es war draußen alles still und ruhig. Wie ein Automat, mit starr geradeaus gerichteten Blicken, schritt sie leise durch das Haus und trat durch das offene Portal ins Freie. So wie sie ging und stand, in dem dünnen Kleidchen, ohne Kopfbedeckung lief sie hinaus.

Niemand begegnete ihr. Ihre kleinen Füße schienen kaum den Boden zu berühren. Sie ging dahin, als sei ihre Seele schon entflohen aus dem Körper.

Günter hatte verzweifelt sein Zimmer aufgesucht, als Rita ihm den Einlaß verwehrt hatte. Er war außer sich vor Schmerz, daß Rita an seine Schuld glauben mußte und nun sicher ganz verzweifelt auf ihrem Zimmer saß.

Nie zuvor hatte er so tief empfunden, wie lieb er sie hatte. Das Herz tat ihm weh, wenn er an ihre Schmerzen dachte. Er hätte Carry in dem Moment, als sie sich in seine Arme warf und ihn küßte, nur mit brutaler Gewalt abschütteln können. Aber auch da war es schon zu spät, um Rita Schmerz zu sparen. Wie furchtbar mußte der Anblick auf sie gewirkt haben. Sie mußte ihn für treulos halten, mußte das Vertrauen zu ihm verloren haben. Und doch war er sich keiner Schuld bewußt. Er hatte getan, was er konnte, um Carry zur Vernunft zu bringen, selbst da schon, als er selbst noch mit sich zu kämpfen hatte.

Als sie sich heute, jeder weiblichen Zurückhaltung bar, in seine Arme warf, hatte sie sich den letzten Rest von Teilnahme bei ihm verscherzt. Er hätte sie zu Boden schlagen mögen, als er in Ritas versteinertes, entsetztes Gesicht gesehen hatte.

Sein Erschrecken, sein Verstummen mußte ihn schuldig scheinen lassen.

Qualvoll stöhnte er auf. Und noch einmal versuchte er Einlaß zu erhalten bei Rita. Aber sie öffnete ihm nicht, und er ging in sein Zimmer zurück. Mit Gewalt konnte er doch nicht bei ihr eindringen. Er mußte ihr Zeit lassen, sich zu fassen, so sehr es ihm auch schmerzte, sie so lange im Zweifel lassen zu müssen.

Daß er ihr jetzt alles sagen mußte, daß er keinerlei Rücksicht auf Carry mehr nehmen konnte, stand fest bei ihm. Das Schicksal hatte selbst eine Entscheidung herbeigeführt, und er mußte Rita alles beichten, trotzdem er sie jetzt noch nicht mit diesen Eröffnungen hatte belasten wollen. Nun gab es kein Vertuschen mehr, sie mußte alles erfahren, sonst vermochte er sie nicht von seiner Schuldlosigkeit zu überzeugen.

Ob er das überhaupt noch konnte, ob er ihr den Glauben an sich, ihr Vertrauen in seine Liebe zurückgeben konnte? War ihre junge Seele nicht für immer vergiftet, durch Zweifel und Mißtrauen? Wenn er doch früher gesprochen, wenn er Carry den Eintritt in sein Haus doch unmöglich gemacht hätte! Einen Trost hatte er in diesen qualvollen Stunden – daß nun seine Seele frei wurde von dem quälenden Bann und daß es zu einem offenen Bruch mit Carry kommen mußte. Aber um welchen Preis war diese Befreiung erkauft worden. Würde sein armes, junges Weib nicht für immer Schaden gelitten haben an ihrer Seele?

Düster vor sich hinbrütend, stand er am Fenster und preßte die heiße Stirn an die Scheiben. Draußen vor dem Portal brannten die hellen Bogenlampen und erleuchteten den ganzen Platz vor dem Schlosse. Und drüben im Park blitzten vereinzelte Laternen durch die laublosen Bäume.

Und plötzlich zuckte er zusammen. Er sah eine schlanke, zierliche Gestalt in einem hellen Kleide die Freitreppe hinabschreiten und in seltsam unbewegter, starrer Haltung quer über den Weg gehen und in dem Laubengang verschwinden.

Es war Rita. Sie trug trotz der kühlen Abendluft weder Tuch noch Mantel über dem dünnen Kleide, und auch der Kopf war unbedeckt. Wo wollte sie hingehen?

Ohne sich zu besinnen, eilte er hinaus, um ihr zu folgen. Als er in die Halle kam, stieg gerade ein Diener aus dem Souterrain herauf, sonst war niemand zu sehen.

»Schnell ein warmes Tuch für meine Frau«, herrschte er den Diener an. Dieser flog die Treppe empor und kam schnell mit einem Plaid zurück. Günter riß es ihm aus der Hand und stürmte hinaus, den Laubengang entlang nach dem Park hinüber. Rita würde sich erkälten, sie hatte wohl in ihrer Erregung nicht darauf geachtet, daß sie kein warmes Überkleid trug.

Voll Unruhe spähte er umher. Wohin hatte sie sich gewendet? Er sah sie nicht und lief planlos weiter, die Blicke spähend umherschweifen lassend. Und plötzlich sah er sie von weitem. Sie passierte gerade eine Stelle, die hell von einer Laterne beleuchtet war. Sie schien jetzt schneller zu laufen, aber noch immer mit der seltsam starren Haltung, ohne sich umzusehen, wie einem bestimmten Ziel entgegen. Sie hielt die Richtung auf den Parksee zu.

Als ihm das bewußt wurde, schrak er plötzlich zusammen und stand einen Moment wie betäubt von einem furchtbaren Gedanken, der ihn wie ein Blitz durchzuckte. Es war ihm, als hörte er Rita sagen:

»Müßte ich jetzt wieder in das alte liebeleere Leben zurück – dann wollte ich viel lieber sterben – ich müßte sterben.«

So hatte sie einmal zu ihm gesprochen. Er fing plötzlich an, in wilder Hast hinter ihr herzulaufen, wie ein Wahnsinniger, mitten durch die Parkanlagen, hinüber nach dem See.

Dieser war nur matt beleuchtet, am oberen und unteren Ende von einer Laterne. Sonst lag er dunkel und geheimnisvoll da.

Dicht neben der ersten Laterne sah er jetzt wieder Ritas Gestalt auftauchen, gleich darauf verschwand sie wieder im Dunkel. Und wenige Sekunden später hörte er ein klatschendes Geräusch, als wenn ein schwerer Gegenstand ins Wasser fiel.

Wie von Sinnen schrie er auf.

»Rita! Rita!«

Aber sie hörte ihn nicht mehr. Unentwegt war sie ihrem Ziel zugestrebt, wie von einer inneren Macht getrieben, und ohne Zaudern war sie über die steile Uferböschung hineingesprungen in das dunkle, kalte Wasser.

Günter legte die letzte kurze Strecke in wilder Hast zurück. Er warf, im Laufen noch, das warme Tuch und seinen Rock von sich. Am See angelangt, spähte er, gegen das schwache Licht der unteren Laterne, über den Wasserspiegel. Und da sah er eine Stelle, auf der sich weite, zitternde Kreise bildeten, und inmitten dieser Kreise tauchte eine stille, helle Gestalt empor und versank wieder.

Ohne zu zaudern sprang er ihr nach in die dunkle, stille Flut. Einige kräftige Stöße brachten ihn an ihre Seite. Eben tauchte sie wieder auf. Da faßte er schnell nach ihrem Kleid.

Das kalte Wasser hatte sie bewußtlos gemacht. Sie setzte seinen Rettungsversuchen keinen Widerstand entgegen. Er schwamm mit ihr der Stelle zu, wo das kleine Ruderboot lag. Hier war das Ufer nicht so steil, sonst hätte er sie kaum allein herausbringen können. Auch hier war es noch ein schweres Werk, aber die Angst um sie gab ihm Kraft.

Endlich war das Rettungswerk gelungen, Rita lag auf dem weichen Rasen. Ohne sich zu besinnen, raffte er seinen Rock empor und warf ihn über, und dann nahm er das Plaid auf, hüllte Rita in dasselbe und hob sie empor.

So schnell er konnte, eilte er mit seiner Bürde dem Schlosse zu.

Es war ein furchtbarer Weg, und so kurz er auch war, erschien er ihm doch endlos lang. Sein Atem keuchte, das Wasser lief an ihm herab, und die nassen Kleider hinderten ihn beim Gehen.

Er schritt nicht erst durch den Laubengang, quer durch die Anlagen bahnte er sich den Weg, um ihn abzukürzen. Der Diener stand auf der Freitreppe am Portal.

Günter rief ihn an. Er kam erschrocken herbei und sah fassungslos auf seinen triefend nassen Herrn, der die bewegungslose, in das Plaid gehüllte Gestalt der Baronin trug.

»Schnell den Chauffeur rufen – Auto nach Arzt senden – meine Frau ist im Dunkeln ausgeglitten und in den See gestürzt«, keuchte ihm Günter entgegen.

Bestürzt wollte der Diener ihm die Last tragen helfen, aber er schüttelte heftig den Kopf.

»Eilen Sie – den Arzt – alarmieren Sie die Dienerschaft – schnell, schnell.«

Der Diener jagte ins Schloß zurück und machte die Dienerschaft rebellisch. Alles kam erschrocken herbei. An einen Unfall glaubten die wenigsten.

Günter kümmerte sich nicht um die gaffenden Leute. Draußen sauste in demselben Augenblick das Auto davon, um den Arzt herbeizuholen. Er trug Rita selbst bis in ihr Schlafzimmer und legte sie behutsam auf den Diwan.

Die Haushälterin hielt die Leute zurück und rief nur Ritas Zofe zu, ihr zu folgen. Diese beiden Frauen entkleideten Rita auf Günters Befehl und legten sie, in warme Decken gehüllt, ins Bett.

Inzwischen hatte sich Günter in Eile trockene Sachen angezogen. Nun kam er wieder in Ritas Schlafzimmer. Bis der Arzt kam, hatte er und die beiden Frauen alles mögliche getan, Rita ins Leben zurückzurufen, aber sie war noch nicht zum Bewußtsein gekommen.

Der erfahrene Blick des Arztes erfaßte sogleich, daß es sich hier mehr um eine tiefe, nervöse Ohnmacht handelte, als um den Einfluß des Wassers. Viel Wasser konnte die junge Frau nicht geschluckt haben, sonst hätten sich ganz andere Symptome gezeigt.

Ohne viel zu fragen, waltete der Arzt seines Amtes, und nach einer Weile kam ein zitternder, tiefer Atemzug über Ritas blasse Lippen. Aber die Augen öffneten sich noch immer nicht.

Trotzdem stellte jetzt der Arzt seine Bemühungen ein. Die Frauen mußten aufhören, die Glieder der jungen Baronin zu massieren. Sie wurde nur in frische, warme Decken gehüllt und warm zugedeckt.

Nun wandte sich der Arzt zu Günter und winkte ihm zu, ihm ins Nebenzimmer zu folgen.

»Zuerst, Herr Baron, verordne ich Ihnen einige Glas Glühwein nach dem kalten Bade – ich habe Ihre Haushälterin schon mit dem Auftrag fortgeschickt, sofort welchen zu bereiten. Am besten wäre es, Sie legten sich auch zu Bett«, sagte er, den jungen Mann forschend betrachtend.

Günter schüttelte heftig den Kopf.

»Zu Bett gehe ich auf keinen Fall – den Glühwein will ich trinken, um mich zu erwärmen. Aber erst sagen Sie mir, Herr Doktor, ob meine Frau noch in Lebensgefahr schwebt.«

Der Arzt schob die Brille empor.

»Lebensgefahr ist momentan nicht mehr vorhanden, aber eine Erkrankung infolge Erkältung ist natürlich nicht ausgeschlossen. Vor allen Dingen scheint mir aber eine starke Nervendepression vorzuliegen. Aber jetzt verlange ich erst energisch, daß Sie sich erwärmen. Nehmen Sie einige Glas Glühwein, so stark und so heiß sie ihn vertragen können, und wenn Sie durchaus nicht zu Bett wollen, so legen Sie wenigstens wärmere Kleider an. Ich bleibe so lange bei Ihrer Frau Gemahlin. Nachher sprechen wir weiter.«

Günter fühlte wirklich ein starkes körperliches Unbehagen. Er ließ sich von seinem Diener eine kurze, pelzgefütterte Jacke überwerfen, die er oft trug, wenn er im Winter im Freien zu tun hatte. Dann trank er hastig zwei Glas Glühwein. Danach wurde ihm etwas wohler. Er empfand die ihn durchströmende Wärme angenehm. Aber obwohl er sich nun körperlich wohler fühlte, überkam ihn jetzt der seelische Schmerz um so heftiger.

Trotzdem er sich nicht direkt schuldig fühlte, lag es doch wie eine schwere Last auf seinem Gewissen. Und ein tiefes, namenloses Mitleid mit Rita erfüllte seine Seele.

Von Carrys Brief hatte er nicht die leiseste Ahnung.

Wie sollte er Rita nun, wenn sie am Leben erhalten blieb, überzeugen, daß trotz des falschen Scheins seine Liebe nur ihr allein gehörte? Ach – so fest war sie ihm unversehens ins Herz gewachsen, seine kleine, anschmiegende, süße Frau mit ihrem lauteren Sinn und ihrer schrankenlosen Liebe und Hingebung. Wie hätte er das Leben tragen sollen, wenn er nicht gerade noch zur rechten Zeit gekommen wäre, sie dem sicheren Tode zu entreißen?

Kaum hatte er den Glühwein getrunken, da eilte er wieder in Ritas Zimmer hinüber.

Als er eintrat, fühlte der Arzt ihr gerade den Puls. Rita lag noch immer mit geschlossenen Augen da. Um den kleinen Mund, der fest zusammengepreßt war, lag ein tiefer Schmerzenszug, der ihrem Antlitz ein ganz fremdes, herbes Gepräge gab.

Die Zofe hatte leise die nassen Kleider hinausgeräumt und hatte ein weiches, weißes Frottiertuch unter das ausgebreitete, schwere und nasse Haar gebreitet, das sie gelöst und zu trocknen versucht hatte, so gut es ging. Die Haushälterin hielt einen schweißtreibenden Tee bereit auf Befehl des Arztes.

Auch dieser hatte vergeblich versucht, Rita einige Löffel Wein einzuflößen. Selbst in ihrer Bewußtlosigkeit schien sie sich zu wehren, ins Leben zurückzukehren.

Aber sie lebte doch wenigstens, sie atmete leise, und unruhig, und der Herzschlag war, wenn auch schwach, zu spüren.

Der Arzt ließ ihre Hand los und ging wieder mit Günter in das Nebenzimmer. Dort sagte er halblaut:

»Ihre Frau Gemahlin wird auf alle Fälle einige Zeit das Bett hüten müssen, Herr Baron. Sehr notwendig ist es, sobald sie das Bewußtsein wiedererlangt hat, daß sie vor jeder Erregung geschützt wird. Ihrem Sturz ins Wasser muß, meines Erachtens nach, eine starke seelische Erschütterung vorausgegangen sein. Ich enthalte mich jeder Frage, aber es würde mir die Bahandlung der Kranken wesentlich erleichtern, wenn Sie mir Aufschluß geben könnten, ob meine Vermutung zutrifft.«

Günter atmete gepreßt.

»Sie haben recht, Herr Doktor. Meine Frau hat heute nachmittag einen großen Schrecken, einen heftigen Kummer gehabt. Sie ist vielleicht so erregt gewesen – daß sie nicht auf den Weg achtete – und – in der Dunkelheit ist sie wohl ausgeglitten –.«

Der Arzt hob die Hand.

»Genug, genug, Herr Baron. Das genügt mir vollständig. Und nun geben Sie mir einmal Ihren Puls. Haben Sie etwas Warmes getrunken?«

Günter nickte hastig.

»Ich bin vollständig wohl und gut durchwärmt. Nur die Sorge und Angst um meine Frau macht mich ganz elend.«

»Nun, nun, es wird ja alles wieder gut werden. Ich will gleich ein Beruhigungsmittel für die Nerven der jungen Frau anwenden. Und dann – wie gesagt – Ruhe, unbedingte Ruhe für die Frau Baronin! Die Haushälterin kann ja wohl mit der Zofe abwechselnd die Pflege übernehmen. Wenn es nötig wird, können wir auch eine Diakonissin beordern. Ich will jetzt noch einmal zu der Patientin gehen und versuchen, ihr etwas Wein oder Tee einzuflößen.«

»Ich begleite Sie, Herr Doktor«, sagte Günter rasch.

Der Arzt sah ihn mit einem seltsamen Blick über die Brille hinweg an.

»Wenn ich Ihnen raten darf, Herr Baron, so halten Sie sich vorläufig der Patientin fern. Wenn sie wieder zu sich kommt, ist es am besten, sie spricht vorläufig mit niemand. Sie darf auch in keiner Weise erregt werden. Nur wenn Sie ganz sicher sind, daß Ihre Anwesenheit beruhigend auf Ihre Frau Gemahlin wirkt, können Sie zu ihr gehen. Sonst nicht.«

Der Arzt ging hinüber zur Kranken.

Günter lauschte mit angehaltenem Atem. Aber drüben blieb alles still. Nur einmal hörte er den Arzt beruhigend einige Worte murmeln, als wenn er einem kranken Kinde zuredete.

Günter erhob sich und sah verstohlen durch den offenen Türspalt hinüber. Er konnte gerade auf Ritas Lager sehen. Der Arzt hatte sich über sie gebeugt. Sie lag noch immer wie schlafend da und hielt den Mund fest geschlossen. Der Arzt versuchte ihr etwas einzuflößen, da wandte sie den Kopf zur Seite wie in unbewußter Abwehr.

Mit einem schweren Seufzer trat Günter zurück und ging lautlos auf den dicken Teppichen hin und her.

Und auf dieser Wanderung kam er auch an ihren Schreibtisch, blieb stehen und sah den Brief mitten auf der Platte liegen. Er stutzte, beugte sich vor – und las seinen Namen auf dem Kuvert. Hastig griff er danach, und in den Sessel vor dem Schreibtisch sinkend, öffnete er das Kuvert.

Und da las er zuerst Ritas Worte, die sie ihm als Abschied hinterlassen hatte. Wie ein Schauer rann es durch seinen Körper.

»Mich liebt kein Mensch – es wird keinem wehe tun, wenn ich sterbe.« Diese Worte erschütterten ihn namenlos. Und dann auch der Schluß der Zeilen: »Ich habe dich namenlos geliebt.«

Günter warf die Arme auf den Schreibtisch und barg sein zuckendes Gesicht in den Händen. Und dann küßte er das Blatt Papier und fuhr sich über die feuchten Augen.

»Mein armes, süßes Kind – mein liebes, teures Weib«, flüsterte er.

Und dann riß er sich empor.

Was hatte sie da geschrieben?

Er las den Brief nochmals durch: »Ich weiß nun alles und kann nicht mehr leben in dem Bewußtsein, daß ich dir und meinem Vater eine Last war.«

Was meinte sie damit?

Und da bemerkte er, daß noch andere Blätter in dem Kuvert waren. Er zog sie hervor und erkannte erschrocken Carrys Handschrift.

Mit brennenden Augen las er, was Carry geschrieben hatte. Und je weiter er las, desto zorniger rötete sich sein Gesicht.

Also das war es – das erst hatte Rita den letzten Halt geraubt? O – wie fein hatte Carry Croner Wahrheit und Dichtung zusammengemischt, so daß die arglose Rita jedes Wort glauben mußte. Vielleicht hatte Carry das alles selbst geglaubt. Welch ein unglücklicher Zufall, daß Carry jene Unterredung zwischen ihm und seinem Schwiegervater belauscht hatte. Und sein armes Weib hatte nun nicht nur an seiner, sondern auch an ihres Vaters Liebe zweifeln müssen, hatte gemeint, sie stehe seinem Glück im Wege.

Carry hatte freilich nicht glauben können, daß dieser Brief Rita in den Tod treiben würde, sie hatte auf Ritas Großherzigkeit gerechnet, hatte wohl gar angenommen, sie tue ihm selbst einen Gefallen damit, wenn sie Rita zu einem Verzicht bewegte. Ach, wie falsch beurteilte sie ihn, wie wenig ahnte sie, wie es in seinem Herzen aussah, in dem nur noch Raum war für Rita allein.

Er konnte kein Mitleid mehr hegen mit der verblendeten Frau, die ihn sich um jeden Preis zurückerobern wollte. Es war nur ein wilder, heißer Zorn in ihm, daß Carry durch ihr ganzes Verhalten seine arme junge Frau fast in den Tod getrieben und ihr unsägliche Schmerzen bereitet hatte.

Er sprang auf und ging unruhig auf und ab. Was sollte er tun, um dieses Truggespinst zu zerreißen und Rita ihre Ruhe, ihren Glauben zurückzugeben?

Mühsam ordnete er seine Gedanken. Und dann kam ihm eine Erleuchtung. Vor allen Dingen mußte er Ritas Vater herbeirufen. Er mußte sofort nach Valberg kommen. Und auch Exzellenz Tronsfeld. Diese kluge, gütige und erfahrene Frau konnte ihm vielleicht helfen. Mit ihr mußte man alles besprechen, ihr alles offen und ohne Rückhalt beichten. Carry konnte und sollte nicht mehr geschont werden. Außerdem würde Exzellenz diskret sein und über nichts reden, was man ihr anvertraute. Auch seinem Schwiegervater mußte er noch alle Einzelheiten berichten, die dieser noch nicht wußte.

Dieser Entschluß machte Günter das Herz etwas leichter. Er setzte sofort zwei Telegramme auf. Das an die Exzellenz lautete:

»Rita schwer erkrankt, bitte inständig um sofortigen Besuch. Baron Valberg ist gleichfalls benachrichtigt und wird Sie begleiten.
Günter Valberg.«

Das andere an den Baron lautete:

»Rita von Unfall betroffen, schwer krank. Habe Exzellenz depeschiert und um Kommen gebeten. Bitte komme sofort und begleite Exzellenz. Wagen ist zu jedem Zug am Bahnhof.
Günter.«

Diese beiden Telegramme ließ er sofort besorgen. Sie würden heute abend noch ankommen, ehe die Herrschaften zur Ruhe gingen. Morgen früh mit dem ersten Zug konnten sie schon eintreffen.

Als er das besorgt hatte, wurde er etwas ruhiger. Ritas und Carrys Brief steckte er zu sich in seine Brieftasche und ging wieder in das Gemach neben dem Krankenzimmer zurück.

Mit brennenden Augen lugte er durch den Türspalt. Und da sah er, daß der Arzt Rita jetzt etwas einflößte, daß sie die Lippen bewegte und langsam die schweren Lider hob. Sie sah den Arzt starr an, aber ohne Bewußtsein.

Impulsiv wollte er hinüberstürzen an ihr Bett und angstvoll bittend ihren Namen rufen, aber da dachte er an das Gebot des Arztes, jede Erregung zu vermeiden. Er blieb stehen und hörte nun den Arzt sagen: »So so – das war brav – nun noch einmal – schön – schön – das tut gut, nicht wahr? Und nun schön schlafen – ganz ruhig schlafen – es ist alles gut – alles gut.«

Günters Augen feuchteten sich. Er hätte dem Arzt dankbar die Hände drücken mögen für diese besänftigenden, beschwichtigenden Worte. Wie zerschlagen fühlte er sich nun vor Erregung. Er fiel in einen Sessel. Da lag er noch, als der Arzt eintrat.

»Jetzt sind wir über den ersten Schrecken hinweg, Herr Baron. Die Patientin schläft, hoffentlich recht lange. Und dann wird sich ihre gesunde Natur schon weiterhelfen. Ich hoffe, es wird alles gutgehen.«

Günter konnte nicht antworten, er drückte nur stumm die Hand des Arztes, dessen erfahrener Blick tiefer sah als der anderer Menschen.

Carry Croner war, als sie von Valberg nach Hause gekommen war, sofort an ihren Schreibtisch geeilt, hatte in fliegender Eile den Brief an Rita geschrieben und ihn mit einem reitenden Boten nach Valberg gesandt. Der Bote war zurückgekehrt mit dem Bescheid, daß er den Auftrag genau ausgeführt habe.

Auf Carrys Frage, ob ihn auch sicher Baron Valberg nicht gesehen habe, antwortete er, daß ihn niemand gesehen habe als die Dienerschaft. Die Zofe der Frau Baronin habe selbst den Brief ihrer Herrin abgegeben, die allein in ihrem Zimmer gewesen sei.

Carry wußte also nun Rita im Besitz ihres Schreibens. Die Entscheidung über ihr und Günters Schicksal war nun nahe. Keine Spur von Mitleid mit Rita erfüllte ihr Herz, sie dachte überhaupt gar nicht daran, daß sie dieser einen großen Schmerz zugefügt haben könnte. Ihr Entschluß, Günter zu befreien, wenn es sein mußte, gegen seinen Willen, hatte festgestanden, und jedes Mittel dazu war ihr recht gewesen. Nun war es freilich schneller zu einer Entscheidung gekommen, als sie geplant hatte. Eine nagende Unruhe war in ihrer Seele, was Rita tun würde. Würde sie Stolz genug besitzen, sich von Günter zu lösen? Oder würde sie sich trotz dieses Briefes kleinlich und engherzig an ihn klammern?

Aber nein, das konnte sie doch nicht, soviel Stolz würde sie doch besitzen, einen Mann freizugeben, an den sie der eigene Vater verkauft hatte und der eine andere liebte.

Carry glaubte noch immer an Günters Liebe.

O ja – stolz war Rita. Wie sie ihr so schimpflich die Tür gewiesen hatte! Sie hatte die Haltung nicht einen Augenblick verloren – nur ihr Gesicht war wie versteinert gewesen.

An dies blasse, versteinerte Gesicht Ritas konnte Carry doch nicht ohne Herzklopfen denken. Aber sie schob den Gedanken daran weit von sich. Nur daran wollte sie denken, wie Rita sie hinausgewiesen hatte, wie eine Verworfene. Und da ballte sie die Hände zusammen und drückte sie an die Augen.

»Günter – Günter – wirst du nun zu mir kommen, wird nun alles wieder gut werden zwischen uns?« fragte sie flüsternd und starrte sehnsüchtig in die Nacht hinaus.

Und dann ging sie im Zimmer auf und ab und wartete – wartete auf das, was geschehen würde. Ihr war, als sei ihr ganzes Dasein im vergangenen Jahre ein einziges Warten gewesen, ein qualvolles, furchtbares Warten – auf was?

Sie warf sich stöhnend in einen Sessel und barg das Gesicht in den Händen. War denn dies Spiel des Einsatzes wert? Würde sie wirklich glücklich werden an Günters Seite, wenn es gelang, ihn sich zurückzugewinnen?

Er hatte weder ihre Umarmung, noch ihre Küsse erwidert. Steif und starr hatte er gestanden, wie gebannt vor Schrecken, als sie ihm um den Hals fiel.

War es doch vielleicht ein Irrtum, wenn sie glaubte, er liebe sie noch wie früher? Hätte er dann so kaltbleiben können unter ihren Küssen?

Das alles kam ihr jetzt erst zum Bewußtsein. Sie dachte auch jetzt erst daran, daß er sie bei Ritas Erscheinen fortgeschleudert hatte. Zornig und entstellt hatte er ausgesehen und hatte sich nicht mehr um sie gekümmert, sondern war Rita nachgelaufen.

Wie sich ihr das alles jetzt schmerzhaft einprägte? In der Erregung hatte sie sich das nicht klargemacht, hatte nur immer gedacht, daß jetzt der Moment der Entscheidung da sei. Aber jetzt – jetzt kam eine heiße Angst über sie. Wenn sie sich getäuscht hätte – wenn er sie gar nicht mehr liebte?

Aber nein – nein – das durfte nicht sein, daran durfte sie nicht denken. Nur seine Ehrenhaftigkeit stand trennend zwischen ihnen. Er kämpfte nur mannhaft gegen seine Liebe. Wenn Rita ihn freigab, wurde das alles anders. Er hatte nur nicht den Mut gehabt, sie um seine Freiheit zu bitten. Und deshalb hatte sie selbst es für ihn getan.

Es würde gewiß nun alles – alles gut werden – wie dankbar wollte sie Rita sein, wenn sie großherzig war. Ja – sie würde Günter freigeben. Und dann kam er zu ihr zurück.

Und was dann?

Carry schauerte zusammen. Sie konnte sich plötzlich das »dann« nicht mehr in den leuchtenden, rosigen Farben ausmalen wie bisher. Die fieberhafte Erregung, die sie zu einer Entscheidung gedrängt hatte, machte einer großen Anspannung Platz. Und die Befriedigung über ihre mutige Tat wollte sich nicht einstellen. Ihr war mit einem Male zumute, als sei auch ihre Liebe zu Günter gar nicht mehr so groß, so gewaltig. Ihr war, als wäre es besser, wenn alles bleiben würde, wie es zuvor gewesen.

Aber dazu war es nun wohl zu spät. Irgend etwas mußte geschehen – würde geschehen.

Ach – wäre sie Günter doch damals treu geblieben, dann hätte sie all das Quälende nicht erdulden müssen, was sie so schlecht gemacht hatte.

Ja – schlecht! Es war doch schlecht von ihr, daß sie sich störend in diese Ehe drängte, daß sie ohne Rücksicht Rita beiseite schieben wollte. Wenn Rita nun Günter liebte, wenn sie doch eines großen, tiefen Gefühls fähig war? Sie hatte so bleich und versteinert ausgesehen, als sie ihren Gatten in Carrys Armen überraschte.

Ach – sie hatte bisher in ihrem Leben immer nur an sich gedacht – immer nur an sich, nicht an andere.

So quälte sich Carry selbst mit widerstreitenden Empfindungen.

Am nächsten Morgen, als sie nach einem kurzen, unruhigen Schlummer spät erwachte und ihrer Zofe klingelte, brachte ihr diese eine aufregende Nachricht.

»Gnädige Frau werden sich gewiß sehr erschrecken, der Vorwerkskutscher hat eine fürchterliche Nachricht mitgebracht von der Station.«

Carry fuhr unruhig empor.

»Was denn – was ist geschehen, Betty?«

»Ach, ich wage es gnädiger Frau gar nicht zu sagen. Die junge Frau Baronin Valberg soll sich gestern abend im Parksee ertränkt haben. Der Herr Baron hat sie selbst aus dem Wasser geholt, und sie hat nun die ganze Nacht wie tot gelegen. Der Arzt hat sie nicht wieder zum Bewußtsein bringen können, und sie wird wohl sterben müssen, die arme junge Frau Baronin. An der Station hat der Valberger Chauffeur mit dem Auto auf den alten Herrn Baron und Exzellenz von Tronsfeld gewartet, an die der junge Herr Baron depeschiert hat, gestern abend noch. O Gott! Wie gnädige Frau vor Schrecken bleich geworden sind!«

Carry war allerdings totenbleich geworden. Sie würgte mühsam die aufsteigende Angst hinunter.

»Unsinn! Schwatzen Sie doch nicht so schreckliche Sachen, Betty«, stieß sie tonlos hervor.

»Der Vorwerkskutscher hatte es doch selbst vom Chauffeur des Herrn Baron gehört«, verteidigte sich Betty.

Carry zwang sich gewaltsam zur Ruhe. »Gehen Sie – Sie haben mich mit Ihren törichten Reden so erschreckt. Ich will noch ein Weilchen ruhen.«

Die Zofe entfernte sich knixend. Sobald Carry allein war, warf sie sich mit verzweifelter Gebärde mit dem Gesicht in die Kissen und stöhnte tief auf.

»Nur das nicht – Vater im Himmel! – nur das nicht! Nicht schuld sein am Tode eines Menschen! Das habe ich nicht gewollt – das nicht. Laß es nicht wahr sein, lieber Gott, laß es nicht wahr sein. Lieber will ich auf alles Glück verzichten. Das wollte ich nicht – es darf nicht sein!«

Zitternd lag sie, nicht fähig, an etwas anderes zu denken. Sie sah Ritas Gesicht vor sich, kalt und still, das Gesicht einer Toten. Und vor Angst schlugen ihr die Zähne wie im Frost zusammen.

»Wenn sie ihn so geliebt hat – mein Gott – was habe ich ihr dann angetan?« fragte sie sich erschauernd.

Sie ertrug es nicht länger, stillzuliegen. Ihr Herz lag ihr wie ein Stein in der Brust vor Entsetzen. Sie sprang auf und lief auf und ab, wie auf der Flucht vor sich selbst. Und die Wände des Zimmers schienen zusammenzurücken und wollten sie erdrücken.

Gewaltsam zwang sie sich zur Ruhe und klingelte ihrer Zofe.

Schnell ließ sie sich ankleiden. Sie fühlte, daß sie Gewißheit haben mußte, wenn sie nicht wahnsinnig werden sollte. Und während sie ihre Zofe flink und geschickt bediente, sagte sie, ihrer Stimme Festigkeit gebend:

»Sie haben mich durch Ihr törichtes Gerede doch erschreckt, Betty. Wenn in Valberg etwas so Furchtbares geschehen wäre, hätte ich sicher Nachricht. Aber trotzdem – ich bin nun doch in Unruhe und möchte Gewißheit haben. Bei den Herrschaften selbst kann ich nicht gut anfragen lassen, wenn es bloß Leuteklatsch ist, wäre das sehr fatal. Lassen Sie sich gleich einen Wagen anspannen und fahren Sie bis an den Valberger Park heran. Dann sehen Sie zu, daß Sie unbemerkt in die Domestikenstube in Valberg kommen und fragen Sie, was an der Sache Wahrheit ist. Vielleicht kann Ihnen die Zofe der Baronin genaue Auskunft geben. Aber seien Sie klug und vorsichtig, es darf von der Herrschaft niemand merken, daß Sie sich erkundigen. Ich verlasse mich auf Sie.«

Betty versprach alles.

Ehe sie aber ihren Auftrag ausführen konnte, kam ein Bote von Valberg an und brachte ein versiegeltes Schreiben an Frau von Croner.

Betty selbst nahm es ihm ab und trug es zu ihrer Herrin.

»Hier ist ein Schreiben vom Herrn Baron Valberg. Nun werden gnädige Frau gewiß die Wahrheit erfahren.«

Mit bebenden Händen faßte Carry nach dem Briefe.

»Es ist gut – gehen Sie.«

»Soll ich noch nach Valberg fahren, gnädige Frau?«

Carry blickte das Mädchen an wie geistesabwesend. Der Brief Günters brannte ihr in den Händen, und doch fürchtete sie sich, ihn zu öffnen.

»Nein – es wird nicht mehr nötig sein. Wenn ich Sie brauche, rufe ich Sie – ich will jetzt allein sein – niemand soll mich stören.«

»Sehr wohl, gnädige Frau!«

Betty verließ das Zimmer und warf von der Tür her noch einen heimlich forschenden Blick in das starre Gesicht ihrer Herrin. Erst als sich die Tür hinter Betty geschlossen hatte, riß Carry hastig den Brief auf.

Ihr Antlitz bekam eine fahle Blässe, während sie las:

Frau Carry von Croner auf Cronersheim. Gnädige Frau! Der Brief, den Sie an meine Gattin geschrieben haben, sowie das, was gestern geschehen ist, haben meine Frau der Verzweiflung nahegebracht, so daß sie, gleich nach Erhalt Ihres Briefes, Ihrem Leben ein Ende machen wollte. Sie hat sich in den Parksee gestürzt. Nur einem Zufall danke ich es, daß ich ihre Entfernung aus dem Hause noch zur rechten Zeit bemerkte und ihr, von Angst getrieben, folgen konnte, ohne daß sie eine Ahnung hatte. Leider kam ich aber doch zu spät, sie an dem furchtbaren Schritt zu hindern, ich kam nur im letzten Moment, um sie dem sicheren Tode entreißen zu können. Nun liegt meine Frau schwer krank darnieder, und es ist noch nicht abzusehen, was in ihr zerstört worden ist.

Was ich dabei empfinde, will ich nicht berühren, aber klar soll es jetzt werden zwischen Ihnen und mir.

Sie haben zweimal verheerend in mein Leben eingegriffen. Einmal geschah es durch Ihre Untreue – das zweitemal durch Ihre Sucht, mich wieder an sich zu fesseln. Ich weiß nicht, ob Sie wirklich glauben konnten, daß ich Sie noch liebte oder ob Sie das wissentlich gelogen haben in Ihrem Briefe an meine Frau. Aber ich weiß, daß ich Ihnen niemals Veranlassung gegeben habe, seit Sie sich mit Herrn von Croner verlobten, an meine Liebe zu glauben. Und um Sie von jedem Irrtum zu befreien, sage ich Ihnen hiermit, daß meine Liebe zu Ihnen mit der Hochachtung vor Ihnen gestorben ist in der Stunde, da ich Ihre Treulosigkeit erfuhr. Was damals noch kurze Zeit in mir blieb, war eine offene, schmerzende Wunde, die keine Berührung vertrug. Doch diese Wunde heilte bald durch ein neues, starkes Gefühl, das mir meine Gattin einflößte, und es blieb in meiner Seele nichts für Sie übrig als ein Gefühl des Mitleids, weil Sie mir zeigten, wie sehr Sie selbst litten unter den Fesseln, die Sie sich in Ihrer Sucht nach Reichtum übergestreift hatten. Sie hätten aber aus meinem ganzen Verhalten Ihnen gegenüber merken müssen, daß es zwischen uns nie mehr eine Gemeinschaft geben konnte; ich habe Sie stets in Ihre Schranken zurückgewiesen, wenn Sie sich bemühten, mich wieder an sich zu fesseln, und ich begreife nicht, wie Sie es wagen konnten, meiner Frau zu schreiben, daß ich Sie noch liebe.

Nur um die junge Seele, den reinen Sinn meiner Frau nicht mit trüben Bildern zu belasten und auch aus einem Gefühl der Ritterlichkeit Ihnen gegenüber habe ich es unterlassen, meiner Frau von unseren früheren Beziehungen zu beichten, so gern ich es auch getan hätte, um den Verkehr mit Ihnen ganz abbrechen zu können. Denn seit ich merkte, daß Sie mich, trotz Ihrer Ehe mit Herrn von Croner, zurückerobern wollten, war ich immer in Sorge, daß Ihr unbeherrschtes Wesen meiner jungen Frau die Seelenruhe trüben könnte. Nur in der Angst um das Glück und den Seelenfrieden meiner Frau war ich unsicher Ihnen gegenüber, sonst hätte ich Sie wohl energischer zurückgewiesen, als ich es tat. Ich habe für die Ruhe meiner Frau gezittert, so oft ich Sie in ihrer Nähe wußte und konnte Sie doch nicht von ihr zurückhalten, ohne die Unbefangenheit meiner Frau zu stören.

Dann wurde ich ruhiger, weil Sie mir nach dem Tode Ihres Gatten ruhiger erschienen. Ich muß leider annehmen, daß Sie mir mit dieser Ruhe nur eine Komödie vorspielten, um meine Wachsamkeit einzuschläfern. Und leider ist Ihnen das so gut gelungen, daß ich gestern fassungslos dem Ausbruch Ihrer Leidenschaft gegenüberstand. Als Sie mich plötzlich umarmten und küßten, war ich so erschrocken, daß ich dann meiner Frau bei ihrem Eintritt als Schuldiger erscheinen mußte, und doch weiß es Gott, daß ich meiner Frau nicht mit einem Atemzug, nicht mit einem Gedanken untreu war.

Sie begnügten sich aber nicht damit, daß Sie meiner armen, jungen Frau den Glauben an meine Liebe, an meine Treue nahmen, Sie raubten ihr auch noch die Zuversicht, daß sie von ihrem Vater geliebt wurde. Daß Sie unglücklicherweise die Unterredung zwischen meinem Schwiegervater und mir belauschten, ist von Ihnen in einer wenig achtenswerten Weise ausgebeutet worden. Sie haben durch Ihre Darstellung diese Unterredung in einem ganz falschen Lichte gezeigt – nur, um meine Frau zu demütigen und Ihren Wünschen willfährig zu machen. Was Sie durch Ihre Handlungsweise angerichtet haben, mag Ihnen ewig ein Vorwurf sein. Und wenn ich es auch nach allem, was Sie meiner Frau und mir angetan haben, fast für eine Profanierung halte, so will ich Ihnen doch sagen, damit es klar zwischen uns wird, daß ich meine Frau über alles liebe, daß ich sie schon geliebt habe, ehe ich um sie warb, und daß ich sie immer lieben werde, was sie auch über uns beschließen wird, wenn der Himmel gibt, daß sie wieder gesund wird. Denn ihre Seele ist vergiftet, ihr Vertrauen zu mir zerstört, und ich weiß nicht, ob es mir gelingen wird, sie zu überzeugen, daß ich nur sie liebe und ihr nie treulos gewesen bin, weder in Taten, Worten noch Gedanken.

Ich bedaure schmerzlich, daß ich meiner Frau nicht alles gebeichtet habe, bedaure tief, daß ich sie nicht besser geschützt habe. Dies ist meine einzige Schuld, ich hätte mein Haus vor Ihnen verschließen müssen, so wie ich es jetzt für alle Zeiten tue, denn ich wußte, daß Sie meiner Frau feindlich gesinnt waren. Zwischen uns kann es nie mehr eine Gemeinschaft geben. Günter Valberg.

Lange starrte Carry auf diesen Brief herab. Und dann flog ihr Blick tot und leer ins Weite. Noch einmal bäumte sich in ihrem Herzen alles auf gegen das neidische Geschick, das sie von dem vollen Glück des Lebens schied. Und dann sank alles zusammen wie ein ausgebrannter Aschenhaufen. Alt und müde kam sie sich vor und bei allem Reichtum so arm – so elend, daß auch sie am liebsten hätte sterben mögen. Und ihr Gewissen marterte sie furchtbar. Was hatte sie getan in ihrer blinden Leidenschaft – was hatte sie alles zertreten und zerstört im herrischen Egoismus ihrer Liebe, die ihr einst doch so wenig galt, daß sie dieselbe für Glanz und Geld dahingegeben hatte?

Es war eine bittere, schwere Stunde für Carry Croner – und dieser Stunde folgten mehrere.

In Angst und Sorge zitterte sie um Ritas Leben. Vor dieser Angst und Sorge verblaßte sogar das Gefühl herber Demütigung, das Günters Brief in ihr wachgerufen hatte. Sie betete heiß und inbrünstig um Erhaltung dieses jungen Lebens, das sie gefährdet hatte, und alles andere ging in ihr unter, vor der Angst, daß ihre Seele mit einem Mord belastet würde.

Sie fand keine Ruhe in diesen Tagen und ging rastlos durch das Haus. Sie wartete – wartete wieder, wie so oft. Aber diesmal nicht auf die Erfüllung der heißen Wünsche ihres Herzens, sondern auf die Kunde, daß Rita Valberg dem Leben und der Gesundheit wiedergegeben sei.

Als am Morgen nach dem Unfall der Baron mit Tante Exzellenz angekommen war, hatte Günter den beiden eine ausführliche, genaue Beichte abgelegt.

Erschüttert hatten die beiden Menschen zugehört. Zum ersten Male erfaßte Viktor die Angst um ein teures, geliebtes Leben. Seine Vaterliebe triumphierte über all seine kleinen Marotten, über all seine Leichtlebigkeit. Exzellenz zeigte sich auch in dieser Stunde als eine Frau, die alles verstehen und verzeihen kann und der nichts Menschliches fremd war.

Kein Vorwurf kam über ihre Lippen, als sie hörte, in welcher Weise Viktor über die Hand seiner Tochter verfügt hatte, um seine Freiheit behalten zu können.

Aber ein tiefes, inniges Mitleid mit Rita erfüllte ihre Seele. Auch Günter tat ihr leid. Es entging ihr nicht, wie er sich in tiefster Seele um Rita bangte. So sorgte sich nur die echte, wahre Liebe, das fühlte sie. Und da war sie aufgestanden, hatte ihre Hand auf Günters Arm gelegt und gesagt:

»Wir wollen nicht verzagen, lieber Günter. Wenn Sie Rita lieben von ganzem Herzen, dann wird noch alles gut. Unseren vereinten Kräften wird es schon gelingen, das arme junge Herz zu beruhigen und ihr Glauben und Vertrauen zurückzugeben.«

Und sich zu Viktor wendend, hatte sie diesem mit einer fast mütterlichen Gebärde über das gesenkte Haupt gestrichen. Wie ein leises Lächeln flog es über ihr Antlitz.

»Auch an die Liebe ihres Vaters soll Rita wieder glauben lernen. Ich will ihr helfen, diese absonderliche Liebe zu verstehen, die keine Fesseln tragen will. Erst wollen wir aber das Kind gesund pflegen.«

Seit dieser Stunde hatte sie Posten an Ritas Lager bezogen.

Vier Tage waren seitdem vergangen. Rita war einige Male für kurze Zeit aus einem totenähnlichen Schlafe erwacht, hatte still und starr in das gütige Gesicht der alten Dame gesehen, ohne zu sprechen, ohne zu fragen. Mechanisch hatte sie sich einflößen lassen, was der Arzt verschrieben hatte und war dann immer in tiefen Schlaf gesunken.

Der Arzt erklärte zufrieden, dieser tiefe Schlaf sei eine Selbsthilfe der Natur, und verlangte nur immer wieder unbedingte Ruhe für seine Patientin.

So kam der fünfte Tag heran. In der Nacht hatte Tante Exzellenz etwas geschlafen, während Rosa bei ihrer jungen Herrin Wache hielt. Nun saß die alte Dame frisch und gestärkt an Ritas Lager.

Um die zehnte Stunde schlug Rita die Augen auf und sah die Generalin mit einem klaren, bewußten Blick an.

»Tante Exzellenz!«

»Ja, mein Töchterchen.«

»Was tust du denn hier an meinem Bett?« fragte Rita schläfrig.

»Ich möchte dir gern ein wenig Nahrung einflößen. Hast du keinen Hunger?«

»Ja – ich habe Hunger.«

Die alte Dame freute sich. Der Arzt hatte gesagt: »Wenn unsere Patientin nur erst wieder auf die Bedürfnisse ihres Magens reagiert, dann ist alles gut.«

Ein Glas Portwein, mit frischem Eidotter verrührt, stand bereit.

Davon flößte die Generalin Rita ein. Folgsam, wie ein Kind, schluckte diese die gebotene Nahrung und sah dabei nachdenklich in das Gesicht der alten Dame. Und plötzlich zuckte es in ihren Augen auf und sie schob hastig die Hand, die sie fütterte, zurück.

»Nein – ich mag nicht mehr.«

»Nur noch ein wenig, Kind.«

Ein schmerzlich grübelnder, unruhiger Ausdruck trat in Ritas Augen.

»Bin ich krank?«

»Ein wenig, meine kleine Rita.«

Da kam ein Ausdruck in Ritas Gesicht, als horchte sie in sich hinein. Und plötzlich richtete sie sich hoch auf, sich auf die Arme stützend, und sah sich angstvoll im Zimmer um.

Wieder in die Kissen zurückfallend, wimmerte sie:

»Warum habt ihr mich nicht sterben lassen?«

Die beiden Herren hatten im Nebenzimmer alles gehört. Günter wollte jetzt hinüberstürzen, aber der Baron hielt ihn fest.

»Ruhe, Günter«, flüsterte er. Da blieb Günter zitternd vor Erregung stehen.

Im Krankenzimmer strich Exzellenz sanft über Ritas Haar.

»Ganz ruhig mußt du sein, Rita. So törichte Sachen darfst du gar nicht mehr denken.«

In wilder Angst richtete sich Rita wieder auf und faßte nach der Hand der alten Dame.

»Günter darf nicht hierherkommen – hörst du – laß ihn nicht herein – ich flehe dich an, liebe Tante Exzellenz!«

»Nein nein, mein armes, liebes Kind, er kommt nicht, sei ganz ruhig. Wir zwei bleiben allein, solange du es willst – mein Wort darauf.«

Ermattet sank Rita zurück.

Dann lag sie eine Weile ganz still, sah starr zur Decke empor und suchte sich in ihren Gedanken alles zusammen, was geschehen war. Die alte Dame streichelte nur immer sanft und liebevoll ihre Hände.

Und da lösten sich große schwere Tränen aus Ritas Augen. Es war ein trostloses, stilles Weinen, das erschütternd wirkte. Diese Tränen waren heilsam, das wußte die alte Dame. Sie ließ Rita ruhig weinen und trocknete nur sanft wieder und wieder die Tränen von dem zuckenden Gesicht. Endlich versiegten die Tränen, und da faßte die Exzellenz fest und warm Ritas Hand.

»So, mein liebes Kind, nun ist dir wohler, nicht wahr? Die Tränen haben dir Erleichterung gebracht. Nun liegst du ganz still und hörst mich an. Oder willst du schlafen?«

Rita schluchzte nochmals auf.

»Nein – sterben möchte ich – sterben – ich kann ja nicht leben!«

»Doch, du wirst es können, wirst deinem Gatten dankbar sein, daß er dich ins Leben zurückgeholt hat, du kleine, törichte Frau. Du weißt ja gar nicht, was für einen furchtbaren Schmerz du Günter und deinem Vater zugefügt hättest, wenn du dein schreckliches Vorhaben ausgeführt hättest.«

Rita schüttelte im bitteren Schmerz den Kopf.

»Mich liebt niemand, du vielleicht ein wenig, Tante Exzellenz – sonst bin ich allen nur eine Last. Ich weiß es.«

»Nichts weißt du, mein Kind, gar nichts. Eine unselige Verkettung von Umständen, Lug und Trug einer törichten Frau hat dir den klaren Sinn getrübt. Was dir Carry Croner geschrieben hat, ist eine Entstellung der Tatsachen, aber nicht Wahrheit. Glaube mir, dein Vater liebt dich, und Günter liebt dich auch, dich allein, so sehr der Schein auch trügt.«

Sie suchte Rita alles zu erklären, so gut sie konnte. Diese stutzte wohl zuweilen, aber als Tante Exzellenz zu Ende war, sagte sie traurig:

»Du meinst es gut, liebe Tante Exzellenz, du willst mir helfen, mich wieder im Leben zurechtzufinden – aber ich kann das nicht glauben. So schamlos ist eine Frau nicht, sich einem Mann an den Hals zu werfen und den zu küssen, der sie nicht liebt.«

»Kind – ach Kind – es gibt noch ganz andere Dinge im Leben, die möglich sind. Übrigens glaubte sich Carry Croner vielleicht wirklich noch geliebt. Ihre Eitelkeit hat es wohl nicht zugelassen, daß sie erkannte, daß dein Mann sie längst nicht mehr liebte. Erinnerst du dich nicht, daß ich dich vor ihr warnte, daß Günter und dein Vater das auch getan haben? Wir wußten, daß sie dich nicht liebte.«

»Ja, ja – ich weiß. Ich habe es ja auch selbst gefühlt, daß sie mir feindlich gesinnt war. Und das kann ich nun auch verstehen. Wenn sie Günter liebte, mußte sie mich hassen. Und das weiß ich auch – wer eine so schöne Frau, wie Carry Croner, geliebt hat, der kann so ein unscheinbares Ding, wie ich bin, nicht lieben. Ach – wie ich mich schäme, daß mich mein Vater Günter angeboten hat. Er konnte ja danach nicht anders, als mich zur Frau nehmen. Und nun soll ich weiterleben mit dem Bewußtsein, daß ich den Menschen, die ich liebe, eine Last bin. Nein, das kann ich nicht, das kann ich nicht. Wäre Günter doch barmherzig gewesen und hätte mich sterben lassen!«

»Wie konnte er das, Rita! Er liebt dich doch, glaube es mir, ich will dir das nicht nur aus Barmherzigkeit einreden. Wenn du wüßtest, wie er bangt und zittert um dein Leben, um deine Gesundheit, wenn du wüßtest, wie sehnlich er darauf wartet, daß du ihn rufst und ihm gestattest, dir alles selbst zu sagen. Und auch dein Vater liebt dich, wenn er auch zu sehr an seine Junggesellenfreiheit gewöhnt war, um sie dir opfern zu können. Er wußte, daß du in Günter einen Gatten bekommen würdest, der dich auf Händen tragen würde. Und nun bangen diese beiden Männer um dich, sehnen sich nach einem verzeihenden Wort von dir und haben mich gebeten, ihr Fürsprecher bei dir zu sein.«

Rita sah sie traurig an.

»Ich zürne ihnen nicht – sage ihnen, daß ich ihnen verzeihe – sie können ja nicht dafür, daß sie mich nicht lieben konnten.«

»So darf ich sie rufen?«

Rita fuhr angstvoll empor.

»Nein, nein – ich kann sie nicht sehen – jetzt noch nicht – laß mir Zeit, ruhig zu werden.«

»Aber du versprichst mir nun, nicht mehr so törichten Gedanken nachzuhängen, versprichst mir, zu glauben, daß es keinen wirklichen Grund für dich gab, das Leben von dir zu werfen. Glaube daran, mein Kind, daß dein Gatte dich wirklich liebt.«

Rita stöhnte auf wie in tiefster Qual, und ein jammervoller Ausdruck lag auf ihrem Antlitz.

»Ich kann nicht, liebste Tante Exzellenz, ich kann nicht! Es ist etwas in mir zerbrochen – ich kann nicht mehr glauben, nicht mehr vertrauen. Auch dir nicht – ich habe das Mißtrauen jetzt in mir, daß du mich nur wieder in einen Wahn einlullen willst. Ihr wollt mir wohl als Mitleid diese fromme Mär glaubhaft machen. So schrankenlos ich früher vertraute, so wenig kann ich es jetzt noch. Das wird nie, nie wieder heil, was in mir zerbrochen ist.«

Die alte Dame atmete tief auf, und drüben die beiden Männer sahen sich schmerzlich an.

Exzellenz konnte sich nur zu gut in Ritas Seele hineindenken. Gerade die gläubigsten Menschen werden die größten Zweifler, wenn man ihnen den Glauben stört. Sie sah auch ein, daß man jetzt nicht weiter in Rita dringen durfte. Man mußte ihr Zeit lassen, sich selbst zurückzufinden. Aber ob sie je wieder ohne Schatten glücklich sein und glücklich machen konnte – wer konnte das vorauswissen?

Eins war sicher: Fanden die beiden Gatten sich wieder zueinander, war es möglich, Ritas Zweifel zu bannen, dann mußte das Verhältnis der beiden ein tieferes, innigeres werden als zuvor, dann war ihre Liebe im Sturm erprobt. Aber wie leicht konnte der Bruch zwischen ihnen unheilbar bleiben!

Sanft streichelte die alte Dame Rita das Haar aus der Stirn.

»Nun werde erst ruhig und gesund, mein Kind. Ich wollte dir nur erst durch das, was ich dir gesagt habe, einen dumpfen Druck von der Seele nehmen. Du wirst dich zurechtfinden, deine Liebe zu Günter wird dir den rechten Weg zeigen. Jetzt wollen wir nicht mehr davon sprechen. Nimm noch ein wenig Nahrung zu dir – tu's mir zuliebe.«

Halb gegen ihren Willen nahm Rita noch einige Löffel Nahrung zu sich. Dann wehrte sie ab und schloß die Augen. Still setzte sich die Generalin zu ihr und grübelte darüber nach, wie Rita und auch Günter zu helfen wäre.

Rita aber ließ das, was ihr Exzellenz gesagt hatte, in sich ausklingen und rang verzweifelt mit ihrem Mißtrauen. Ach, wie glücklich hätte sie sein können, wenn sie wieder hätte glauben und vertrauen können!

Endlich machte jedoch der Körper wieder seine Rechte geltend, und sie schlief ein über all ihren Zweifeln und Nöten. Und zum ersten Male wieder lag ein leises Rot auf ihren Wangen.

Leise erhob sich die Exzellenz und ging ins Nebenzimmer. Da saßen die beiden Herren, beide den Kopf in den Händen vergraben, und sahen nun erschüttert zu ihr auf.

Sie schüttelte lächelnd den Kopf.

»Nur nicht verzagen! Ein gläubiges Vertrauen kann zwar mit einem Schlag zerstört werden, aber es braucht Zeit und Geduld, um es wieder aufzurichten. Ich gebe noch nichts verloren«, sagte sie tröstend.

Es war am nächsten Tage. Rita hatte lange geschlafen und auch etwas Nahrung zu sich genommen. Der Arzt war sehr zufrieden, verlangte aber noch Ruhe und Schonung für die Patientin. Die Exzellenz hatte nur über oberflächliche Dinge mit Rita geplaudert und suchte sie von traurigen Gedanken abzulenken.

Schließlich schlief Rita wieder ein. Die alte Dame gebot Rosa, ihren Platz einzunehmen. Wenn die Kranke erwachen sollte, während sie abwesend war, sollte Rosa ihr sagen, sie sei ein wenig ins Freie gegangen.

Dann bat die alte Dame Günter, das Auto vorfahren zu lassen. Die beiden Herren befanden sich in Günters Arbeitszimmer.

»Sie wollen ausfahren, Exzellenz?« fragte Günter, sich erhebend, um den Befehl zu geben.

Sie lächelte sonderbar.

»Ja – ein wenig – in die Nachbarschaft. Ich will nach Cronersheim.«

Überrascht sahen sie die beiden Herren an.

»Nach Cronersheim?«

»Ja. Ich habe nämlich im langen Nachdenken die Überzeugung gewonnen, daß nur die Person, die Ritas Glauben zerstört hat, ihr denselben zurückgeben kann. Und deshalb will ich mit Carry Croner sprechen.«

»Das wird nutzlos sein, liebe Freundin. Ich glaube nicht, daß Frau von Croner helfen kann noch will«, sagte Viktor.

Mit einem guten, stillen Blick sah ihn die Generalin an.

»Lieber Baron, es wird weder meiner Menschen- noch meiner Frauenwürde schaden, wenn ich einer armen, verirrten Seele einen Weg zeige, auf dem sie gutmachen kann, wenn ich einer Frau, die gestrauchelt ist, die Hand reiche, daß sie sich wieder aufrichten kann. Ich habe nie viel von Carry Croner gehalten, deshalb braucht es nicht vergeblich zu sein, wenn ich nach einem Goldkörnchen in ihrer Seele suche. Solche Goldkörnchen finden sich, nach meinen Erfahrungen, auch in der ärmsten Seele, wenn man sich nur die Mühe des Suches nicht verdrießen läßt. Also adieu einstweilen. Rosa ist bei Rita, so lange ich fort bin.«

Kurz darauf saß Maria Tronsfeld im Auto und fuhr nach Cronersheim. Dort angekommen, ließ sie sich bei Frau von Croner melden und wurde sofort vorgelassen.

Als sie eintrat, stand Carry mitten im Zimmer, hoch aufgerichtet in ihrem langschleppenden Trauerkleid. Ihr Antlitz war totenbleich und zuckte vor Erregung, und in ihren Augen lag eine furchtbare Angst.

»Exzellenz – Ihr Besuch überrascht mich – ich wage nicht zu fragen – was Sie mir bringen«, stieß sie zitternd hervor.

So sah keine verstockte Sünderin aus. Die Exzellenz streckte Carry ihre Hand entgegen.

»Zuerst will ich Ihnen guten Tag sagen, Frau von Croner«, sagte sie lächelnd. Mit krampfhaftem Druck faßte Carry ihre Hand.

»Gottlob – Sie lächeln – es ist nichts Schlimmes geschehen, nicht was ich seit Tagen in namenloser Qual befürchte.«

Groß und gütig sahen die Augen der alten Dame in das bleiche, schöne Gesicht Carrys.

»Sie fürchteten eine Trauerbotschaft aus Valberg zu hören, nicht wahr?«

Carry sank in einen Sessel und preßte die Hand aufs Herz.

»Ich habe mich namenlos gefürchtet, seit ich wußte, was Rita Valberg getan hat«, flüsterte sie bebend.

Die Generalin hatte ihr gegenüber Platz genommen und faßte ihre Hand. »Ich habe es mir denken können, daß Sie in Angst und

Not sind – denn ich weiß von Baron Günter alles, was geschehen ist. Und weil ich weiß, daß Sie unerträglich leiden müssen, deshalb komme ich heute zu Ihnen, um Ihnen zu künden, daß Rita körperlich aus aller Gefahr ist. Sie wird leben und gesund sein.«

Carry barg das Gesicht in den Händen, und ein trockenes Schluchzen brach sich Bahn aus ihrer Brust.

»Gottlob – ach – gottlob! Ich wäre schuld gewesen an ihrem Tode, wäre sie gestorben. Das wollte ich nicht, Exzellenz, bitte glauben Sie mir.«

»Ich glaube Ihnen, gnädige Frau – ich glaube noch mehr – daß Sie die Tragweite Ihres Schrittes überhaupt nicht übersehen haben. Sie waren selbst aus ihrem seelischen Gleichgewicht und dachten an nichts, als an die Befriedigung Ihrer Wünsche, die Sie für erreichbar hielten. Sie glaubten, weil Sie es wünschten, daß sich alles ohne große Opfer von Ritas Seite regeln lassen würde, nicht wahr?«

Carry führte ihre Hand an die Lippen.

»Warum sind Sie so gut zu mir?« fragte sie leise.

»Warum? Weil ich vielleicht an mir selbst erfahren habe, wie eng uns Frauen die Grenzen gesteckt sind, so daß es nur eines unglücklichen Anlasses bedarf, um uns über das Ziel hinausschießen zu lassen. Wir sind alle arme irrende Menschen, und schuldig werden ist so bedauernswert leicht. Ich habe versucht, mich in Ihre Lage zu denken und habe mir gesagt, daß Sie jetzt wohl von dem Wunsche beseelt sind, gutmachen zu dürfen, so viel in Ihren Kräften steht. Ist es so – oder irre ich mich?«

»Nein, nein – Sie irren nicht. Ich habe nur noch diesen einen Wunsch und werde Ihnen dankbar sein, wenn Sie mir sagen wollen, was ich tun kann, um zu sühnen. Aber ehe Sie es mir sagen, hören Sie mich an. Sie sind so gut zu mir, daß ich Ihnen mein ganzes Herz offen darlegen möchte. Auch ich habe gelitten – namenlos, weil ich mich verkaufte und dann von Sehnsucht verzehrt wurde nach der reinen, schuldlosen Liebe, die ich einst besaß, so sehr sehnte, daß ich den falschen Weg einschlug, sie mir zurückzugewinnen.«

Carry erzählte die ganze Geschichte ihres Irrens und Fehlens, die Qual ihrer liebeleeren Ehe und alles, was sie erlebt und erduldet hatte. Das alles drängte, wie von einer inneren Gewalt getrieben, ans Licht. Die gütigen, verstehenden Frauenaugen ihr gegenüber lösten alles aus ihrer Brust, und diese Beichte schien ihr eine Erlösung und Befreiung. So hätte sich Carry nicht einmal ihrer Mutter anvertrauen können, sie hätte bei dieser wohl auch nicht so viel Verständnis gefunden wie bei Maria Tronsfeld.

Als sie mit ihrer Beichte zu Ende war, drückte sie die Hände auf die Brust.

»O, wie hat das wohlgetan – wie danke ich Ihnen, daß Sie mich angehört haben und daß Sie nicht mit strenger, kritischer Miene über mich zu Gericht sitzen«, sagte sie dankbar.

Die alte Dame schüttelte den Kopf.

»Nein, Sie armes Kind. Wer fühlt sich rein und schuldlos genug, um den Stab zu brechen über eine irrende Seele? Und wer sich selbst erkannt hat, wie Sie es getan, der hat sich auch selbst besiegt und bezwungen. Und das, liebe Frau Carry, führt allein zur Größe – und zum Frieden.«

»Und nun sagen Sie mir, bitte, was ich tun kann, meine Schuld an Rita Valberg zu sühnen«, bat Carry.

»Das will ich tun. Also hören Sie mich an. Rita ist ganz zerbrochen innerlich, ganz elend, weil sie den Glauben verloren hat an die Liebe ihres Gatten wie auch an die ihres Vaters. Das arme Kind hat schon eine schlimme, liebeleere Jugend hinter sich, ist aus einer Hand in die andere gegangen, ohne daß man ihr ein wenig Liebe gegeben hätte. Und nun sie das Glück gefunden hatte, nun sie sich geliebt glaubte, wurde ihr alles wieder genommen, Glück, Liebe – und Vertrauen. Trotzdem ich ihr alles erklärt habe, kann sie den Glauben an ihren Gatten nicht wiederfinden, sie hat ihn noch nicht wiedergesehen, will ihn nicht vor sich lassen. Und sie wünscht noch immer, zu sterben, glaubt, ich erzähle ihr eine fromme Lüge und bildet sich ein, wir wollten sie nur aus Mitleid in dem Glauben lassen, daß sie geliebt werde. Baron Günter liebt aber seine Frau wirklich, wie auch Baron Viktor trotz allem seine Tochter liebt.

Rita wollte sterben, weil sie meinte, zwischen Ihnen und Günter zu stehen. Sie schrieb ihm in ihrem Abschiedsbriefe, da sie nicht für sein Glück leben könne, wolle sie dafür sterben, er möge mit

Ihnen glücklich werden und ihr verzeihen, daß sie zwischen ihm und Ihnen gestanden hätte. Als sie das erstemal mit vollem Bewußtsein erwachte, jammerte sie: Warum habt ihr mich nicht sterben lassen? Und das fragt sie jetzt noch immer und kann den Glauben an ihren Gatten nicht wiederfinden. Sie allein, liebe Frau Carry, können ihr diesen Glauben wiedergeben, wie Sie ihn ihr genommen haben. Deshalb bitte ich Sie – schreiben Sie Rita die volle Wahrheit, nehmen Sie zurück, was nicht auf Tatsachen beruht – sagen Sie ihr vor allem, daß es ein Irrtum von Ihnen war, zu glauben, daß Günter Sie noch liebte.«

Carry sprang auf.

»Nein, nein – das ist nicht nötig – ich weiß ein anderes, besseres Mittel, die Ärmste zu überzeugen, ihr Glauben und Vertrauen zurückzugeben. Warten Sie bitte einen Augenblick.«

Sie eilte hinaus und kam schnell wieder zurück. In der Hand hielt sie einen Brief.

»Da ist ein Schreiben Baron Günters an mich. Ich erhielt es am Morgen nach der schrecklichen Tat Frau Ritas. Sie soll diesen Brief lesen – dann wird sie alles glauben. Und bitten Sie für mich um Verzeihung – oder besser – ich will meine Bitte selbst unter diesen Brief schreiben. Und sagen Sie ihr, daß ich ihren Weg nie mehr kreuzen will. Ich gehe zu meinen Eltern zurück und später vielleicht lange Zeit auf Reisen – bis wir alle ruhiger geworden sind.«

Sie schrieb schnell unter Günters Brief.

»Versuchen Sie zu verzeihen, und verdammen Sie nicht eine Frau, die Ihnen in einem Irrwahn Böses getan. Gott schenke Ihnen ein neues volles Glück, damit Ruhe findet

Ihre bereuende
Carry Croner.«

Dann reichte sie der Generalin den Brief. Diese faßte ihn zugleich mit ihrer Hand, die sie warm drückte.

»Ich danke Ihnen, liebe Frau Carry. Und wünsche Ihnen, daß Sie Frieden finden mögen.«

Carry atmete tief auf.

»Ich werde ihn suchen. Und – wenn ich einmal mein Herz

erleichtern möchte – wenn ich mich nach Trost und Verständnis sehne – darf ich dann zu Ihnen kommen, Exzellenz? Oder werden Sie mir die Tür weisen lassen?«

Die Generalin zog die schöne Frau an sich und küßte sie auf die Stirn.

»Maria Tronsfeld hat noch niemand die Tür gewiesen, der Trost und Hilfe bei ihr suchte. Ich werde mich herzlich freuen, Sie recht oft bei mir zu sehen. Und nun Gott mit Ihnen – ich muß mich eilen, nach Valberg zurückzukommen. Leben Sie wohl, Frau Carry.«

Diese küßte der alten Dame inbrünstig die Hand.

»Leben Sie wohl, Exzellenz – und tausend Dank, daß Sie mir Frieden brachten für meine schuldbeladene Seele.«

Sie begleitete die alte Dame bis zum Wagen.

»Also – glückliche Reise, Frau Carry – Baron und Baronin Valberg lassen sich Ihnen nochmals empfehlen, da sie nicht selbst kommen konnten«, sagte die Exzellenz laut, mit einem bedeutungsvollen Blick zu Carry, damit es der Chauffeur und auch die Cronersheimer Diener hörten.

Carry drückte ihr dankbar die Hand. Sie wußte, daß die Exzellenz das gesagt hatte, um vor der Dienerschaft zu dokumentieren, daß kein Zerwürfnis bestand zwischen den Herrschaften. Das Auto fuhr davon. Carry sah ihm eine Weile nach mit umflorten Augen. Dann ging sie ins Haus zurück.

Als die Exzellenz wieder in das Krankenzimmer trat, lag Rita mit offenen Augen da und sah ihr entgegen.

»Nun schilt nur die säumige Pflegerin, mein liebes Kind. Ich habe dich lange allein gelassen«, sagte die alte Dame, neben Ritas Lager Platz nehmend.

Rita lächelte matt.

»Du hast frische Luft so nötig gehabt, Tante.«

»Und du hast brav dein Süppchen genommen, wie mir Rosa berichtete. Das ist lieb von dir.«

Rita seufzte. »Ich hatte Hunger, liebste Tante.«

Die Generalin lachte.

»Das ist herrlich. Und weil du so brav warst, habe ich dir auch etwas Schönes mitgebracht.«

Rita sah sie groß an.

»Wo warst du?«

Die Exzellenz beugte sich vor und sah sie fest an.

»In Cronersheim – bei Frau Carry.«

Dunkle Röte schoß in Ritas Gesicht. »Oh, von ihr wirst du mir schwerlich etwas mitgebracht haben, was mir Freude machen kann«, sagte sie im bitteren Schmerz.

Die Generalin zog den Brief hervor »Ich war bei einer Unglücklichen, Rita, bei einer Frau, die Angst und Reue gefoltert haben. Wenn du sie gehört und gesehen hättest, du würdest ihr verzeihen.«

Mit großen, traurigen Augen sah Rita in ihr Gesicht. »Wenn es etwas zu verzeihen gibt – so habe ich es längst getan. Sie kann ja nichts dafür, daß sie Günter liebt, und ich kann es wohl verstehen, daß sie ihn nicht lassen will.«

»Aber sie würde es müssen, auch wenn sie nicht wollte. Günter liebte sie nicht, schon lange nicht mehr, er liebt seine törichte kleine Frau, die ihm nicht glauben, nicht vertrauen will.

Carry Croner weiß, daß sie nichts mehr zu hoffen hat, und sie wird Cronersheim verlassen und draußen in der Welt Ruhe und Frieden wiederfinden. Ihre Seele hat sich geläutert. In ihrer Angst und Reue, in ihrer Sorge um ein Leben, das sie gefährdet hatte, hat sie sich selbst wiedergefunden. Und dies hat sie mir für dich mitgegeben. Es ist ein Brief deines Mannes an Carry Croner, den er ihr geschrieben hat am Morgen nach all den schrecklichen Begebenheiten. Der Brief war nur für Frau von Croner bestimmt – und leicht mag es ihr nicht geworden sein, ihn dir zu senden. Jetzt lasse ich dich mit diesem Briefe allein – und wenn du ihn gelesen hast – dann wirst du wohl nach anderer Gesellschaft als der meinen verlangen.«

Mit unsicherem Blick und bebenden Händen faßte Rita nach dem Briefe. Die Generalin küßte sie auf die Stirn, ging ins Nebenzimmer und ließ die Tür halb offenstehen.

Drüben stand Günter voll Unruhe am Fenster. Die Exzellenz trat zu ihm.

»Ich gehe jetzt zu meinem alten Freund, lieber Günter – und helfe ihm warten – bis Rita ihn rufen läßt. Wenn sie den Brief gelesen hat, braucht sie nur einen einzigen Menschen in ihrer Nähe. Geben Sie gut acht – und Gott mit Ihnen«, flüsterte sie ihm zu.

Dann verließ sie leise das Zimmer.

Günter lauschte voll Unruhe. Durch die halboffene Tür konnte er Rita erblicken. Sie saß halb aufgerichtet im Bett und stützte den Kopf in die Hand. Einige lose Löckchen fielen über die weiße Stirn, und eine leise Röte lag auf ihrem Gesicht.

Mit großen Augen sah sie auf den Brief herab, ihr Atem ging schnell und unruhig, und der Brief zitterte in ihrer Hand. Als sie zu Ende war, schluchzte sie krampfhaft auf und barg das Antlitz weinend in die Kissen. Aber das war ein erlöstes Weinen, das die Seele befreit.

Günter konnte sich nicht mehr zurückhalten. Er eilte hinüber, sank neben dem Bett in die Knie und umfaßte Rita mit beiden Armen.

»Rita! Rita! Mein geliebtes Weib«, flüsterte er, vor Erregung zitternd.

Sie zuckte zusammen und wandte erschrocken das Gesicht nach ihm. Ihre Augen blickten in die seinen hinein, die zärtlich flehend die ihren suchten.

Und tief und ernst, in heiliger Ergriffenheit, sahen sie sich an – fragend und Antwort gebend. Und die Augen weiteten sich und hielten einander fest. Ein Zittern lief über Ritas Körper. Was sie in den Augen ihres Mannes las, das scheuchte den letzten Zweifel aus ihrer Seele.

»Günter – Günter?«

Ein scheues, atemloses und doch glückliches Fragen lag in diesem Wort.

Er zog sie fest an sich.

»Mein Weib – mein geliebtes, teures Weib, glaubst du nun wieder an meine Liebe, an meine Treue? Und verzeihst du mir, daß ich dir in meiner Sorge um deine Herzensruhe verheimlichte, was einst zwischen Carry Croner und mir gewesen ist?«

Sie schmiegte sich zitternd in seine Arme und sah ihm wieder lange und tief in die Augen.

»Kann ich dich wirklich glücklich machen, Günter – kannst du wirklich Carry Croner vergessen an meiner Seite?« fragte sie leise.

Er preßte seine Lippen auf die ihren.

»Liebling – fühlst du es nicht, was du mir bist – hast du es nicht gefühlt in all den seligen Stunden. Ich liebe dich – nur dich allein, so wahr ich selig bin im Besitz deiner Liebe. Was mich einst an die andere band, ist längst gestorben. Dein Glück ist das meine, glaube es mir – du wirst namenlos geliebt von deinem Gatten.«

Ihre Augen senkten sich ineinander. Und in denen der jungen Frau lag die heilige stille Glut des bewußt liebenden Weibes, das durch Schmerzen gegangen ist und seine Liebe erprobt hat.

Günter sah in diese heilige Glut hinein, und da schlugen die Wogen namenloser Glückseligkeit über ihm zusammen. Was er oft so heiß ersehnt, erfüllte ihm diese Stunde. Heißer und stärker denn je erfüllte ihn der süße Rausch des Glückes. Was er bisher noch in seiner Ehe entbehrt hatte, das wurde ihm jetzt zuteil. Er hielt kein schüchternes Kind mehr in seinen Armen, sondern ein junges, vollerblühtes Weib, das sich bewußt war seiner Liebe, das mit ihm durch alle Höhen und Tiefen des Lebens gehen konnte.

Viel hatten sie sich zu sagen. Alles sollte nun klarwerden zwischen ihnen. Sie beichteten einander ihre Schmerzen und Nöte und küßten sich immer wieder in inniger Lust.

Und dann erinnerte sich Günter auch endlich, daß noch ein anderer darauf wartete, ein liebes, verzeihendes Wort von Rita zu hören. Er erzählte Rita, wie sich der Vater um sie gesorgt und gebangt hatte, wie sehr er sie liebte, trotz seiner fanatischen Freiheitsliebe.

Rita hörte ihm selig lächelnd zu, und die roten Rosen des Lebens lagen auf ihren Wangen. Was hätte sie in dieser Stunde nicht willig verziehen.

»Ich will Papa sehen, Günter – rufe ihn zu mir.«

»Gleich soll es geschehen, laß mich nur noch ein Weilchen bei dir bleiben, daß ich mir bewußt werde, daß du mir gehörst, daß ich dich gesund und glücklich in meinen Armen halte. Sage mir, daß du glücklich bist, meine süße Rita.«

Sie küßte ihn, wie sie ihn noch nie geküßt hatte, und dann sagte sie leise:

»Laß mich's still im Herzen tragen – ich will es nicht wieder berufen, um den Neid der Götter nicht zu wecken. Halte mich fest an deinem Herzen – dann soll es dir mein Herzschlag künden.«

Es verging doch noch eine lange Zeit, ehe Günter Viktor herbeirufen ließ. Schnell kam dieser herbei, Und in dieser Stunde fanden sich auch Vater und Tochter in starker, inniger Liebe, im gegenseitigen Verstehen.

Schon am nächsten Tag konnte Rita auf einige Stunden ihr Lager verlassen. Glück und Liebe wirkten Wunder an ihr. Und so ist noch kein Weib geliebt und verwöhnt worden, wie dies zärtliche, junge Geschöpf, das mit so dankbaren, glücklichen Augen in die schöne Welt blickt.

An Carry Croner schrieb Rita an diesem Tage ein kurzes Billett. Ihr Vater und Günter wollten es erst nicht zulassen, aber die Generalin redete ihnen zu. Und so gaben sie schließlich ihre Einwilligung.

Ritas Worte lauteten:

»Liebe Frau Carry! Wenn es etwas zu verzeihen gab, so hatte ich es schon getan, ehe Sie mich darum baten. Gott schenke Ihnen Frieden und Vergessen – und wenn Sie ruhig geworden sind – ein neues, reiches Glück. Vielleicht können wir uns dann noch eines Tages die Hände reichen – in echter Freundschaft.

Ihre Rita Valberg.«

Carry Croner verließ Cronersheim, sobald sie wußte, daß Rita ganz gesund war. Sie weilte lange bei ihren Eltern, denen sie eine liebevollere Tochter war als je zuvor.

Prinz Herbert sah sie in dieser Zeit fast täglich.

Carry besuchte die Generalin Tronsfeld sehr oft und fand bei ihr wärmste Teilnahme und inniges Verständnis. Unter den sorglichen Händen der alten Dame befreite sich Carry nach und nach von allen Schlacken in ihrer Seele. Sie reifte in dieser Zeit zu einem sehr liebenswerten Charakter heran.

Dann ging Carry mit ihren Eltern lange Monate auf Reisen. Oberst von Platen hatte seinen Abschied genommen und sollte später für seine Tochter Cronersheim verwalten.

In einem stillen, weltabgelegenen Höhenkurort traf Frau Carry im Spätsommer mit Prinz Herbert zusammen. Dieser umwarb die schöne Frau nach wie vor mit zartester Aufmerksamkeit.

Und ein Jahr später hatte Prinz Herbert alle Bedenken seines Oheims, des regierenden Herzogs, besiegt, so daß dieser seinem Neffen gestattete, um Carry Croner zu werben und sie zu seiner Gemahlin zu machen.

Carry gab ihre Einwilligung. Das treue Werben des ihr sehr sympathischen Prinzen rührte sie, und wenn sie ihm auch nicht die große Leidenschaft entgegenbrachte, die sie einst für Günter gefühlt, so war er ihr doch lieb geworden, so daß sie sicher war, eine harmonische Ehe mit ihm führen zu können.

In aller Stille vermählte sich Carry mit Prinz Herbert.

Diese Ehe ist eine sehr glückliche geworden. Carry hatte ihrem Gemahl alles gebeichtet, ehe sie seine Bewerbung annahm, und sein zartes Verständnis, sein inniges Bemühen, die heißgeliebte Frau glücklich zu machen, war von Erfolg gekrönt.

Nach Jahren weilte Prinz Herbert mit seiner Gemahlin für einige Zeit in Cronersheim. Carry war glückliche Mutter eines kleinen Mädchens geworden, das kaum ein Jahr alt war.

In Valberg tollte schon seit fünf Jahren ein kräftiger Stammhalter herum, der seinen Großvater fast den ganzen Sommer in Valberg festhielt.

Und da fand die erste Begegnung statt seit jener sorgenvollen Zeit, zwischen Carry und Rita. Prinz Herbert und Günter wohnten dieser Begegnung bei. Und die beiden jetzt wunschlos glücklichen Frauen schlossen nun wirklich ehrliche Freundschaft.

In Schloß Valberg hatte das Glück eine bleibende Stätte gefunden. Auf dem Parksee haust ein Schwanenpaar, mit dem der jüngste Sproß der Valbergs, der kleine Viktor, Ritas und Günters Sohn, auf freundschaftlichem Fuße steht.

Baron Günter und seine Gattin gehen nie an diesem kleinen See vorbei, ohne ein stilles Dankgebet gegen das gütige Schicksal, das sie vor großem Leid bewahrte.